Windböen

»Windböen ...

... sanft flüsternd, laut schreiend
oder melodisch singend ...
Sie sind die Boten der Natur –
mal gefährlich und mal wohltuend.
Lass es zu, dass sie deine Fantasie inspirieren!«

Hanns U. Schild-Havenstein

Hanns U. Schild-Havenstein

Windböen

Lebe Dein Leben,

allen Stürmen und Flauten

zum Trotz

Bibliografische Information der Deutschen Nationalbibliothek:
Die Deutsche Nationalbibliothek verzeichnet diese Publikation in der deutschen Nationalbibliografie; detaillierte biografische Daten sind im Internet über dnb.dnb.de abrufbar.

Satz, Umschlaggestaltung, Herstellung und Verlag:
BoD – Books on Demand, Norderstedt

ISBN: 978-3-7597-5392-2

Inhalt

Auftakt 9

Prolog 11

I. 15

Erstes Kapitel – Der Flug 17

Kapitel 2 – Die Taxifahrt 33

Kapitel 3 – Die rote Karte 41

Kapitel 4 – Die Windböen 49

Kapitel 5 – Das Telefonat 55

Kapitel 6 – Die Feuertonne 64

Kapitel 7 – Die Tequilas 71

II. 79

Kapitel 8 – Der Heiligabend 81

Kapitel 9 – Die Verabredung 91

Kapitel 10 –Der Kuss 108

Kapitel 11 –Das Vorstellungsgespräch 118

Kapitel 12 – Der Volltreffer	131
Kapitel 13 – Die Ostsee	138
Kapitel 14 – Die Reise	150
Kapitel 15 – Das Entsetzen	172
III.	179
Kapitel 16 – Die Lücke	181
Kapitel 17 – Das Jawort	198
Kapitel 18 – Die Geburt	222
Kapitel 19 – Die Trauer und das Glück	229
Kapitel 20 – Die Lebenshilfe	238
Kapitel 21 – Der Mini-Tornado	252
Letztes Kapitel – Der Flug	264
Dank!	273
Nachspiel/Postskriptum Gespräch mit Papa	276

Für meine Eltern und meine Stiefeltern,
für meine Großeltern und meine Stiefgroßeltern,
für meine Schwester Roswitha, die ich nie kennengelernt habe, und für meinen großen Bruder Christian ...
Für alle, die viel zu früh von uns gegangen sind, verdammt viel zu früh!!!
... und natürlich für meine liebe Schwester Moni, die ich Gott sei Dank noch habe ...

Auftakt

Eine Bö ist ein plötzlicher, kräftiger Windstoß, der nur kurz anhält. Die Windgeschwindigkeit wird innerhalb weniger Augenblicke um mindestens 5 m pro Sekunde überschritten. Heftige Windböen gehen oft einher mit starken Regenfällen und Gewitter.

Von einer Flaute sprechen wir, wenn sich kein Lüftchen regt. Windstill. Das Meer- oder Seewasser ist glatt und nahezu bewegungslos. Die Segel hängen schlaff. Nichts geht mehr – kein Vorwärtskommen!

Wie die Sonnenstrahlen bieten Windböen einen enormen Spielraum für Fantasien. Sonnenstrahlen erhellen das Umfeld – Windböen erfrischen das Umfeld.

Sie bringen oft unverbrauchte, neue und kühlende Luft mit sich und pusten verbrauchte, abgestandene und mitunter stinkende Luft hinweg. Oft tun sie uns sehr gut. Im heißen Sommer kühlen sie ab und wirken erfrischend. Eine sanfte Brise kann zu einer wohltuenden Gänsehaut führen. Begleitet von positiven Gedanken verströmen sie ein angenehmes Gefühl von der Haarspitze über die Brust bis hin zu den Beinen und umgekehrt.

Anders als Sonnenstrahlen verursachen Windböen Geräusche. Sie erzählen etwas! Man muss nur innehalten und genau hinhören. Den Moment achten und versuchen zu verstehen. Hinhören … aufsaugen … und ihnen auch mal aus dem Wege gehen. Im richtigen Moment gilt es zu reagieren, falls die Böen heftiger werden und sich zu einer Gefahr entwickeln.

Wind steht jedoch auch für die Kraft des Guten. Er bringt Bewegung ins Leben und führt den Träumenden zum Erfolg. Hinschauen …! Achtsam sein …! Den Blick auch mal in eine andere Richtung lenken … Wo kommt der Wind her? Wohin geht er? Oder dreht er sich gar nur im Kreise?

Auf Grundlage der durchschnittlichen Lebenserwartung werde ich ca. 29.500 Tage in meinem Körper verweilen. Davon bleiben mir immerhin noch weit über 20.000 Tage. Das hört sich doch ganz gut an! Ich habe ja auch noch ziemlich viel vor! Doch es ist schon deutlich weniger geworden. Der Vorrat ist irgendwann einmal aufgebraucht. Vergangenes kann ich nicht rückgängig machen. Die Gegenwart kann ich gestalten, um meine Zukunft zu beeinflussen. Das Leben ist endlich. Es gibt einen Anfang und ein Ende! Noch lange habe ich nicht alle meine Träume ausgeträumt. Ich bin ehrgeizig – ich bin wissbegierig –, ich bin aufgeregt! Es ist mein Leben. Das Leben gehört mir. Und ICH lebe jetzt!

Prolog

»Heb endlich den Hörer ab! ... Wach auf, Tim! ... Tim? Hörst du mich? ... Es geht um euer Baby! ... Tim? AUFWACHEN! Ich bin's – Angelika!«

Ich war ganz vernebelt. Träumte ich? Was schallte da immerzu? Monotones Geläut ... Sprachfetzen ...

»Tim! ... Ich werde noch verrückt ... Wach doch auf! – Mhm ... Ich muss wohl vorbeikommen ... TIM!!!«

Nur mühsam kam ich zu mir. Langsam wurde mir bewusst, dass ich nicht träumte. Es war die Stimme meiner Schwiegermutter, die fortwährend aus dem Anrufbeantworter dröhnte. Später erst sollte mir klar werden, dass sie mehr als zwanzig Mal hintereinander angerufen hatte, um mich aus meinem Tiefschlaf zu reißen. Und jedes Mal hatte sie die begrenzte Aufnahmezeit des Tonbandes dabei ausgenutzt.

Plötzlich realisierte ich die Situation und schlug die Bettdecke zur Seite. Mit schweren Schritten stapfte ich noch ganz benebelt in den Flur zum Telefon.

»Du musst sofort ins Krankenhaus! Tiiiiim! Es geht um Lukas und ...«

Jetzt war ich sofort hellwach und riss den Hörer von der Gabel.

»Ja, Angelika! Bin da, was ist pass…?«

»Na, endlich!«, unterbrach sie mich hastig. »Gott sei Dank habe ich dich jetzt ans Telefon bekommen. Eurem Baby geht es nicht gut. Lukas muss nach Bonn verlegt werden, auf die Säuglingsstation der Kinderklinik.«

»Was?! Das kann nicht sein. Ich habe die beiden doch gerade erst verlassen und alles war gut!«

»Nein, da stimmt etwas nicht!«, erwiderte Angelika energisch. »Du musst los. Fahr hin! Mehr kann ich dir auch nicht sagen.«

Ich knallte den Hörer auf die Gabel und musste schlucken.

Für einen Moment stand ich wie gelähmt vor dem Telefontisch. Das rote Anzeigelämpchen für verpasste Anrufe am Anrufbeantworter blinkte wie wild. Mühsam versuchte ich meine Gedanken zu sammeln und blickte auf die Wanduhr im Flur. Die Zeiger standen auf 7:20 Uhr. Ich dachte nach. Gerade mal erst vor einer guten Stunde hatte ich mich ins Bett gelegt.

Gestern am späten Nachmittag hatten bei meiner Frau die Wehen eingesetzt. Etwa zwölf Stunden später, kurz vor 4:00 Uhr morgens, kam Lukas endlich auf die Welt. Alles war gut. Alles war an ihm dran: Hände, Fingerchen, Füßchen. Er schrie, strampelte. Genauso, wie es sein sollte und wie wir es uns vorgestellt hatten. Nach der strapaziösen Nacht, nach einem kurzen, jedoch intensiven Knuddeln und Schmusen mit Mutter und Sohn, fuhr ich in der Frühe extrem glücklich, jedoch auch stark übermüdet, nach Hause. Ich schaffte es nur noch, mein Hemd und meine Jeans auszuziehen, ließ beides an Ort und Stelle einfach auf den Boden fallen und schmiss mich erschöpft ins Bett.

Bereits in der Nacht zuvor hatten wir kaum Schlaf gefunden. Wir waren ins Krankenhaus gefahren, weil wir dachten, es ginge jetzt los. Doch nach einiger Zeit schickte die Hebamme uns unverrichteter Dinge wieder nach Hause mit der Bemerkung, dass es sich noch Tage hinziehen könne, bis es so weit sei. Ihrer Aussage hatte ich vertraut und war am frühen Morgen sogar noch zu einem Verkaufsleiter-Meeting nach Frankfurt gefahren.

Meine Augen wanderten von der Uhr in Richtung Schlafzimmer. Vor dem Bett lagen meine Klamotten verstreut. Ich erschauderte und gab mir schließlich einen Ruck. Nun ging alles ganz schnell. Hastig zog ich mich an, lief ins Badezimmer und kippte mir eine Ladung kaltes Wasser ins Gesicht. Vom Küchentisch ergriff ich Schlüssel und Portemonnaie, warf mir meine dicke Winterjacke über und rannte keuchend zu meinem Wagen. Ich gab Gas.

Scheiße! Alle möglichen Gedanken prasselten auf mich ein. Was war denn passiert? Eben noch war alles gut gewesen! Ich bekam Angst. Wie ein stechender Schmerz überfiel mich ein schrecklicher Gedanke.

Es ist Dezember! Es war Dezember, als mein Vater verstarb. Es war Dezember, als meine Stiefmutter verstarb … Und auch jetzt ist Dezember! Ich dachte an meine Mutter. Es stand bereits fest, dass sie den Jahreswechsel nicht mehr erleben würde. Sie war schwer krank und lag im Sterben.

Mein Puls raste. Panik machte sich in mir breit. Ich merkte, wie ich mich ungebremst und unkontrollierbar in etwas hineinsteigerte. Meine Gedanken fuhren Achterbahn. *BITTE NICHT AUCH NOCH LUKAS!!*

I.

Erstes Kapitel
Der Flug

12 Jahre früher ...
Dezember 1985

Bereits zum sechsten Mal saß ich im Flieger nach New York, um meine ehemalige Gastfamilie in Pennsylvania zu besuchen. Entspannt lehnte ich mich zurück, schaute aus dem Fenster und betrachtete das rege Treiben auf dem Rollfeld. Ein ständiges Hin und Her von Fahrzeugen unterschiedlichster Art. Unmittelbar schräg unter mir sah ich, wie sich zwei Flughafenmitarbeiter bemühten, die zahlreichen Gepäckstücke unterschiedlichster Art und Größe auf ein schmales Fließband zu werfen, welches hoch zur Ladeluke unserer Boing 747 führte.

Nach einer Weile nahm neben mir ein beleibter Mann mittleren Alters seinen Platz ein und wir begrüßten uns freundlich. Er stellte sich mir als Herbert Westphal aus Mainz vor, der in der Chemiebranche arbeitete und geschäftlich nach New York reiste. Eine Durchsage bat die Anschnallgurte anzulegen und wir erhielten die Information, dass wir in wenigen Minuten zur Startbahn rollen würden. Nach einem kurzen ›Small Talk‹ fing mein Sitznachbar an, in seiner mitgebrachten Zeitschrift, dem Spiegel, zu blättern. Mit einem Blick erhaschte ich die Titelstory ›Die sanfte Heilkunst – Alternative Medizin‹. Sehr interessiert schien er nicht an dem Artikel zu sein, so schnell wie er darin blätterte. Nachdem alle Passagiere zur Zufriedenheit der Stewardessen korrekt angeschnallt waren und das letzte Gepäckstück den Weg in den Flieger gefunden hatte, verließ dieser langsam seine Parkposition in Richtung Startbahn. Ich rutschte ein Stück tiefer in meinem Sitz und machte es mir gemütlich.

Seit meinem ersten Abenteuertrip ins ›Land der unbegrenzten Möglichkeiten‹ waren vier Jahre vergangen. Damals, im Sommer 1981, war ich noch Schüler gewesen. Zufällig hatte ich in einer Zeitschrift die Annonce einer Kölner Agentur entdeckt und war sofort begeistert: eine Sprachreise in die USA mit Aufenthalt bei einer amerikanischen Gastfamilie – das hörte sich spannend an! Die Agentur versprach, alles Notwendige zu organisieren, und eigentlich sollte ich bereits Monate vorher erfahren, welche Familie mich aufnehmen würde. Doch weit gefehlt! Am Abend vor der Abreise wusste ich noch nicht einmal, in welchem Bundesstaat ich wohnen würde. Mir war das letztlich egal. Ich sah nur ein riesiges Abenteuer vor mir. *Ist doch wurscht*, dachte ich, *was sollte mir denn großartig passieren? Irgendwo werde ich in den acht Wochen schon unterkommen!* Immerhin gab es einen Vertrag mit der Agentur und ich hatte die garantierten Leistungen auch teuer bezahlt. Im Jahr zuvor hatte ich sechs Wochen lang als Ferienjobber in einer Fabrik gearbeitet, um mir das Geld für die Reise zu verdienen. Da wollte ich jetzt nicht einfach aufgeben! Nur meine Mutter musste ich vehement beknien, dass sie mich mit meinen siebzehn Jahren ins ›Ungewisse‹ reisen ließ. Doch ich konnte sie erfolgreich überreden und sie willigte schließlich ein.

Als ich dann am Flughafen in New York ankam, stand noch immer nicht fest, welche Familie mich aufnehmen würde. Es stellte sich heraus, dass es drei weiteren Jungs in meinem Alter genauso erging. Sie stammten ebenfalls aus der Kölner Umgebung und für sie war auch noch keine Familie gefunden worden.

Letztendlich kamen wir vier in einem kleinen, beschaulichen Ort namens Dallastown in Pennsylvania unter, etwa 160 km von Philadelphia entfernt. Ursprünglich sollten wir nur für eine Übergangszeit bei Carolyn und ihrem Ehemann David wohnen. Höchstens so lange, bis die Agentur für jeden von uns eine Familie gefunden hatte. Doch wir vier ›Kölner‹ verstanden uns auf Anhieb prächtig und wollten gerne den Rest der Zeit zusammen verbringen. Und unsere Gasteltern hatten uns sofort ins Herz geschlossen, weshalb sie keinen von uns mehr hergeben wollten. Die Agentur bestand jedoch auf eine Verteilung in andere Familien, um ihren vertraglichen Verpflichtungen nachzukommen. Um geeignete Familien zu finden, organisierte die Agentur sogar nach ein paar Tagen einen Fernsehauftritt mit einem regionalen Fernsehsender, bei dem wir Kölner Jungs am Swimming Pool der Gasteltern interviewt wurden. In der direkten Nachbarschaft fanden sich recht schnell drei weitere Familien, die Übernachtungsmöglichkeiten zur Verfügung stellten. Ich hatte das Glück, bei Carolyn und David bleiben zu dürfen; die anderen drei Jungs wurden auf die Nachbarn aufgeteilt. Jeden Tag trafen wir uns bei meiner Gastfamilie und starteten gemeinsame Unternehmungen. So verbrachten wir die meiste Zeit nun doch zusammen und die Agentur konnte mit dieser Lösung letztlich auch gut leben.

Es war ein fantastischer und unvergesslicher Sommer! Mit meiner Gastfamilie unternahmen wir zahlreiche Ausflüge. Wir reisten nach Washington, D.C., New York, zu den Niagarafällen und weiter bis nach Ocean City und Atlantic City an der Ostküste. Die Beziehung zu meiner Gastfamilie vertiefte sich mehr und mehr, wir wurden Freunde. Am Ende meines Aufenthalts überreichte mir Carolyn zum Abschied einen Brief, in dem sie mir mitteilte, dass ich immer bei ihnen willkommen sei. Ausdrücklich schrieb sie, dass ich sie jederzeit besuchen könnte, wann immer ich mochte und so lange ich wollte. Den Brief hatte sie mit ›Your American Mother‹ unterschrieben ...

Nun saß ich wieder mal in einer United-Airlines-Maschine von Frankfurt nach New York und freute mich auf ein Wiedersehen mit meiner ›amerikanischen Mutter‹. Es war Anfang Dezember und ich hatte mir für diese Reise extra zwei Wochen Urlaub aufgehoben. Die ersten drei Tage wollte ich in New York verbringen und danach meine Freunde in Pennsylvania besuchen.

Meine Wehrdienstzeit hatte ich bereits zu zwei Drittel geschafft. Derzeit war ich in Hamburg stationiert, als Stabsdienstsoldat in der Führungsakademie der Bundeswehr. Bald würde ich mir das obligatorische Maßband besorgen, von dem ich jeden Tag einen Zentimeter abschneiden wollte, um bis auf null runterzuzählen. Nicht, dass ich die Bundeswehrzeit als lästig oder gar unangenehm empfand. Ich wollte nur endlich wieder an meiner Zukunft basteln, ohne dass ich mein Hirn an irgendeinem Kasernentor abgeben musste. Wie sagte unser Spieß immer: »Den Kopf gebt ihr mal schön am Kasernentor ab. Ich erteile hier die Befehle und ihr müsst diese nur befolgen. So übersteht ihr eure Dienstzeit sicher und ohne irgendwelche Gefahren!« Sicher und ohne Gefahren – tja, was sollte mir da schon passieren?

Ich warf einen kurzen Blick zu den Stewardessen, die in den engen Gängen entlang der Sitzreihen standen und sich bemühten, den Passagieren die Sicherheitshinweise näherzubringen: Wo finde ich die Rettungswesten? Wie bediene ich sie? Wie benutze ich die Sauerstoffmasken richtig? Wo befinden sich die Fluchtwege? Ich registrierte, dass kaum einer der Fluggäste den Anweisungen ernsthaft lauschte. Mich eingeschlossen.

Ich dachte wieder an meinen Wehrdienst. Als Stabsdienstsoldat hatte ich geregelte Arbeitszeiten und meine Tätigkeit unterschied sich wohl nur wenig von der eines Sekretariatsmitarbeiters an einer Hochschule oder Universität. Abgesehen davon, dass ich eine Uniform trug. Und nicht so viel mitdenken durfte! Auf Übungen war ich nach Abschluss meiner dreimonatigen Grundausbildung nicht mehr geschickt worden. Eine Waffe hatte ich seither kaum zu Gesicht bekommen, da die Akademie von einer privaten Sicherheitsfirma bewacht wurde. Genau genommen war es nur ein einziges Mal, dass ich mit Waffen in Berührung kam. Damals hatte ein angeblicher Linksextremist eine selbstgebastelte Rohrbombe über den Zaun geworfen, die jedoch nicht explodiert war.

Wie dumm! Auch noch weitab von den Unterkunftsgebäuden, an einer Stelle, die von dichtem Gebüsch und hohen Linden bewachsen war, in der Nähe des Sportplatzbereiches der Anlage. So hatte man es uns erzählt. Und selbst wenn die Rohrbombe explodiert wäre, hätte sie wohl, abgesehen von ein paar aufgeschreckten Vögeln und abgeknickten Lindenästen, keinerlei Schaden angerichtet.

Trotzdem änderte sich einiges in der Folgezeit. Wir erhielten den Befehl, von nun an nicht mehr Dienstanzüge, sondern Kampfanzüge zu tragen. Tagsüber ging alles seinen gewohnten Gang, doch abends und nachts mussten wir Wehrpflichtigen zum Wachdienst antreten. Zusätzlich zu den zivilen Sicherheitsmitarbeitern sollten wir nach präzisen Schichtplänen das Areal bewachen. Dann natürlich mit allem Drum und Dran ausgestattet: von der Pistole bis hin zu dem berühmt-berüchtigten G3, dem damaligen Standardgewehr der Bundeswehr. Ich war ziemlich verblüfft, als wir zur ersten Patrouille die Waffen in die Hand gedrückt bekamen. Das Gewehr konnte ich vielleicht noch bedienen. Eine Pistole hatte ich bis dahin noch nie in der Hand gehalten.

Da saß ich nun, an einem kleinen Tisch in einem winzigen Wachhäuschen. Mir gegenüber hockte ein sehr – sehr! – übergewichtiger alter Mann mit einem umgeschnallten Pistolengurt. Mein Stubenkamerad Norbert, mit dem ich für den Wachdienst eingeteilt war, blickte ebenso erstaunt wie ich auf die vor uns liegende Waffensammlung. Wir drei mussten damals ein tolles Bild abgegeben haben. Auf keinen Fall ein furchteinflößendes! Vor meinem Gegenüber musste sich niemand fürchten. Allein die Geschwindigkeit, welche er an den Tag legte, wenn er sich vom Tisch erhob, um zur Tür zu gelangen, würde ich bestenfalls als Schneckentempo bezeichnen. Keuchend und schleppend bewegte er sich vorwärts. Und ich? Ja, ich war dagegen überaus sportlich und flink. Theoretisch verfügte ich über ausreichend Schnelligkeit, um einem potenziellen Angreifer meine Waffen entgegenzuwerfen und dann schleunigst die Düse zu machen. Denn erstens wusste ich überhaupt nicht mehr, wie diese Waffen entsichert und bedient wurden – besorgt stellte ich mir damals sogar die Frage, ob die Waffen eigentlich schon geladen waren. Und zweitens war ich noch nie der Treffsicherste. Das konnte ich mir glaubhaft selbst bescheinigen, da ich sogar in den Kirmesbuden aus kürzester Distanz nur selten die Plastikblümchen traf. Norbert schaute mich an und grinste schelmisch. Wir dachten sicherlich gerade das Gleiche. Sportlich und flink war Norbert auch. Und bestimmt war er genauso schnell wie ich im Waffe-Wegwerfen.

Norbert war der Filou von uns beiden. Immer auf der Suche nach einer Lücke im System. Und ständig darum bemüht, eine Extramark zu machen. Ich war ein wenig ruhiger und besonnener als er, jedoch für jede Idee schnell zu begeistern. Erst recht, wenn es darum ging, einen zusätzlichen Sold zu verdienen. Notfalls auch am Rande der Legalität. »Wir sind ja schlicht und endlich keine Rechtsanwälte!«, lautete unser Standardspruch, falls wir mal darüber nachdachten, ob wir vielleicht doch die Grenzen des geltenden Rechts überschritten.

Norbert und ich waren im selben Jahrgang. Vor dem

Wehrdienst hatten wir beide in Bergisch Gladbach bei unseren Familien gewohnt. Trotzdem kannten wir uns vorher nicht. Doch bei der ersten Zugfahrt von Köln nach Hamburg saßen wir zufälligerweise gemeinsam im Abteil und kamen ins Gespräch. Es stellte sich schnell heraus, dass wir beide unseren dreimonatigen Grundwehrdienst bei derselben Einheit in Bad Segeberg antreten sollten. Im Anschluss daran wurden wir zusammen nach Hamburg versetzt, um die letzten zwölf Monate abzudienen. Norbert wurde dort zum Fahrdienst eingeteilt und ich kam in die Schreibstube. Die Akademie beschäftigte eine Vielzahl von Wehrpflichtigen, die als günstige Arbeitskräfte fungierten. Weitere Tätigkeiten gab es im Logistiklager oder im Dienst als Ordonnanz, um die Offiziere während ihrer zweijährigen Ausbildungszeit mit allen Genüssen zu versorgen und zu bedienen.

Bereits in unserer ersten Patrouillennacht erkundete Norbert die Wege, um für uns eine optimale Laufroute entlang der Außenzäune der Akademie auszuspähen. Von unserem Spieß und den zivilen Wachen hatten wir lediglich den Befehl erhalten, während der dreistündigen Patrouille zügig den Zaun abzuwandern und auf verdächtige Individuen und/oder Gegenstände zu achten. So oft und so schnell wie möglich sollten wir den festgelegten Weg abgehen. Daran hielten wir uns natürlich nicht. Norbert schaute ja immer nach Lücken im System. Und da kamen die Ordonnanzen ins Spiel! Bereits ab dem zweiten Abend nutzten wir unsere eigene Laufroute, die Norbert sehr gewissenhaft erkundet hatte. Pünktlich um 21:00 Uhr starteten wir am Wachhäuschen und marschierten etwa 400 m am Zaun entlang bis zu den hochgewachsenen Linden. Und dann ging es schnurstracks an den Unterkunftsgebäuden vorbei in Richtung Offizierskantine. Am Küchenfenster auf der Rückseite nahmen wir dann dankbar und mit Freude die Leckereien des Abends entgegen, um es uns unterhalb des Fensters, angelehnt an das Mauerwerk, gemütlich zu machen.

Der außergewöhnliche Wacheinsatz wurde dank der Gutmütigkeit unseres Spießes nach zwei Wochen wieder abgeschafft. Weitere Attentatsversuche gab es nicht. Somit ließen auch unsere spätabendlichen Besuche am Küchenfenster langsam nach.

Das schummrige Licht in der Kabine und das leise, monotone Brummen der Klimaanlage machten mich schläfrig. Ich saß direkt am Fenster und schaute hinaus auf die dicken weißen Wolken unter mir. Herr Westphal vertrat sich gerade die Beine und war auf dem Weg zur Toilette.

»Na, junger Mann, darf es noch etwas zu trinken sein?«, erklang die freundliche Stimme der Stewardess. »Die nächsten zwei Stunden werden wir nicht mehr durch die Gänge gehen. Vielleicht einen Kaffee oder etwas Kühles?«

Ich drehte meinen Kopf zu ihr und schaute in ein wunderschönes Gesicht mit zahlreichen hübschen Sommersprossen. Ihre rötlich blonden Haare hatte sie zu einem seitlichen Zopf geflochten. Sie lächelte mich an. *So viel älter als ich scheint sie nicht zu sein*, dachte ich, als ich einen weiteren Kaffee – den dritten – bei ihr bestellte. ›Anna-Maria‹ las ich auf ihrem Namensschild, und aufgrund ihrer akzentfreien Aussprache schloss ich, dass sie keine Amerikanerin, sondern Deutsche war.

Freundlich nickend beugte sie sich zu mir herüber, überreichte mir meinen Kaffee und wünschte mir noch einen schönen Weiterflug. Dann entsicherte sie mit einem kurzen Tritt die Verriegelung des Getränkewagens und schob ihn ruckelnd und scheppernd den Gang hinunter, um sich den anderen Gästen zu widmen.

Versonnen sah ich ihr nach. *By the way*, dachte ich, *echt hübsch, die Anna-Maria!* Ich war zwar nicht auf der Suche, aber schauen durfte man ja mal. Als ich einen Schluck von meinem Kaffee nahm, bediente sie bereits einige Sitzreihen vor mir weitere Fluggäste und ich konnte sie mit meinen Blicken nicht mehr erspähen.

Ich war gerade wieder Single. Nur knapp einen Monat vor meinem Abflug hatten Sabine und ich unsere Beziehung beendet. Nach fast vier Jahren. Sabine war meine allererste feste Freundin, doch wir hatten uns über die Zeit voneinander entfernt. Freundschaftlich waren wir auseinandergegangen. Regelrecht auseinandergelebt hatten wir uns. Die räumliche Distanz zwischen Hamburg und Köln hatte unserer Beziehung nicht gutgetan.

Ich schaute auf meine Armbanduhr und gähnte. Noch viereinhalb Stunden bis zur Landung. Sämtliche Zeitungen und Zeitschriften, die die Airline kostenlos verteilte, hatte ich bereits durchgelesen. Auch den Spiegel von meinem Sitznachbarn hatte ich gelesen. Gegenseitig hatten wir netterweise unsere Zeitschriften hin und her getauscht. Und ich musste zugeben, auch mich hatte die Titelstory über die ›sanfte Heilkunst‹ nicht unterhalten und ich hatte diesen recht zügig nur überflogen.

Ich sah erneut aus der kleinen Fensterluke und musste schmunzeln, als ich nun daran dachte, wie ich mir das Geld für diese Reise verdient hatte .... Norbert ›dealte‹ bereits vor seiner Einberufung mit gefälschten Markenparfums. Die Düfte unterschieden sich im ersten Moment kaum von den Originalen – zumindest ich als Laie konnte keine Unterschiede feststellen. Die Verpackungen und die Flakons waren schlicht und einheitlich gestaltet. Es gab lediglich variierende Verpackungsfarben mit einer aufgedruckten Buchstaben- und Zahlenkombination, um die Produkte zuordnen zu können. Norbert stellte mir das Geschäftsmodell begeistert vor, doch anfangs war ich skeptisch. Meine kritische Zurückhaltung wich sofort, als er mir die Verdienstmöglichkeiten offerierte: »Da sind pro Fläschlein satte sieben bis neun Mark möglich! Garantiert!« Und als er mir dann auch noch sagte, dass wir ja schlicht und endlich keine Rechtsanwälte seien, weshalb wir gar nicht beurteilen konnten, ob das Geschäft illegal war oder nicht, schlug ich ein. Und der Rubel rollte!

Nie hätte ich vermutet, dass wir innerhalb kürzester Zeit die Waren kistenweise von Köln nach Hamburg karren mussten. Bei den vielen zivilen Angestellten der Akademie, insbesondere bei den weiblichen, kamen unsere Düfte hervorragend an. Unser Geschäft sprach sich schnell herum und von Woche zu Woche kamen mehr Kunden hinzu. Jeden Donnerstag liefen wir die Büros ab und holten die Bestellungen ein. Norbert telefonierte abends mit unserem ›Lieferanten‹ und gab die Bestellliste weiter. Der ›Lieferant‹, ein türkischstämmiger Händler aus Köln, war äußerst zufrieden mit der Geschäftsentwicklung und versprach uns einen monatlichen Sonderbonus, wenn wir jeweils die Verkaufswerte aus dem Vormonat übertrafen. Das war für uns Ansporn genug! Wir sprachen mit Engelszungen auf unsere Kunden ein und brachten in bester Verkäufermanier unsere Produkte an den Mann oder an die Frau. Es klappte immer besser – Learning by Doing!

Durch unseren Extrasold konnten wir es uns erlauben, jedes Wochenende mit meinem Alfa Romeo Spider in die Heimat zu fahren. Freitags hin und sonntagabends mit gut gefülltem Kofferraum zurück nach Hamburg. Der Montag war dann immer ›Verteil- und Zahltag‹! Den Spider hatte ich ein Jahr zuvor als Unfallwagen gekauft und unter der strengen Anleitung meines Stiefvaters wieder hergerichtet. Er arbeitete bei Ford und schraubte in seiner Freizeit gerne an alten Autos, die er günstig erwarb, um sie anschließend nach erfolgreicher Reparatur und Aufbereitung gewinnbringend zu verkaufen. Ähnlich verhielt es sich auch mit meinem Alfa, nur dass ich ihn dann behalten durfte. Es war schon etwas Tolles, in einem schicken, schwarz lackierten italienischen Cabriolet mit roten Ledersitzen durch die Gegend zu düsen. In meinem Alter war es ungewöhnlich und ich zog oft neidische Blicke auf mich. Die unendlich vielen Arbeitsstunden, die ich investiert hatte, und der Umstand, dass ich das Geld für den Luxus erst durch mühsame Ferienjobs verdienen musste, standen ja nicht auf der Motorhaube geschrieben.

Herr Westphal riss mich aus meinen Gedanken, als er wieder an seinen Platz zurückkehrte. Er nickte mir kurz zu und ich ergriff die Gelegenheit, mich selbst auf den Weg zur Toilette zu begeben. Als ich dort ankam, begegnete ich der hübschen Stewardess Anna-Maria, die gerade den Vorhang zur Galley schließen wollte. Sie hielt inne und lächelte mich an.

»Na, junger Mann. Den Kaffee wegbringen?«

»Muss ja auch mal sein«, erwiderte ich. »Danach brauche ich aber direkt einen neuen. Und so viel älter als ich sind Sie ja auch nicht«, schob ich noch hinterher.

»Hm. Wie kommen Sie darauf?«

»Tja, jetzt haben Sie schon zweimal zu mir ›junger Mann‹ gesagt ...«

Sie kicherte und sah dabei so verdammt herzlich und ungekünstelt aus. »Erstens sage ich das hier zu fast jedem männlichen Passagier – und zweitens: Danke für das Kompliment. Ich glaube schon, dass ich ein paar Jahre älter bin ...«

Ich sah ihr kurz in die Augen und grinste schelmisch, öffnete die Tür zur Toilette und ging hinein.

Als ich nach ein paar Minuten – natürlich mit ordentlich gewaschenen Händen – hinaus in den Gang trat, sah ich erneut in Anna-Marias Gesicht. Sie streckte mir einen vollen Becher Kaffee entgegen. Freudig überrascht nahm ich ihn an.

»Das ist ja ein Service hier. Danke schön!«

Aufgrund der Enge standen wir sehr dicht zusammen. Der herrliche Duft ihres Parfums drang in meine Nase. *Wie gut sie riecht*, dachte ich und genoss den Moment.

»Arbeiten Sie schon länger als Stewardess?«, versuchte

ich eine Konversation zu beginnen. »Der Job erscheint mir ziemlich stressig. Schon allein die langen Flugstrecken und die unterschiedlichen Zeitzonen. Oder nicht?«

»Ja, aber das gibt sich mit der Zeit. Daran habe ich mich gut gewöhnt, ich mache seit eineinhalb Jahren diesen Job. Gerade auf Langstreckenflügen haben wir mindestens zwei volle Tage Regenerationszeit, um uns wieder zu erholen. Zudem lerne ich wahnsinnig viele Städte und Länder kennen, die ich sonst wohl nie gesehen hätte. Gehe viel bummeln, shoppen und so weiter.«

»Na, wenn das so ist, dann könnten wir uns doch mal in deiner freien Zeit auf einen Kaffee treffen«, wagte ich mich vor und verfiel spontan in ein vertrauliches ›Du‹. »Einen ›richtigen‹ Kaffee, meine ich. In einem schönen, romantischen Café an einem kleinen Bistrotisch sitzen und Kaffee aus Porzellantassen trinken ... New York kenne ich ganz gut! Was meinst du?« Ich sah sie erwartungsvoll an.

»Hm.« Ihr hübsches Gesicht verdüsterte sich. »Was meinen Sie, wie oft ich mit so einer plumpen Anmache konfrontiert werde?«, antwortete sie reserviert. »Ein Kaffee an Bord dieser Boeing ist noch lange keine Einladung zu mehr! Ach, im Übrigen: Hier verteilen wir nur ›richtigen‹ Kaffee!« Im nächsten Moment drehte sie sich um und verschwand hinter dem dunklen Vorhang, den sie mit einem heftigen Ruck unmittelbar vor meiner Nase zuschob.

Scheiße! Am liebsten hätte ich mir mehrmals mit der flachen Hand gegen die Stirn geschlagen. Ich stand wie bedröppelt da. *Mann, bin ich blöd!*, verfluchte ich mich selbst und fühlte, wie die Schamesröte in mein Gesicht stieg. Was war da nur in mich gefahren?

Nach einem kurzen Moment löste ich meinen Blick von dem Vorhang, drehte mich um und schritt langsam den Gang zurück in Richtung meines Sitzplatzes. Auf dem Weg dorthin stieg ein kleines bisschen Hoffnung in mir auf. Oder bildete ich mir das nur ein? Ich hatte das Gefühl, als ob mich jemand von hinten beobachtete. Vielleicht Anna-Maria? Ich drehte mich nicht um. Dazu war ich viel zu stolz! Außerdem war ich noch immer peinlich berührt von meinem desaströs gescheiterten Anmachversuch. Ich wollte keinesfalls das Risiko eingehen, ein weiteres Mal enttäuscht zu werden. Was, wenn ich doch nicht ihr hübsches Gesicht erblicken würde, durch einen winzigen Spalt des zur Seite geworfenen Vorhangs? Und vielleicht war ja nur der Wunsch die Ursache des Gedankens?

In meiner Reihe angekommen, quetschte ich mich an meinem Sitznachbarn vorbei und nahm wieder am Fenster Platz. Ich schaute durch die Fensterluke. Unter mir erstreckte sich ein dichtes weißes Wolkenband, umspielt von den Strahlen der Sonne. Ein ruhiger Flug. Keinerlei Turbulenzen. Nach einer Weile fielen mir die Augen zu.

Die Durchsage des Captains weckte mich auf. In ungefähr dreißig Minuten würden wir zur Landung ansetzen. Wenig später lief meine Lieblingsstewardess durch die Reihen und checkte, ob alle Passagiere die Gurte angelegt hatten. Als sie bei uns ankam, lächelte sie mir zu. Ganz normal. So wie bei jedem Gast. Als ob es unseren Dialog nicht gegeben hätte. Eigentlich wollte ich etwas zu ihr sagen, mich über meinen misslungenen Spruch entschuldigen. Doch es kam mir nichts über die Lippen und ich sendete ihr lediglich ein verkrampftes Lächeln zurück. Kurz bevor sie sich den nächsten Passagieren zuwandte, hielt sie inne und wir schauten uns für einen Moment direkt in die Augen. Ich hatte das Gefühl, dass sie etwas zu mir sagen wollte. Sie setzte erkennbar an, doch leider quatschte in diesem Moment ein Mann lautstark dazwischen, der eine Reihe vor uns saß und unbedingt von ihr die Freigabe erhalten wollte, noch einmal zur Toilette gehen zu dürfen. Damit war die Chance dahin, falls es denn eine war. *Dieser blöde Arsch!*, dachte ich. *Und ich feiger Depp!*, fügte ich selbstkritisch in meinen Gedanken hinzu. Herr Westphal sah mich süffisant von der Seite an und lächelte dabei. Er musste wohl etwas geahnt haben.

Kapitel 2
Die Taxifahrt

Unspektakulär landete der Flieger am John F. Kennedy Airport in New York. Achtzig Minuten später stand ich bereits vor dem Ankunftsterminal nicht weit vom Taxistand entfernt. Die Formalitäten am Schalter der Einwanderungsbehörde konnte ich zügig erledigen und meine Reisetasche kam auch recht schnell auf dem Gepäckband an. Ich war ja nun schon geübt nach meinen zahlreichen Reisen in die USA und kannte mich daher gut aus.

Ich dachte für einen Moment an Anna-Maria. Es gab keine Gelegenheit mehr, sie noch einmal anzusprechen, um mich für meine ›Anmache‹ zu entschuldigen. Zuletzt hatte ich sie am Ausgang des Fliegers gesehen, wo sie mit einer Kollegin bereitstand, um die Fluggäste zu verabschieden. Beide Stewardessen waren frisch gestylt und hatten ihre roten Lippen sorgfältig nachgezogen. Anna-Maria lächelte mich freundlich an und überreichte mir – wie allen Passagieren – eine kleine ›Abschiedsschokolade‹ in den Farben und mit dem Logo der Fluggesellschaft. Ich spürte die sanfte Berührung ihrer Finger, als sie leicht meine Hand streiften, und wir sahen uns direkt in die Augen. Sie blinzelte kurz und ein Kribbeln durchzog meinen Körper ...

Wahrscheinlich hatte ich mir die sanfte Berührung jedoch nur eingebildet. Das war wohl so, wenn man jemandem etwas in die Hand drückte. Man berührte sich eben. Mal mehr, mal weniger intensiv. Vollkommen normal! Musste ja so gewesen sein. Wieso auch nicht? Aber geblinzelt hatte sie unübersehbar, regelrecht geleuchtet hatten ihre Augen! So kam es mir vor. Ganz bestimmt sogar! Am liebsten hätte ich noch irgendetwas zu ihr gesagt, doch außer einem ›Dankeschön‹ brachte ich nichts heraus. Von hinten drückten und drängten bereits die nächsten Passagiere. Und so fügte ich mich in mein Schicksal und nickte ihr noch einmal zu, bevor ich den Flieger verließ. Und sie … nickte zurück … und schaute mir nach … So vermutete ich jedenfalls. Oder doch nicht?

Es nützte alles nichts. Ich hatte es versemmelt! Unter Milliarden von Menschen auf diesem Planeten waren wir beide heute aufeinandergetroffen. Zufällig. Das hatte ja nun nichts zu bedeuten. Was soll's … Überall, an jedem Ort und zu jeder Zeit begegnen sich Menschen. Sie finden sich sympathisch. Sie finden sich unsympathisch. Oder sie empfinden überhaupt nichts füreinander und laufen wie blind aneinander vorbei. Das kleine Pflänzchen der Sympathie, welches ich zwischen der unbekannten Anna-Maria und mir aufkeimen sah, hatte ich auf äußerst plumpe Art zertreten, noch bevor überhaupt weitere Triebe, geschweige denn eine Blüte, daraus erwachsen konnten. Keine Chance, ihr jemals wieder zu begegnen. Ob sie auch so dachte?

Ich richtete mich innerlich auf und zwang mich, meine Gedanken an die hübsche Stewardess wegzuschieben.

Hier draußen herrschte ein reges Treiben. Ich genoss für einen Moment die Atmosphäre und schaute hoch in den klaren blauen Himmel. Es war etwas frostig. Doch nach dem langen Flug tat mir die kühle Luft gut. Ich sog sie gierig ein, lauschte dem typischen Lärm des Großflughafens und beobachtete die hastenden Menschen um mich herum. Englische Sprachfetzen drangen an mein Ohr. Laute Rufe, dröhnendes Hupen und Motorengeräusche abfahrender Fahrzeuge. Zur Untermalung des Straßenkonzertes folgte das typische Sirenengeheul von Ambulanzen und Polizeifahrzeugen. Mal leiser, mal lauter.

Ich gab mir einen Ruck und ging schnellen Schrittes auf das knallgelbe Yellow Cab zu, welches an vorderster Stelle in der Schlange der wartenden Taxis parkte. Der Fahrer erkannte sofort, dass ich sein nächster Kunde war. Er sprang von seinem Sitz hoch, nahm meine Reisetasche und den Rucksack und packte alles zusammen in den Kofferraum.

»Wo soll es denn hingehen?«

»Nach Manhattan«, erwiderte ich. »35th Street, 4th Avenue!«

Es war mittlerweile wie ein Ritual: Ich nahm stets ein Taxi für die Fahrt zu meinem gebuchten Hotel, wenn ich am New Yorker Flughafen ankam. Und jedes Mal verbrachte ich die ersten drei, vier Tage in der City, bevor ich mich zu meinen Gasteltern nach Pennsylvania aufmachte. Mit dem Bus oder der Bahn wäre ich zwar wesentlich günstiger nach Manhattan gekommen, doch eine Taxifahrt gehörte nun mal dazu! Ich genoss einfach den Blick aus dem fahrenden Auto hinaus und erfreute mich an meinen englischen Sprachübungen mit dem Taxifahrer. Es kam mir immer so vor, als ob ich bereits in den ersten Momenten nach der Landung das amerikanische Leben hautnah spüren würde. Ich wusste dann, dass ich angekommen war, und fühlte mich nah dran an allem. Die Gerüche, die Geräusche, die breiten Straßen, unendlich hoch erscheinende Wolkenkratzer, überdimensionale Neonreklamen, Menschen aller Herkunftsländer – asiatisch, indisch, afrikanisch, arabisch wirkende Menschen. Und das Beste: der Taxifahrer. Ein Must-have!

Diesmal hatte ich besonderes Glück. Na ja, letztendlich war es Ansichtssache. Manch einer hätte wohl weniger von Glück als von Pech gesprochen. Denn der Taxifahrer war definitiv ein liebenswerter Verrückter, wie ich schnell feststellen sollte!

Sein Name war Travis Walter. Das erfuhr ich mit einem kurzen Blick auf die Taxilizenz, die an der transparenten Plexiglasscheibe hing, welche an der Rückseite der Vordersitze angebracht war und bis hoch zum Dach reichte. Wahrscheinlich sollte sie den Fahrer vor unliebsamen Übergriffen von Fahrgästen schützen. Er war ein kleiner Mann mit einem Schnurrbart und einem dicklichen Bauch. Auf dem Kopf trug er eine alte, vergammelte Baseballkappe der New York Yankees.

Kaum hatte ich mich auf den Rücksitz geworfen, fuhr Travis mit quietschenden Reifen und heftig hupend los. Entsetzt sprangen ein paar Reisende zurück auf den Bürgersteig, obwohl sie sich gerade auf einem Fußgängerüberweg befanden und streng genommen Vorrecht hatten. Travis lachte nur und schlängelte sich an weiteren

Passanten rechts und links vorbei. Plötzlich streckte er seinen Kopf aus dem Fenster und schrie aufgeregt: »Hustle, hustle! Hurry up!!«, was so viel bedeutete wie: »Leute, macht Platz!«, nur etwas unfreundlicher formuliert. Lachend kurbelte er das Fenster wieder hoch.

»Mann, du!«, sagte er an mich gerichtet. »Umfahren sollte ich die! Weißt du eigentlich, was das Gegenteil von ›umfahren‹ ist?« Er blickte mich über seinen Rückspiegel an. Ich zuckte nur mit den Schultern. »Ey, Mann! Ist doch ganz einfach: ›umfahren‹!« Er grunzte verzückt. »*Um*fahren … und … um*fahre*n! Witzig, oder?«

Ich musste tatsächlich lachen. Der Groschen war gefallen.

Nachdem wir den Flughafenbereich verlassen hatten, rauschten wir durch Queens über den Van Wyck Expressway Richtung Manhattan. Travis kurvte schnell und abenteuerlich durch die Straßen, hupte und scherzte dabei, überholte rechts und links. Er erzählte unentwegt Witze und Anekdoten. Zum Lachen war mir nicht immer zumute. Ich musste mich öfters krampfhaft an der ledernen schwarzen Sitzbank festklammern, wenn er in die Kurven ging oder abrupt anfuhr. Zudem ignorierte er alle Regeln des Straßenverkehrs. Er raste über rote Ampeln, schnitt andere Autos und fuhr auf der falschen Seite der Straße. Ich kam mir vor wie auf der Kirmes in einem Autoscooter. Nur dass Travis Walter es tatsächlich schaffte, niemanden anzustoßen, auch wenn es oft extrem knapp war.

Munter erzählte er mir von seinen wilden Taxifahrten in New York City. Er war stolz darauf, dass er noch nie in einen Unfall verwickelt war, und er behauptete, er würde seine Kunden schneller als jeder andere Taxifahrer in dieser Stadt befördern. Das nahm ich ihm unbesehen ab, zumal ich in diesem Moment erneut in meinen Sitz gepresst wurde, da er zum Überholen eines Trucks das Gaspedal durchdrückte. Er fragte mich nach meinen Plänen in New York und gab mir einige Empfehlungen für Restaurants und Sehenswürdigkeiten in der Stadt. Dabei redete er so schnell, dass ich ihm kaum folgen, geschweige denn mir seine Tipps merken konnte.

Wir durchquerten den Queens-Midtown Tunnel unterhalb des East Rivers und erreichten Manhattan. Dort staute sich der Verkehr und Travis entschied sich, dem auszuweichen. Er kurvte durch enge Straßen an riesigen Wolkenkratzern vorbei. Plötzlich stoppte er ohne ersichtlichen Grund und kurbelte sein Fenster herunter. Neben dem Auto gingen zwei junge Mädels langsam plaudernd den Bordstein entlang.

Travis rief ihnen lachend zu: »Hey, pretty girls! Listen! How much?«

»Five Bucks!«, antwortete eine der beiden keck und lachte zurück, während sie weiterliefen.

Er drehte sich zu mir um: »Das ist günstig! Na, hast du Lust?«

Ich sah ihn völlig verdutzt an und schüttelte schnell den Kopf: »Nein, nein …«

»Bist du schwul, oder was?«, unterbrach er mich und trat erneut aufs Gaspedal. »War doch eh nur ein Scherz. Aber, falls doch …?« Er schaute mich durch seinen Rückspiegel gespannt an und sah erneut mein heftig verneinendes Kopfschütteln. Wieder lachte er. »Und was sagst du zur Titanic?«

»Hä? Was soll ich dazu sagen?« Ich wunderte mich nicht nur über seine abenteuerliche Fahrweise, sondern auch über seine wilden Gedankensprünge.

»Ja, die Titanic! Der riesige Passagierdampfer! 1912 gesunken. Wegen dem Eisberg. Das Wrack haben sie doch letztens tatsächlich entdeckt. In 4.000 m Tiefe! Wahnsinn, oder?«

»Keine Ahnung«, murmelte ich vor mich hin. Die Titanic war mir schon ein Begriff. Dass sie den Dampfer nun gefunden hatten, war jedoch an mir vorbeigegangen. Ich schaute aus dem Fenster, um zu signalisieren, dass ich gerade keine Lust hatte auf weitere Konversation.

Die Straßen waren voll von Menschen, Einheimische und Touristen gleichermaßen, die zu Fuß gingen oder mit dem Fahrrad fuhren. Plötzlich eine Vollbremsung! Mich riss es ein Stück weit nach vorne und ich versuchte mich krampfhaft am Sitz festzuhalten. Ein knallroter Feuerwehr-Leiterwagen vom New York City Fire Department raste vor uns über die Kreuzung, begleitet von ohrenbetäubendem Sirenengeheul.

»Holy shit!«, entfuhr es mir, um beim Englischen zu bleiben.

»Sorry …«, kam von vorne als Erwiderung. »Feuerwehrwagen haben immer Vorfahrt!«

»Oha!«, sagte ich. Er beachtete also doch ein Minimum an Verkehrsregeln.

Nachdem die Feuerwehr vorbeigezogen war, legte Travis wieder an Tempo zu. Wir fuhren an einem der typischen mobilen Hot-Dog-Stände am Straßenrand vorbei.

Das ist eines der ersten Dinge, die ich heute machen werde, dachte ich, bevor das Taxi wieder abrupt stoppte.

»Hier sind wir, junger Mann. Ich habe nicht zu viel versprochen: schneller am Ziel als mit jedem anderen!«

Ich grinste ihn an und nickte. Als ich die Autotür öffnete, hatte ich das Gefühl, als würde ich gerade aus einem verrückten Hollywoodstreifen steigen. Die wilde, chaotische Fahrt war zu Ende. Und ich war erleichtert, dass ich heil an meinem Ziel angekommen war.

Ich zahlte Travis ein großzügiges Trinkgeld und er half mir, mein Gepäck aus dem Kofferraum zu holen. Zum Abschied gab er mir einen freundschaftlichen Klaps auf die Schulter. Dann sprang er in sein Taxi und düste davon, natürlich nicht ohne durchdrehende Reifen und Hupkonzert.

Ich entspannte mich langsam und schaute ihm nach.

- Wenn ich Raucher gewesen wäre, hätte ich mir jetzt eine Zigarette gegönnt – ich war aber kein Raucher!
- Wenn ich Alkoholiker gewesen wäre, hätte ich jetzt einen Schnaps getrunken – ich war aber kein Alkoholiker!

Mein Blick fiel auf den Hot-Dog-Stand nur wenige Meter von mir entfernt …

- Ich war aber Fleischesser!!!

Rasch ergriff ich mein Gepäck und ging zügig auf das mobile Gefährt zu. Wenig später verdrückte ich mit Genuss direkt zwei von den ›heißen Hunden‹.

Kapitel 3
Die rote Karte

Mich hielt nichts auf dem Zimmer. Die Bezeichnung ›Zimmer‹ war auch leicht übertrieben. Der herkömmliche Begriff ›Absteige‹ traf es eher. Der Raum lud in keiner Weise zu einem längeren Aufenthalt ein. Das war mir jedoch schon vorher klar gewesen. Ich hatte die Unterkunft über ein Kölner Reisebüro gebucht, welches auf USA-Reisen spezialisiert war. Nachdrücklich hatte ich darauf gedrängt, das absolut günstigste Zimmer zu reservieren, das sie mir anbieten konnten. Einzige Bedingung war, dass es sich in der Nähe des Empire State Buildings befand. Und der Wunsch wurde mir erfüllt.

Der Raum war nur mit dem Notwendigsten eingerichtet, mit einem Bett in der Größe 80 mal 200 cm und einem Minibad. Dusche und Waschbecken waren bereits in die Jahre gekommen und die Toilette, auf der ein wackeliger Sitz befestigt war, hatte sicher auch schon bessere Zeiten erlebt. Vom Sauberkeitsgrad ganz zu schweigen ... Aber egal. Die Unterkunft war extrem günstig und die Lage perfekt. Nur wenige hundert Meter vom Empire State Building entfernt! Letztendlich benötigte ich das Zimmer nur zum Übernachten und um eine Möglichkeit zu haben, mich frisch zu machen. Denn ›The Big Apple‹ – New York – schlief nie! Und schlafen hatte ich auch nicht vor. Dafür gab es hier viel zu viel zu entdecken und zu erleben!

Bei meinen Reisen nach New York hatte ich noch ein weiteres Ritual: Am allerersten Abend besuchte ich stets das Empire State Building. Deshalb suchte ich mir immer eine Unterkunft in der Nähe. Das hatte ich mir auch für dieses Mal vorgenommen. Doch es war erst kurz nach 17:00 Uhr, viel zu früh für die Aussichtsplattform! Also beschloss ich, zunächst meine obligatorische ›Walking tour through the neighourhood‹, meinen Spaziergang durch die Nachbarschaft, zu machen, um diese zu erkunden.

Draußen war es bereits dunkel und extrem kalt. Neugierig schlenderte ich durch die belebten Straßen, bewunderte die hell erstrahlenden Lichter und hörte die Klänge der Stadt. Ich ging an Bars, Clubs und Restaurants vorbei und beobachtete das Treiben der Menschen. Die Straßen waren voller Leben. Überall erklang Weihnachtsmusik. ›Last Christmas‹ von Wham und Frank Sinatra erkannte ich, ›We Wish You a Merry Christmas‹ durfte auch nicht fehlen. Rot, weiß, grün leuchtende Weihnachtsdeko, wohin ich sah. Sterne, Weihnachtsbäume, Weihnachtsmänner, Rentiere in allen Variationen. Ich folgte dem Klang einer Blaskapelle und fand mich am Washington Square Park wieder. Der kleine Platz war voller Menschen, die ausgelassen ›Jingle Bells‹ sangen und dazu tanzten. Die Kapelle bestand aus zwei Männern und einer Frau von der Heilsarmee. Jedes Jahr im Dezember standen die Helfer auf der Straße und sammelten Spenden für Menschen, die den Boden unter den Füßen verloren hatten. Alle drei trugen einen roten Schal und die Männer militärisch anmutende Hüte auf dem Kopf. Vor ihnen wirbelte eine Dame wild umher, die begeistert jeden Anwesenden zu einer Geldspende und zum Mittanzen aufforderte. Anstelle eines Hutes blinkte auf ihrem Haupt eine lustige Weihnachtsmütze. Sie rockte voller Elan den Gehsteig, hüpfte zur stimmungsgeladenen Musik hin und her, hoch und runter. Kräftig rasselte sie dabei mit ihrer metallenen Sammelbüchse. Offensichtlich hatte sie mit ihrem Auftritt Erfolg. Auch ich konnte mich nicht erwehren und steckte bereitwillig einen 2-Dollar-Schein in ihre Blechbüchse, bevor ich weiterging.

Nach wenigen Metern entdeckte ich einen Kartenspieler. Er stand hinter einem provisorischen Spieltisch aus gestapelten Pappkartons und versuchte, die versammelten Touristen übers Ohr zu hauen. Bei meinem ersten Aufenthalt in New York 1981 hatte ich nur darüber gestaunt, wie schnell die Karten und die Dollars über die Straßenspieltische flogen. Damals wusste ich auch noch nicht, wie der Trick funktionierte.

Der Spieler wirbelte zwei schwarze und eine rote Karte umher und animierte die umstehenden Passanten, fünf Dollar zu setzen, wenn sie glaubten, die rote Karte entdeckt zu haben. Das ging natürlich meistens schief. Auch ich war damals darauf hereingefallen und hatte gedanklich immer auf die falsche Karte getippt, ohne jedoch Geld zu setzen. Das hatte mich so angespornt, dass ich wochenlang geforscht und geübt hatte, bis ich den Trick herausfand und selbst beherrschte. Tatsächlich musste man nur über geschickte Zeige- und Mittelfinger verfügen, um die gewünschte Karte im richtigen Moment fallen zu lassen. Das Auge des Betrachters konnte in der Regel nicht schnell genug folgen und verfiel einer Täuschung. Letztlich lag es allein in der Hand des Spielers, welche Karte die Zuschauer sahen und welche nicht.

Vor meiner Bundeswehrzeit hatte ich nie aus meinem fragwürdigen Können Profit geschlagen, sondern immer nur zum Spaß die Leute reingelegt. Doch dann kam der geschäftstüchtige Norbert! Mein Stubenkamerad hatte natürlich schnell spitzbekommen, über welche Fähigkeiten ich verfügte. Ab und zu überredete er mich dazu, in einer feuchtfröhlichen Runde unter Wehrpflichtigen ein bisschen Geld zu ›erspielen‹. Ich ließ mich darauf ein, denn meine Mitspieler waren ja schließlich keine Freunde von uns. Und oft kam es ja auch nicht vor. Ich hielt mich stets zurück, um es nicht zu übertreiben, was Norbert jedoch überhaupt nicht verstand. Andererseits hätten die Kameraden ja nur mal genauer hinsehen müssen! Und wie Norbert es gerne ausdrückte: »Wir sind ja schlicht und endlich keine Rechtsanwälte …« Wie hätten wir denn erkennen sollen, ob unser Handeln nun rechtens war oder nicht?

Jedes Mal, wenn ich New York besuchte, setzte ich selbst ein bisschen Geld. Aber ich spielte immer nur eine einzige Runde, um nicht in Schwierigkeiten zu geraten. Ich fand es völlig in Ordnung, denn hier in Manhattan traf es schließlich keine Armen. Allerdings durfte ich nicht zu offensichtlich zeigen, dass ich den Trick bereits kannte.

Unauffällig mischte ich mich unter die kleine Zuschauerschar und beobachtete zunächst das Spiel. Auch für mich war es nicht einfach, den fliegenden Karten zu folgen. Die Straßenlaterne, unter der sich alles abspielte, sorgte nur für wenig Helligkeit. Hin und wieder setzte jemand Geld. Grundsätzlich gewann natürlich der Kartenspieler – und er sackte eine Menge Dollars ein! Er machte auf mich einen entspannten Eindruck. Nun, dazu hatte er auch allen Grund. Während er die Karten hin und her wirbelte, hielt er zusätzlich ein Dollarbündel in seiner Hand. Das sah wild aus! Ich beschloss, dieses Element ebenso in mein Spiel aufzunehmen, wenn ich wieder zu Hause war. Gar nicht so einfach, mit einem Geldbündel in den Händen die Karten über den Spieltisch fliegen zu lassen. Es wirkte auf jeden Fall extrem cool.

Nach einer Weile wollte keiner der Zuschauer mehr Geld setzen. Zu viele Leute hatten bereits verloren. Das Spiel geriet ins Stocken. Der Blick des Spielers wanderte durch die Reihen und fiel schließlich auf mich. Lautstark forderte er mich mit einem stark geprägten italienischen Akzent auf, doch mal mein Glück zu versuchen.

»Nein«, erwiderte ich. »Ich schaue mir das noch ein wenig an. Es geht mir zu schnell und ich bin mir wirklich nicht sicher, wo die rote Karte liegt«, versuchte ich so unschuldig wie möglich zu wirken.

»Okay«, rief er. »Eh! Du brauchse eh keine Angste vor mire zu haben. Ich mache noch eine Male und eh für dische ganze langsam, okay?«

»Ja, aber … mal sehen …«, erwiderte ich leicht zögerlich.

Er nahm die drei Karten wieder auf und begann das

Spiel. Ich schaute angestrengt hin, um zu erkennen, mit welchem Finger er welche Karte auf den Karton fallen ließ.

»Na, Buddy! Du musse ganze genau hinschauen und immer eh nur die rote Karte im Blicke halten. Eh! Dann geht gar nichts schiefe und du mache aus fünf zehn Bucks! Meraviglioso, oder? Für dische mache ich jetze auch gaaaanze langesame, okay …?«

Und da war sein Fehler! Ich nickte zögerlich, nahm aber den Blick nicht von den Karten und seinen Fingern. »Bäng, bäng!«, rief er nun jedes Mal, wenn er die Karten aufnahm und wieder hinwarf. »Bäng, bäng! Jetzt musse du setzen, Buddy! Five Bucks?«

Die Karten lagen vor mir. Grinsend und mit einem stechenden Blick sah ich ihm für einen kurzen Moment in die Augen. Ich konnte es mir nicht verkneifen. »Gehen auch zwanzig Dollar? Ich bin mir sehr, sehr sicher«, sagte ich.

Ein paar umstehende Zuschauer raunten laut. Ich nahm einen 20-Dollar-Schein aus meiner Hosentasche und wedelte damit vor dem vermeintlichen Italoamerikaner herum. Dieser stutzte kurz, nickte dann aber bereitwillig. Vermutlich ahnte er etwas. Tja, nun musste er mitspielen. Er konnte sich vor den anderen Zuschauern keine Blöße geben.

Langsam breitete er seine Arme aus und ließ seine rechte Hand über den Spieltisch gleiten. »Die, die oder die?«, fragte er und tippte mit seinem Zeigefinger nacheinander auf die drei Karten. Jetzt war er es, der einen stechenden Blick aufsetzte.

Ich nahm meine zwanzig Dollar und legte sie auf die

von mir aus gesehen rechte Karte. »BÄNG!«, rief ich laut. Und noch mal: »BÄNG! BÄNG!!«

Ist ganz schön frech, dachte ich bei mir.

Die umstehenden Zuschauer lachten und sahen gespannt auf den Spieltisch. Jetzt war ich doch aufgeregt. Mein Herz pochte wie verrückt. Aber ich war sicher, dass ich auf die richtige Karte gesetzt hatte.

Mein Gegenüber sah mich wieder mit stechendem Blick an. Ich hatte das Gefühl, dass seine Augen blitzten. Dann lächelte er und drehte langsam die Karte um.

Es war die rote. Die Zuschauer stöhnten wohlwollend auf. Dem Kartengeber blieb nichts anderes übrig, als mir widerwillig meinen 20-Dollar-Schein plus weitere zwanzig Dollar auszuhändigen. Er hielt kurz meine Hand fest, als ich nach den beiden Scheinen griff, und zog mich ein Stück zu sich heran.

»Buddy«, raunte er, »gut gemacht. Und jetzt hau ganz schnell von hier ab, bevor ich meinen Freunden Bescheid sage, eh!« Dann ließ er meine Hand los. Den übrigen Zuschauern rief er zu: »Seht ihr? Hier könne ihr viele Geld gewinnen, eh! Ihr müsss euch nur trauen und genaue eh hinsehen. So wie der junge Manne hier eben gemachte hatte, eh!«

Ich steckte rasch das Geld in meine Hosentasche und verdrückte mich. Das hatte ich ohnehin vorgehabt. Nach ein paar Metern schaute ich mich um und sah, wie einer nach dem anderen Geld setzte – und es unter Gelächter und Gestöhne schnell verlor. So hatte ich sogar dazu beigetragen, den Spieltrieb anzukurbeln. Eine klassische Win-win-Situation. Das waren für uns beide gut eingesetzte zwanzig Bucks, fand ich. Und außerdem hätten die anderen Spieler ja nur mal genau hinsehen müssen ...

Kapitel 4
Die Windböen

Ich ließ mich weitertreiben und schlenderte gemütlich die Greenwich Avenue entlang. Vor einem italienischen Restaurant blieb ich stehen und beschloss, zu Ehren des Italoamerikaners eine Pizza zu essen.

Im Innern herrschte ein reges, ausgelassenes Treiben. Das Restaurant war voller Menschen und viele trugen Weihnachtsmützen oder entsprechende Pullover. Ich hatte Mühe, ein freies Plätzchen zu finden. Die Bedienung führte mich schließlich zu einem Platz an der Bar, wo ich mir zu einer Pizza ein erstes amerikanisches Bier gönnte.

Ich verlangte recht schnell die Rechnung, da ich unbedingt zum Empire State Building wollte. Nun war es die beste Zeit, um zur Aussichtsplattform in der 86. Etage zu gelangen. Der Andrang legte sich in der Regel gegen Abend und in der Nacht. So vermied ich endlos erscheinende Warteschlangen.

Während ich auf meine Rechnung wartete, blickte ich mich um und schaute dem fröhlichen Treiben im Restaurant zu. Mein Blick ging in Richtung Fenster. Ich stockte. An einem Tisch saßen vier Mädchen, und eine von ihnen hatte ihre rotblonden Haare zu einem wunderschönen Dutt zusammengebunden. Ich musste sofort an Anna-Maria aus dem Flieger denken. *Kann doch wohl nicht sein, oder?* Sie saß mit dem Rücken zu mir und ich versuchte aus der Entfernung mehr von ihr zu erkennen. In diesem Moment kam die freundliche Bedienung zu mir an den Platz und übergab mir die Rechnung.

»Darf ich die fünfzehn Prozent Tip gleich dazuschreiben?«

»Ja, gerne«, sagte ich zu ihr gewandt. Es war in den USA nicht unüblich, dass die Bedienung das Trinkgeld selbst ausrechnete und auf den Beleg schrieb. Manchmal wurde der Gast erst gar nicht gefragt, sondern es wurde direkt auf der Rechnung notiert. Anders als in Deutschland verdienten die Kellner oft nur ein minimales Stundengehalt, somit war das Trinkgeld ein wichtiger Teil ihres Lohns. Dies war in der Regel jedem bekannt, daher wunderte sich auch niemand darüber. Und wenn sich doch mal jemand weigerte, das Trinkgeld zu bezahlen, gab es ein riesiges Getöse und viele Diskussionen mit den Angestellten.

Nachdem ich artig bezahlt hatte, schaute ich noch einmal hinüber zu dem Tisch am Fenster. Gerade erhob sich die Rothaarige von ihrem Sitz und drehte sich in meine Richtung. Leider musste ich erkennen, dass es sich nicht um Anna-Maria handelte. War ja irgendwie auch klar, dachte ich. Das wäre ja auch ein mega Megazufall gewesen, sie ausgerechnet hier und jetzt wiederzutreffen, in einer Metropole mit sieben Millionen Einwohnern plus Zehntausenden von Touristen. »Schade eigentlich«, murmelte ich vor mich hin. Hm, irgendetwas hatte sie wohl doch in mir ausgelöst.

Ich zog meine dicke Winterjacke an, band mir meinen

Schal um den Hals und verließ das Lokal. Vor der Tür angekommen, winkte ich eines der vorbeifahrenden Yellow Cabs heran. Der Fahrer war nicht an Konversation interessiert, scheinbar ein Sikh aus Indien, wie ich aufgrund seines typischen Turbans, eines Pagri, schloss. Ziemlich ruhig und unspektakulär brachte er mich auf direktem Weg zum Empire State Building in die 34. Straße. Kein Vergleich zu der turbulenten Fahrt mit Travis.

Nach gut zehn Minuten fuhr das Taxi am Haupteingang vor. Der Wolkenkratzer mit dem imponierenden Erscheinungsbild galt lange Zeit, von 1930 bis 1972, als das höchste Gebäude der Welt. Ich zahlte ein paar Dollar plus das obligatorische Trinkgeld für die kurze Fahrt und eilte die Stufen zum Eingangsportal hoch. Wie erhofft, gab es tatsächlich um diese Uhrzeit keine Warteschlange. Nachdem ich mein Ticket für den Besuch der Plattform gelöst hatte, konnte ich direkt zu den Aufzügen durchgehen.

Rasend schnell, in nur 54 Sekunden, gelangte ich in die 86. Etage und eilte, kaum war ich oben angekommen, durch die Tür nach draußen zur Aussichtsplattform ins Freie. Ein eisiger Wind schlug mir heftig ins Gesicht. Ich suchte mir eine geschützte Ecke neben einem Pfeiler und band mir meinen Schal über Mund und Nase. Nun machte mir der kalte Wind nichts mehr aus.

Fasziniert schaute ich auf die Skyline von New York. *Wahnsinn*, dachte ich, *was für ein Anblick!* Es hatte etwas Mystisches an sich. Ich hatte das Gefühl, das Gebäude unter meinen Füßen würde durch den Wind etwas wackeln. Ich schwankte leicht hin und her. Vor mir erhoben sich, unübersehbar und hell erleuchtet, die Twin Towers des World Trade Centers. Diese würde ich morgen besuchen. An klaren Tagen konnte man von oben auf fünf Bundesstaaten sehen: New Jersey, Pennsylvania, Connecticut, Massachusetts und Delaware.

Ich versank in Gedanken und genoss das vor mir liegende Lichtermeer. Langsam merkte ich, dass ich bereits über 24 Stunden auf den Füßen war. Eine leichte, angenehme Müdigkeit überfiel mich. Ich sah auf die unzähligen Lichtpunkte unter mir, die teils starr standen, teils blinkten. Als Begleitmusik ertönte immer wieder Sirenengeheul von Polizeifahrzeugen, Krankenwagen oder Feuerwehr. Die Geräusche kamen dezent aus allen Richtungen. Eine kurze, aber heftige Windböe wirbelte mein Haar durcheinander. Es geschah etwas mit mir, was ich nicht richtig deuten konnte.

Plötzlich durchfloss mich ein durchgehendes Kribbeln von Kopf bis Fuß und ich musste an Anna-Maria denken. Meine Gedanken drehten sich auf einmal nur noch um sie. Ich sah ganz deutlich ihr hübsches Gesicht vor mir. Ihre wunderschönen Augen und ihr Lächeln, das mich verzauberte. Das Gesicht, welches ich sah, hatte einen Glanz, der mich dazu verführte, es näher betrachten zu wollen. Mein Herz schlug schneller. Ein Gefühl stieg in mir auf, das ich nicht beschreiben konnte. Was war das nur? Ich wünschte mir, sie würde jetzt hier neben mir stehen. Hoch oben über der Stadt. Ich wusste, dass alles möglich war, und ich war bereit für alles, was noch kommen sollte. Ich fühlte mich auf einmal so frei und lebendig.

Die nächste Böe erfasste mich und ließ kurz darauf

wieder von mir ab. Ich verfolgte ihren Verlauf und sah zu Boden. Der Wind wirbelte den Staub zu meinen Füßen auf, heftig warf er ihn in die Höhe. Ich hob meinen Blick und schaute wieder über die Skyline der Stadt. Rasch nahm der Wind zu und es pfiff nun von allen Seiten. Und immer wieder wirbelten Böen den Staub vor meinen Füßen auf. So als ob sie mir etwas mitteilen wollten.

Seit dem plötzlichen Tod meines Vaters spielten Windböen für mich eine große Rolle. Ich war erst zwölf Jahre alt, als er an einem plötzlichen Schlaganfall mit anschließendem Nierenversagen starb. Ab da veränderte sich mein Leben kolossal. Ich musste quasi von heute auf morgen aus der Patchworkfamilie meines Vaters in das neue Zuhause meiner Mutter umziehen, zu meiner Halbschwester und meinem Stiefvater. Meine Eltern hatten sich erst fünf Jahre zuvor, nach heftigen Streitereien und Gezerre um uns Kinder, scheiden lassen und unmittelbar darauf jeweils neu geheiratet.

Früher, vor dem Tod meines Vaters, hatten mich Sonnenstrahlen stark beeindruckt. Wenn es mir schlecht ging, blickte ich in den Himmel hinauf, beobachtete den Verlauf der Strahlen und sog die Energie tief in mich ein. Das beruhigte mich enorm. Es half mir, unangenehme Momente ein bisschen besser zu verarbeiten. Mein erstes bewusstes Erlebnis mit Windböen hatte ich am Ende des Begräbnisses meines Vaters, als nur noch meine Stiefmutter und mein Patenonkel mit mir am offenen Grab standen. Ich warf als Letzter eine Rose zu den vielen Blumen, die auf dem Sargdeckel tief unter mir ruhten. Und plötzlich kam eine Böe auf, die sanft durch mein

Haar strich. Ich bildete mir damals ein, es wäre die Hand meines Vaters, die mich berührte. Als ich meinen Blick zu den großen Eichen wandte, die in einiger Entfernung an den Friedhofsmauern wuchsen, glaubte ich, dort einen Schatten gesehen zu haben, der sich hastig wegbewegte.

Von da an redete ich oft mit dem Wind. Egal wo ich mich befand. Der Wind stellte für mich eine Verbindung zu meinem Vater dar. Besonders, wenn ein wichtiges Ereignis bei mir anstand oder wenn ich in einer Situation nicht sofort weiterwusste, achtete ich auf die Bewegungen des Windes. Ich glaubte, einen Rat oder einen Hinweis von meinem Vater zu erhalten, wenn ich dem Wind lauschte. Vielleicht wollte er mir weiterhelfen oder mich gar vor etwas warnen?

Ich blickte wieder über die vor mir liegende Stadt. Dreihundertzwanzig Meter hoch über der Stadt! Ich legte meinen Kopf in den Nacken und richtete meine Augen hoch zum Himmel. Ich lächelte und sprach ganz leise in den Wind hinein: »Schön, dass du da bist, Papa! Ich ziehe jetzt weiter durch die Stadt. Bis bald!«

New York war voller Leben und Energie. Ich war voller Leben und Energie!

Kapitel 5
Das Telefonat

Die Nacht war kurz. In Rekordzeit duschte ich mich und warf mir meine Klamotten über. Bewusst verschloss ich meine Augen vor der mangelnden Sauberkeit meiner ›Absteige‹. Einfach ausgeblendet. Und los ging es mitten hinein in das hektische Treiben der Stadt!

Als Erstes musste ich unbedingt zu Hause anrufen. Durch die Zeitverschiebung war es jetzt in Deutschland schon früher Nachmittag. Und wie ich meine Mutter kannte, wanderte sie schon einige Zeit in der Nähe des Telefons auf und ab, um meinen Anruf ja nicht zu verpassen.

Einen Münzfernsprecher in Manhattan zu finden, war wahrlich keine Schwierigkeit. Sie hingen an fast jeder Straßenecke. Vielleicht gab es nirgendwo auf der Welt so viele wie in Manhattan. Die Apparate befanden sich jedoch nicht in separaten Zellen, sondern waren frei zugänglich an Häuserwänden oder Masten montiert. Lediglich eine kleine Überdachung über der Apparatur sollte vor Regen und Schnee schützen. Manchmal waren sie optisch aufgehübscht oder mit anmutigen Pagodendächern versehen, so wie in Chinatown.

Ich musste nicht lange suchen, denn direkt vor meiner Unterkunft hing einer dieser öffentlichen

Münzfernsprecher. In einem nahe gelegenen Deli, einem einfachen Supermarkt für Snacks und Kleinartikel des täglichen Gebrauchs, wechselte ich rasch einige Dollarscheine gegen 25-Cent-Münzen. Nun klimperten in meinen Hosentaschen unzählige dieser sogenannten ›Quarter Dollars‹.

Ich nahm den Hörer ab, klemmte ihn zwischen Ohr und linke Schulter und hörte sofort eine undeutliche automatisierte Operatorstimme, die dazu aufforderte, zunächst mal eine Münze einzuwerfen.

Operator: »Bevor Sie beginnen, werfen Sie Ihre Münzen ein. Für ein Ortsgespräch 25 Cent. Drücken Sie die Taste 1. Für einen Long-distance Call 50 Cent. Drücken Sie die Taste 2. – Bevor Sie beginnen, werfen Sie Ihre Münzen ein. Für ein Ortsgespräch 25 Cent. Drücken Sie die Taste 1. Für einen Long-distance Call 50 Cent. Drücken Sie die Taste 2. – Bevor Sie beginnen, werf…«

Ich kramte zwei Quartermünzen aus der Hose und folgte den Anweisungen der Endlosschleife. Mist! Ich hatte die Taste 1 gedrückt. Sofort erkannte ich meinen Fehler, legte auf, entnahm die Münzen aus der Geldschale und versuchte es erneut.

Operator: »Bevor Sie beginnen, werfen Sie Ihre Münzen ein. Für ein Ortsgespräch 25 Cent. Drücken Sie die Taste 1. Für einen Long-distance Call 50 Cent. Drücken Sie die Taste 2. – Bevor Sie beginnen, werfen Sie Ihre Münzen ein. Für ein Ortsgespräch 25 Cent. Drücken Sie die Taste 1. Für einen Long-distance Call 50 Ce…«

Diesmal drückte ich die richtige Taste …

Operator: »Bitte wählen! – Bitte wählen! – Bitte wählen!«

Ich wählte die Nummer meiner Mutter und hörte nach vielen kratzenden, knirschenden Geräuschen tatsächlich ein Freizeichen. Es musste nun zu Hause klingeln. Nach ein bis zwei Klingeltönen meldete sich ein ›lebendiger Operator‹, während es im Hintergrund weiter bimmelte.

Operator: »Dies ist ein internationaler Call! Wenn Sie weiter telefonieren möchten, werfen Sie 1,85 Dollar für ein 60-Sekunden-Gespräch nach!«

Meine Mutter: »Hallo? Hallo?«

Ich: »Ja, Moment bitte. Ich werfe das Geld nach.«

Hektisch schob ich die 25-Cent-Stücke nacheinander in den Münzschlitz.

Meine Mutter: »Hallo? Timmichen? Bist du es? Was hast du gesagt?«

Timmichen … Wie ich diesen Spitznamen hasste!

Ich: »Ja … Hallo, Mutter. Ich hatte gerade dem Operator geantwortet.«

Meine Mutter: »Wer ist das?? Was machst du? Ich hatte

mir die ganze Zeit schon Sorgen gemacht. Du meldest dich so spät! Ist da jemand bei dir?«

Ich: »Nein, das war der Operator – von der Telefonfirma. Mir geht es gut …«

Meine Mutter: »Welche Firma denn? Du bist doch in New York, oder? Geht es dir denn wirklich gut? Ich höre dich ganz schlecht. Was ist das denn für ein Geräusch immer?«

Ich murmelte: »Ja. Nicht gut die Verbindung …«

Meine Mutter: »Kürzlich habe ich Sabine getroffen. Ich verstehe immer noch nicht, warum du mit ihr Schluss gemacht hast, hm …«

Ich: »Wir beide haben uns getrennt, Mama. Ich habe nicht einfach so mit ihr Schluss gemacht …«

Operator: »Werfen Sie für weitere sechzig Sekunden 1,85 Dollar nach. Ich halte so lange ihr Gespräch.«

Ich: »Ja, in Ordnung. Mach ich!«

Langsam kam ich ins Schwitzen. Das war Stress …

Meine Mutter: »Tim? War das wieder jemand von der Firma?«

Ich: »Welche Firma??«

... und warf immer weiter und weiter, unermüdlich Münzen nach ...

Ich: »Ach so! Nein, Mutter. Immer noch der Operator ...«

Meine Mutter: »Komisch. Da ist doch jemand. Und die Geräusche ... Ich verstehe dich gar nicht. Bist du noch da, Timmichen?«

Ich: »Ja-a, Mama! Alles gut hier ... Ist bei euch denn auch alles in Ordnung?«

Meine Mutter: »Oh! Jetzt verstehe ich dich auf einmal besser. Uns geht es gut. Onkel Heinz sucht seinen Gummihammer. Den hattest du doch mal gebraucht, oder?«

Ich runzelte die Stirn. Meinte sie das jetzt ernst?

Onkel Heinz war mein Stiefvater. Gar kein echter Onkel. Damals, als meine Mutter ein Verhältnis mit Heinz begann und es irgendwann ernster wurde, stellte sie ihn uns als neuen Onkel vor. Ich war erst vier Jahre alt und hatte mir nichts dabei gedacht und ihnen natürlich geglaubt. Der Name ›Onkel Heinz‹ ist seitdem fest verankert.

Ich: »Gummihammer? Oh Mann, das weiß ich nicht.«

Operator: »Für weitere sechzig Sekunden werfen Sie 1,85 Dollar nach. Ich halte so lange Ihr Gespräch.«

Ich: »Oh Mann …«

… meine rechte Hosentasche war leergeräumt. Ich versuchte, mit meiner rechten Hand in die linke Tasche zu greifen, um an weitere Quarterstücke zu gelangen. Der zwischen Ohr und Schulter eingeklemmte Hörer verrutschte dabei leicht. Für einen kurzen Moment konnte ich nichts mehr verstehen.

Meine Mutter: »Was hast du gesagt? Wo ist der Hammer?«

Ich hatte es geschafft. Weitere sechzig Sekunden waren mir sicher!

Ich: »Was hast du eben gesagt, Mama? Ich konnte dich nicht verstehen.«

Meine Mutter: »Wegen dem Hammer! Von Onkel Heinz!«

Ich: »Mama! Ich weiß es nicht. Ich habe hier gerade ziemlichen Stress. Ist gar nicht so einfach.«

Meine Mutter: »Onkel Heinz sagt, du musst das doch wissen. Ach so, bist du auch warm genug angezogen? Achte auf deinen Husten. Kriegst du doch immer so leicht.«

Ich: »Ja, Mama. Alles perfekt. Wetter ist gut, ich bin warm angezogen und morgen fahre ich weiter mit dem

Zug nach Pennsylvania. Sag Onkel Heinz, dass ich den blöden Hammer nicht hatte!«

Meine Mutter: »Was ist das denn? Ich verstehe nur immer die Hälfte. Was knackt denn da ständig? Hm … Tim, bist du noch da? Hm … und der Hammer? Heinz, komm mal her. Sprich du mal mit Tim. Heeeiiinz! Vielleicht verstehst du mehr?«

Gerade als ich meiner Mutter antworten wollte, dass mir langsam das Geld ausginge, postierte sich genau vor mir ein ‹Weihnachtsmann› und legte eine Breakdance-Einlage hin, während aus seinem überdimensionalen Ghettoblaster rockige Weihnachtsmusik tönte.

Meine Mutter: »Warte, Tim. Onkel Heinz kommt gleich … Bist du noch da?«

Ich: »Äh …«

Meine Mutter: »Was meinst du?«

Ich: »Ähh … Moment, Mama … Der Weihnachtsmann will was von mir …«

Meine Mutter: »Der Weihnachtsmann? Ich versteh gar nichts mehr … Heeeeinz!! Nun komm doch endlich mal!«

Nach drei, vier atemberaubenden Sprüngen und Drehungen streckte mir der Weihnachtsmann breit grinsend seine Hand entgegen und ich ließ das Quarterstück, welches ich gerade im Schlitz des Münzfernsprechers versenken wollte, in seine geöffnete Hand fallen. So schnell der Weihnachtsmann gekommen war, so schnell packte er seinen Ghettoblaster und zog fröhlich weiter.

Operator: »Für weitere sechzig Sekunden werfen …«

Ich: »Mama, ich habe kein Geld mehr.«

Operator: »… Sie 1,85 Dollar nach. Ich halte so lange Ihr Gespräch.«

Onkel Heinz: »Ich bin es. Guten Tag, Tim. Du möchtest mit mir über den Hammer sprechen?«

Ich: »Äh … Nein … Aber der Weihnachtsmann ist schon weitergezogen …«

Piep … piep … piep …

… ICH LEGTE AUF …

Puh … puh …

Ich atmete tief durch und lehnte mich, auf meinen rechten Unterarm gestützt, über das Gehäuse des Münzfernsprechers. Abgehakt! Meine Pflicht war erfüllt. Ich war knapp sechs Dollar ärmer und der Weihnachtsmann um 25 Cent reicher. Meine Mutter wusste nun, dass ich gut in New York angekommen war. Und ich wusste nun, dass Onkel Heinz seinen Gummihammer suchte. Perfekt! Das sollte auf meiner Reise mein erstes und letztes Telefonat in die Heimat gewesen sein …

Kapitel 6
Die Feuertonne

Ich beschloss, nach Brooklyn zu fahren – ans andere Ende der Brooklyn Bridge. Ich wollte die Skyline von Manhattan zum ersten Mal aus einer neuen Perspektive betrachten: Auf die Skyline zugehen wollte ich, nicht mich von dieser entfernen! Dazu eignete sich ein Spaziergang auf der Brooklyn Bridge hervorragend, denn die Hängebrücke verband die beiden Stadtteile Brooklyn und Manhattan. Ein Wunderwerk der Technik und der Architektur! Ein Spaziergang, der die perfekte Kombination aus dieser atemberaubenden Architektur und spektakulärer Aussicht auf die Skyline bieten würde.

Für den Weg nach Brooklyn nahm ich mir ein Taxi. So konnte ich mich nach meinem aufregenden Telefonat in der Kälte etwas aufwärmen. Die Temperatur lag nur knapp über 0 °C und am Himmel zogen erste Wolken auf. Für heute Abend waren leichte Schneefälle angekündigt, wie mir der Deli-Verkäufer zuvor berichtet hatte.

Der Taxifahrer setzte mich direkt am Treppenaufgang zur Brücke ab. Kaum war ich ausgestiegen, eilte ich sofort die Stufen hoch. Ich konnte es nicht mehr abwarten. Und ich hatte mir nicht zu viel versprochen: Die Aussicht auf die Skyline war atemberaubend! Oft stoppte ich meinen Spaziergang und genoss den fantastischen Ausblick. Ich konnte die riesigen Wolkenkratzer sehen, die majestätisch aus dem Boden ragten, sowie die vielen Brücken und Flüsse, die die Stadt durchzogen. Es war ein unglaubliches Gefühl, auf der Brooklyn Bridge zu stehen und Teil der pulsierenden Energie der Stadt zu sein.

Die Kälte und der Wind machten mir keine Schwierigkeiten. Ich war gut verpackt und genoss die Zeit. Für die Wegstrecke von knapp 2 km benötigte ich etwa neunzig Minuten.

Den Rest des Tages verbrachte ich mit weiteren Spaziergängen durch Chinatown, Little Italy, SoHo und Greenwich Village. Den Zwillingsturm des World Trade Centers fuhr ich dann doch nicht mehr hoch, da mir die dortige Warteschlange zu lang war.

Nachdem ich mir am Abend in einer Sportsbar einen fetten Burger reingezogen hatte, spazierte ich weiter Richtung Rockefeller Center. Na klar: Der riesige Weihnachtsbaum vor dem Gebäude war ein Must-have! Auf dem Weg dorthin ging ich durch eine Seitenstraße und sah zwei schwarze Amerikaner vor einer Feuertonne stehen. Einer der beiden trug eine Nikolausmütze. Ich schätzte sie auf Mitte, Ende fünfzig. Aus einem Deli, nur wenige Meter entfernt, trällerte fröhliche Weihnachtsmusik.

Kurzentschlossen gesellte ich mich zu ihnen und hielt meine kalten Hände über die Flammen. Ich spürte sofort die angenehme Wärme. Feuertonnen gab es zu dieser Jahreszeit viele in New York, sie standen meist in abseits liegenden Straßen oder kleineren Parks. Zahlreiche Obdachlose nutzten die Möglichkeit, sich am offenen Feuer aufzuwärmen.

Die beiden Männer begrüßten mich freundlich und wir begannen zu plaudern. Ich erfuhr, dass sie aus Long Island kamen und jedes Jahr eine vorweihnachtliche Feuertonnentour unternahmen. Auf ihrer Tour zogen sie durch die Straßen, sangen Weihnachtslieder und wärmten sich an den Tonnen auf. Nebenbei schenkten sie den ärmeren Menschen ein paar Dollar und verteilten frisch belegte Sandwiches. Ab und zu gab es auch mal ein Bier zu trinken.

»Das ist heute unsere erste Feuertonne. Hast du nicht Lust, mit uns zu gehen?«, fragte der Mann mit der Weihnachtsmütze. »Mein Name ist Tyrone und der Kleine hier neben mir ist mein Freund Marcus.«

Ich ergriff die ausgestreckte Hand und schlug ein. »Sehr gerne! Vielen Dank. Natürlich mache ich mit. Aber ich möchte unbedingt auch am Rockefeller vorbei. Ich bin Tim aus Deutschland und gestern erst angereist.«

Plötzlich hörten wir ein Geräusch hinter uns. Als wir uns umdrehten, sahen wir einen Mann in einem Rentierkostüm auf einem Skateboard vorbeifahren. Er rief uns zu: »Frohe Weihnachten, Jungs! Habt ihr schon alle Geschenke zusammen?« Ohne unsere Antwort abzuwarten, rollte er auf seinem Board weiter die Straße entlang. Wir lachten und schüttelten den Kopf über die skurrile Szene.

»Na, dann mal los«, sprach Tyrone. »Auf zur zweiten Tonne!«

Wir fanden sie in einem kleinen Park in Höhe der 28. Straße, nachdem wir ein gutes Stück die 8th Avenue entlanggegangen waren. Zwei grimmig dreinblickende

Typen standen vor der Tonne und wärmten sich am Feuer auf. Ganz wohl war mir dabei nicht, doch Tyrone ging breit grinsend auf die Gruppe zu, wünschte ihnen »Frohe Weihnachten« und fragte, ob wir uns dazustellen dürften. Marcus nahm derweil die vorbereiteten Sandwiches aus seinem Rucksack und verteilte außerdem vier kleine braune Papiertüten an alle. Die Mienen der zwei Typen hellten sich sofort auf. In den schlichten und unschuldig aussehenden Tüten befand sich jeweils eine Flasche Miller Lite.

In vielen Bundesstaaten schrieb das Gesetz vor, dass Flaschen mit alkoholischem Inhalt auf der Straße nicht gezeigt werden durften. Amerika war eben das Land der unbegrenzten Möglichkeiten, und dies galt wohl auch für die Möglichkeit, unbegrenzt Gesetze zu verabschieden. An jedem Ort, in jedem Winkel, für jede Sinnigkeit und Unsinnigkeit gab es ein eigenes Gesetz. Wer ein Bierchen auf der Straße oder im Park zu sich nahm, zog sofort Aufmerksamkeit auf sich. Das gehörte sich einfach nicht. Vorwurfsvolle Blicke wären nur der Beginn einer ersten Eskalationsstufe. Es wäre ungefähr so, als ob man nackt durch die Stadt laufen würde. Ein Skandal! Als nächste Stufe würden Ansagen seitens der Passanten folgen, von nett gemeinten Warnungen bis hin zu bösartigen Beschimpfungen. Die höchste Stufe der Eskalation wäre mit dem Eintreffen von Ordnungskräften erreicht. Und das wollten wir tunlichst vermeiden. Also zogen wir die Tüte nur bis knapp unter die Flaschenöffnung, um nicht den geringsten Anlass für Aufmerksamkeit zu geben.

Nachdem wir genussvoll die Biere getrunken hatten, verabschiedeten wir uns und warfen die leeren Flaschen in den Abfallbehälter. Natürlich samt der braunen Papiertüten, die sie umhüllten! Denn das Gesetz schrieb ebenfalls vor, dass man selbst leere Behälter abdecken musste. Es könnte ja noch ein kleiner Rest Alkohol enthalten sein.

Auf unserem Weg legten wir noch zwei weitere Stopps ein, bevor wir schließlich das Rockefeller Center erreichten. Dort erwartete uns eine komplett anders erscheinende Welt. Menschenmassen aus allen Herkunftsländern, dichtes Gedränge und Geschubse. Alle wollten zu dem Platz vor dem Gebäude, um den riesigen, prächtig geschmückten Weihnachtsbaum zu sehen – den berühmtesten Weihnachtsbaum New Yorks! Überdimensionale, meterhohe Nussknacker säumten die Straße. Weihnachtsmusik erklang aus den Lautsprechern, die alle paar Meter aufgestellt waren.

Wir zwängten uns vor, bis wir die Eislauffläche erreichten, die traditionell vor dem Baum errichtet worden war. Viele Kinder und Erwachsene tummelten sich fröhlich auf dem Eis. Und alle liefen immer schön im Kreis herum.

Direkt vor mir knallte eine Schlittschuhläuferin gegen die Bande und drohte hinzufallen. Reaktionsschnell streckte ich meine Hände aus und fing sie auf.

»Ganz schön zügig unterwegs!«, sagte ich und lächelte ihr zu, als ich sie wieder losließ.

»Danke schön! Macht auf jeden Fall Spaß. Das könntest du auch mal versuchen.«

»Oh nein«, antwortete ich, »wenn ich mich so umblicke, ist es mir zu voll hier.«

»Du hast einen süßen Dialekt. Du bist nicht von hier, oder? Woher kommst du?«

»Aus Deutschland. Aus der Nähe von Köln, falls du das kennst. Ich mache mit den beiden Männern hier eine Feuertonnentour und wollte mir unbedingt den riesigen Weihnachtsbaum ansehen. Und woher kommst du?«

»Aus Maryland. Ich bin mit meiner Freundin für ein paar Tage zum Weihnachtsshoppen hier in New York. Mein Name ist Rose. Schön, dich kennenzulernen«, sie streckte mir über die Bande hinweg ihre Hand entgegen.

»Und ich bin Angie«, hörte ich ein Mädchen sagen, das soeben lautstark neben Rose an der Bande andockte. »Wen hast du denn hier Nettes kennengelernt, Rose?«

Ein wenig verwirrt ergriff ich Roses ausgestreckte Hand. »Mein Name ist Tim. Auch nett, euch kennenzulernen.«

»Habt ihr nicht Lust, mit uns in eine mexikanische Bar zu gehen?«, fragte Angie mit Blick auf mich und meine beiden Begleiter. »Wir geben nur schnell die Schlittschuhe ab und es kann losgehen, okay?«

Tyrone gab mir einen freundschaftlichen Klaps auf die Schulter. »Geh nur, Tim. Ich sehe, du hast neue Freunde in deinem Alter gefunden. Wir bleiben unserer Tradition treu und ziehen weiter zur nächsten Tonne.«

»Wenn es okay für euch ist, dann mache ich das. Hat auf jeden Fall riesigen Spaß gemacht, mit euch durch die Viertel zu ziehen.«

Die beiden Mädels nickten uns freudig zu und verschwanden dann mit hohem Tempo Richtung Ausgang, um ihre Schlittschuhe beim Verleih zurückzugeben. Ich umarmte Tyrone und Marcus zum Abschied.

»Ich wünsche euch noch eine schöne Zeit. Und geht nicht zu nahe an die Tonnen, ihr könntet euch verbrennen!«

»Und du, Tim«, erwiderte Tyrone, »nicht zu nahe an Rose. Du könntest dich auch verbrennen.«

Wir lachten alle drei.

Dann stimmten die beiden ein Weihnachtslied an und ich sah ihnen nach, wie sie langsam in der Menschenmenge verschwanden.

Kapitel 7
Die Tequilas

Fünfzehn Minuten später und drei Blocks weiter erreichten wir die mexikanische Bar. Die Location war für ihren DJ bekannt, der stets die beste Partymusik auflegte, erzählte mir Angie. Am Eingang kontrollierte ein Mitarbeiter das Alter eines jeden Gastes. Der entsprechende Hinweis befand sich gut sichtbar an der Tür: ›Zutritt erst ab 21 Jahren. Wir überprüfen Ihr Alter. Das ist ein Gesetz!‹« *Aha*, dachte ich. Vor uns in der Schlange stand ein älteres Pärchen. Beide waren weit über 21 Jahre. Offensichtlich sogar deutlich über fünfzig Jahre! Doch auch sie mussten ihren Führerschein zücken, um ihr Alter zu beweisen. Und tatsächlich: Das Pärchen erhielt Zutritt! Ich wunderte mich nur, weil der ältere Mann so erleichtert schaute. Hatte er etwa daran gezweifelt? Oder gab es ein Gesetz zu einer Altersobergrenze für Bars, von dem ich nichts wusste? Egal. Auch wir durchliefen die Kontrolle und durften eintreten. Alle über 21!

Sofort schallte uns laute Musik entgegen. Die Tanzfläche am Rand war gut gefüllt und der DJ heizte ordentlich mit lateinamerikanischen Songs ein. Plötzlich schrien alle begeistert auf, als der DJ ein neues Stück auflegte: ›Feliz Navidad‹ von José Feliciano. Noch mehr Leute stürmten auf die Tanzfläche. Unglaublich, was hier für eine Stimmung herrschte!

Wir steuerten die Theke an und konnten uns dort einen Platz ergattern, der in diesem Moment frei geworden war. Die Mädels ließen nichts anbrennen und bestellten, noch bevor ich meine Jacke ausgezogen hatte, die erste Runde beim Barkeeper. Ehe ich mich versah, hielt ich ein Bier und einen Tequila in den Händen.

Wir prosteten uns zunächst mit dem kühlen Bier zu und nahmen einen kräftigen Schluck. Jetzt erst hatte ich Gelegenheit, mir die beiden mal genauer anzusehen. Rose war einen Kopf kleiner als ich und trug, passend zu ihrem Namen, eine rosafarbene Brille. Ihre blonden Haare hatte sie zu zwei Zöpfen geflochten, die mit roten Weihnachtssternhaarbändern verknotet waren. Angie war von robuster Statur. Sie hatte braune kurze Haare und einen ordentlichen Vorbau, der trotz ihres Rentierpullovers nur schwer zu übersehen war.

»Also«, begann Rose, »wir lieben Tequila! Ich hoffe, du weißt, wie das geht?«

»Das mit dem Tequila meinst du?« Ohne ihre Antwort abzuwarten, nahm ich die Zitronenscheibe und rieb damit über meinen Handrücken. Danach griff ich zum Salztreuer, der auf der Theke stand, und gab ein wenig Salz darauf. Ich prostete den Mädels zu und kippte den Tequila in einem Zug hinunter. Anschließend leckte ich das Salz von meiner Hand, biss herzhaft in die Zitronenscheibe und saugte den Saft genussvoll aus. Allerdings verzog ich aufgrund der Säure ein wenig das Gesicht. Die Mädels lachten und taten es mir sofort gleich.

»Es gibt scheinbar verschiedene Varianten«, sagte

Angie, als sie die Zitrone in ihr leeres Glas zurücksteckte. »Deine ist nicht schlecht. Ich habe eigentlich eine andere Version.« Sie drehte sich zum Barkeeper und bestellte drei neue Gläser. »Aber die zeige ich dir erst später. Das musst du dir nämlich zuerst verdienen …«

»Oh, da bin ich ja mal gespannt.«

Zügig kippten wir die zweite Runde auf meine Art herunter. Danach nahmen mich die beiden an die Hand und zogen mich auf die Tanzfläche. Wir tanzten fröhlich und ausgelassen, teils zu heißen Latinoklängen und teils zu amerikanischen Weihnachtsliedern, welche wir, so gut es ging, laut mitsangen. Rose bewegte sich ziemlich verführerisch und blieb stets in meiner Nähe. Angie hatte sich auf der anderen Seite der Tanzfläche einen Jungen ausgeguckt und die beiden lachten viel zusammen.

Rose packte meine Hand: »Ich hätte wieder Lust auf ein paar Drinks.«

Wir verließen die Tanzfläche und zogen zu unserem Platz an der Theke. Nach dem fünften – oder sechsten – Tequila wollte ich nun doch mal erfahren, wie Roses Version ging. »Habe ich mir denn nun deine Variante des Tequila-Trinkens verdient, oder noch nicht? Ich bin ja schon neugierig.«

»Na gut. Schließlich bist du ein guter Tanzpartner. Das kann man von unseren amerikanischen Jungs nicht immer behaupten. Die sind oft ziemlich öde und tanzfaul. Und dazu noch ein hübscher deutscher Mann mit einem schnuckeligen Dialekt …«

Ich räusperte mich verlegen.

Rose nahm die zwei vollen Gläschen von der Theke, die

der Barkeeper gerade frisch eingeschenkt hatte. Sie sah mir tief in die Augen. »Schau mir gut zu, was ich mache, und mache es mir nach.«

Anders als ich es kannte, streute sie das Salz nicht auf ihre Hand, sondern direkt auf die Zitronenscheibe. Sie schubste mich leicht an und gab mir zu verstehen, es ihr gleichzutun. Wir nahmen die Gläser in die Hand und prosteten uns zu. In einem Zug kippten wir das scharfe Gesöff herunter. Sie schaute mir wieder tief in die Augen, nahm die Zitronenschale, ohne den Blick von mir abzuwenden, und rieb sich damit intensiv die Lippen ein. Ich machte es ihr nach. Mein Herz fing heftig an zu pochen. Ich ahnte, was jetzt kommen sollte. Sie stellte sich auf ihre Zehenspitzen, legte ihre Arme um meinen Hals und zog mich sanft zu sich heran. Unsere Lippen berührten sich und immer leidenschaftlicher küssten wir uns gegenseitig den salzig-sauren Geschmack von den Lippen. Ein Kuss, so wie ich ihn noch nie erfahren hatte. Unglaublich schön, intensiv und schmackhaft. Ein Mix aus Schärfe, Erotik und Zitronensaft.

Rose drückte sich an mich, während ich sie fester umarmte. Doch wir wurden jäh unterbrochen, als Angie von der Tanzfläche zurückkehrte.

»Hey, ihr beiden! Das kann ja wohl nicht wahr sein. Ihr habt ohne mich getrunken!«

»Klar«, erwiderte Rose, »du weißt doch: Auf diese Art trinke ich nur zu zweit und bestimmt nicht mit dir!«

Es kam, wie es kommen musste. Als ich am Morgen aufwachte, pochte mein Kopf aufs Heftigste. Ich musste erst einmal meine Gedanken sammeln.

»Verdammt! Ich trinke nie wieder«, murmelte ich vor mich hin, »zumindest keinen Tequila mehr!« Ich fasste mir an die Stirn, um meine stechenden Kopfschmerzen irgendwie wegzudrücken. Doch das klappte nicht.

Vorsichtig blinzelnd öffnete ich meine Augen. Und dann sah ich es. *Verdammt! Ich bin im Zimmer bei den Mädels!* Die beiden lagen kreuz und quer gemeinsam in einem Kingsize-Bett, ein Stück von dem Sofa entfernt, auf dem ich mich gerade befand. *Verdammt! Wir haben doch hoffentlich nicht?* Ich sah schnell an mir hinunter und tastete mich ab. Gott sei Dank! Ich hatte alle meine Klamotten vollständig an. Angestrengt versuchte ich mich zu erinnern, wie der gestrige Abend geendet hatte. Wieder betrachtete ich die zwei schlafenden Mädels. Mir ging es gerade gar nicht gut und ich wollte einfach nur ganz schnell weg von hier. *Verdammt!*, fluchte ich in Gedanken und versuchte mich zu sortieren.

Das Zimmer der beiden machte einen besseren Eindruck als meines. Jetzt erinnerte ich mich, dass ihr Hotel gegenüber der Bar lag, in der wir gefeiert hatten. Wir waren in der Nacht nur über die Straße gegangen. Meine Absteige konnte also nicht weit von hier entfernt sein, denn die Bar war nur vier, fünf Blocks von meiner Unterkunft weg. Rose wollte unbedingt, dass ich noch mit aufs Zimmer kam, um mit ihnen die Biervorräte zu leeren, die sie dort deponiert hatten. Da war ich nicht abgeneigt. Ich musste grinsen. Es lag wohl mehr an den leidenschaftlichen Küssen, weshalb ich Rose gefolgt war, weniger wegen der Biere.

Jedenfalls hatten wir noch ordentlich gebechert, wie ich nun sah. Vor, unter, neben und auf dem Sofa lagen eine

Menge Bierdosen verstreut. Allesamt leer. Ich schaute auf die Uhr an der Wand. Es war noch früh am Morgen. Ich hatte nicht lange geschlafen. Mühsam versuchte ich mich zu sammeln und konzentrierte mich.

Ich fasste zusammen:

- Zwanzig Dollar erspielt, ohne Ärger zu bekommen.
- Fußmarsch über die Brooklyn Bridge.
- Aufregende Feuertonnentour mit zwei netten älteren Amerikanern erlebt.
- Den überdimensionalen Weihnachtsbaum am Rockefeller Center gesehen.
- Mit zwei netten Mädels aus Maryland einen schönen Abend verbracht und gefühlt alle Tequila-Reserven der Bar aufgebraucht.
- Mit den beiden Mädels eine schöne Nacht im Hotelzimmer verbracht und definitiv deren Bierreserven geleert. (Obwohl ich mich daran am wenigsten erinnern konnte ...)
- Getanzt, gesungen, gesoffen ... und geküsst!
- Ach ja! Der Vollständigkeit halber: Das Telefonat am Morgen mit meiner Mutter und das mysteriöse Verschwinden des Gummihammers von Onkel Heinz ...

Fazit:

- Ich wusste immer noch nicht, wo der blöde Gummihammer von Onkel Heinz war und was ich damit zu tun haben sollte.
- Ich hatte in Summe einen abwechslungsreichen Tag erlebt und einen wilden Abend mit Rose und Angie verbracht.

– Und, mehr Weihnachtsstimmung als in New York geht nicht!

Doch mir reichte es vorerst. Ich wollte heute den Zug nach Pennsylvania nehmen und musste mich beeilen. Also beschloss ich, die Mädchen nicht zu wecken und mich heimlich vom Acker zu machen. Auf einem kleinen Schreibtisch fand ich Papier und einen Kugelschreiber. *Nicht die feine englische Art*, dachte ich, als ich einen kurzen Gruß, versehen mit einem Smiley, an Rose und Angie schrieb. Ich überlegte, ob ich meine Adresse hinterlassen sollte. Doch das wollte ich nicht und entschied mich dagegen. Ich sah noch mal kurz hinüber zu den tief schlafenden Mädchen, öffnete die Zimmertür und verließ fluchtartig das Hotel.

Meine Kopfschmerzen ebbten nicht ab. Im Gegenteil. Sie feierten in meinem Kopf eine wilde Party. Zu allem Übel gesellte sich auch noch der Kollege ›schlechtes Gewissen‹ als ›Special Guest‹ hinzu.

II.

Kapitel 8
Der Heiligabend

Meine zwei Wochen in den USA vergingen viel zu schnell. Nachdem ich New York mit der Amtrak-Bahn verlassen hatte, verbrachte ich den Rest der Zeit wie geplant in Pennsylvania. Carolyn und David, meine ehemaligen Gasteltern, hatten ordentlich für mich aufgetischt und spannende Aktivitäten geplant. Wir besuchten einige Orte und Sehenswürdigkeiten in der Umgebung, unter anderem die Schlachtfelder des amerikanischen Bürgerkriegs von Gettysburg und die US-Hauptstadt Washington, D.C. Wie bei allen meinen Besuchen feierten wir auch diesmal wieder einige Partys. Der Jahreszeit entsprechend handelte es sich um typisch amerikanische Weihnachtspartys mit viel amerikanischem Bier. Und wie immer wurde ich als ›exotischer‹ Gast aus dem fernen ›Good old Germany‹ von einem Gastgeber zum nächsten weitergereicht, sodass ich nicht nur bei Carolyn und David feierte, sondern auch bei ihren Freunden und Bekannten. Die Partydekoration mutete überall ein wenig kitschig an: unzählige tanzende Weihnachtsfiguren, bunte Sterne und Rentiere. Zu essen gab es gegrillte Hamburger und Hot Dogs, welche meist auf der überdachten Veranda auf einem Gasgrill zubereitet wurden. Da mir die Tequila-Nacht in New York noch im Gedächtnis war, ging ich härteren Getränken erfolgreich aus dem Wege. Hin und wieder musste ich an die schmackhaften Küsse von Rose denken und ein schlechtes Gewissen kam in mir auf, da ich die beiden Mädchen so ganz ohne Verabschiedung und klammheimlich in ihrem Hotelzimmer verlassen hatte. Schmunzelnd überlegte ich, ob ich Roses Version des Tequila-Trinkens auch in meiner Stammkneipe, dem ›Mattes op d'r Eck‹ in der Kölner Südstadt, einführen könnte …

Kurz vor Weihnachten flog ich mit einer Maschine der United Airlines – leider ohne die schöne Anna-Maria an Bord – wieder zurück nach Frankfurt. Nachdem ich sicher in der Heimat gelandet war, verabredete ich mich für Heiligabend mit Norbert in unserer Kölner Stammkneipe.

Zuvor feierten wir natürlich zu Hause bei unseren jeweiligen Familien unter dem prächtig geschmückten Weihnachtsbaum. Und zwar mit allem, was dazugehörte: Festtagsbraten, ›Stille Nacht, heilige Nacht‹ und weitere Klassiker von unserer Schallplatte mit den schönsten deutschen Weihnachtsliedern. Wie immer gab es viele Geschenke, die wir uns feierlich überreichten. Das Gelächter war groß, als ich Onkel Heinz mein Präsent übergab: einen nagelneuen Gummihammer, hübsch mit einer großen roten Schleife versehen. Ich konnte es mir wahrlich nicht verkneifen, zumal der alte Hammer unerklärlicherweise nach wie vor nicht aufgetaucht war und mein Stiefvater jedes Treffen und jedes Telefonat dafür nutzte, um den Verlust seines scheinbaren Lieblingswerkzeuges zu thematisieren. Ich hoffte nun sehr, dass wir das Thema ein für alle Mal mit dem neuen Ersatzhammer zu den Akten legen konnten.

Wenn ich nicht gerade in Hamburg weilte, traf ich mich mit meinen Freunden nahezu jedes Wochenende im ›Mattes op d'r Eck‹. Norbert gehörte seit unserem Kennenlernen natürlich auch zu unserer Clique. Im ›Mattes op d'r Eck‹ liefen die Abende meist ungezwungen und fröhlich ab. Eine typische Kölner Nachbarschaftskneipe, in der sich Alt und Jung gleichermaßen trafen. Wie der Name schon sagte, handelte es sich um eine Eckkneipe. Ein Altbau mit hohen Fenstern, an zwei Seiten zur Straße ausgerichtet. An bestimmten Wochenenden und besonders zur Karnevalszeit war die Location ein echter Besuchermagnet. Mattes, der Inhaber, kam dann nicht ohne einen Türsteher aus, der den Gästefluss regulierte. Als Stammkunden waren wir natürlich privilegiert und erhielten stets Einlass, ohne an der langen Türschlange warten zu müssen. Diese Abende waren die besten! Wir machten die Nacht zum Tage! Es lief Partymusik, von Rock bis zu typischen Kölner Karnevalsliedern war alles dabei, was die Stimmung zum Kochen brachte. Tanz auf den Tischen bis in den frühen Morgen hinein. Und nicht nur in der Kneipe spielte sich alles ab. Die Menschen tanzten auch vor der Kneipe! Dann wurden die großen Fenster zur Straße hin geöffnet und die Gäste, die innen am Fenster saßen, reichten die Kölschgläser nach draußen zu den Feiernden auf dem Bürgersteig durch. Das entsprechende Geld fand natürlich umgekehrt den Weg zurück an die Theke. Und manchmal, wenn jemand einfach so herumstand, gab es auch mal ein Kölsch umsonst. Insbesondere dann, wenn Mattes den Kölner Klassiker ›Drink doch ene met‹ von den Bläck Fööss ganz laut aufdrehte und alle Gäste in der Kneipe mitsangen.

Mattes war Sänger einer Rockband, die auf Straßenfesten auftrat. Daher war er auch über die Stadtgrenzen hinaus bekannt. Bei Mattes trafen sich allerlei Künstler, Musiker und Schauspieler, um ein kühles erfrischendes Kölsch zu kippen. Man erzählte sich, dass dort tatsächlich schon Karrieren entstanden seien. Das offene, kommunikative Miteinander konnte der Start zu einer erfolgreichen Laufbahn sein. Man musste einfach nur jemanden kennen, der wiederum jemanden kannte und immer so weiter ... Die Kölner waren ja dafür bekannt, dass sie jeden und alles kannten! Und wenn man sich persönlich sympathisch war, was nach ein paar Kölsch schon leichter fiel, wurden schnell Netzwerke gestrickt, die manchmal ins Nirgendwo führten, manchmal aber auch nicht. ›Kölscher Klüngel‹, wie man sagt – der Kölner ist halt stets hilfsbereit!

Ich war mir nicht sicher, ob der Aushilfskellner Nils vielleicht ähnliche Ambitionen hegte. Er jobbte seit einiger Zeit bei Mattes, um sein Schauspielstudium zu finanzieren, das er ein Jahr zuvor begonnen hatte. Auf alle Fälle aber war er auf Frauenbekanntschaften aus. Dies gab er uns oft augenzwinkernd und mit einem Spruch zu verstehen, wenn er mit Schwung ein frisch gezapftes Kölsch vor uns hinstellte und dann in Richtung einiger hübscher Mädels blickte. Blondhaarige waren sein bevorzugtes ›Beuteschema‹. In der Tat war Nils eine auffällige Erscheinung. Sehr sportlich und charmant, ein sicherlich attraktiver Typ. Dazu noch eine tiefe, weiche Stimme, die sich merklich von anderen abhob. Er spielte regelrecht mit seiner Stimme. Betonte geschickt seine Worte, wenn er jemanden damit erreichen wollte. Sprach mal leiser, mal lauter, mal zog er die Worte geschickt in die Länge. In der Kneipe setzte er wahrscheinlich das um, was er in der Schauspielschule gelernt hatte. Zweifellos hatte er Talent! Da wir des Öfteren die letzten Gäste waren, halfen wir ihm immer gerne, den Gastraum aufzuräumen und die Stühle hochzustellen. Zum Abschluss lieferten wir uns in der Regel ein Duell an der Dartscheibe und tranken dabei noch ein, zwei Kölsch … Das waren dann wirklich die letzten Biere des Abends. Die allerletzten. Na ja, manchmal gab es dann auch noch die aller-aller-allerletzten Biere …

Kurz nach 21:00 Uhr kamen Norbert und ich zeitgleich im ›Mattes op d'r Eck‹ an. Die Kneipe hatte gerade erst geöffnet und es waren nur eine Handvoll Gäste anwesend. Im Vorfeld hatten wir uns einen guten Vorsatz vorgenommen: An Heiligabend wollten wir keinen Alkohol zu uns nehmen, sondern nur Kaffee trinken!

Nils begrüßte uns freudig mit einem »Frohe Weihnachten euch beiden!« und stellte uns spontan auf Kosten des Hauses eine Runde Kölsch auf den Tresen.

»Leider müssen wir diesmal ablehnen«, sagte ich zu ihm. »Du kannst uns aber gerne Kaffee ausschenken. Wir bleiben heute definitiv alkoholfrei!«

»Das tut mir leid für euch. Aber wenn ihr es so wollt, kein Problem! Den ersten Kaffee gibt es natürlich gratis aufs Haus!«

Ich blickte mich im Gastraum um. Mattes und Nils

hatten festlich dekoriert. Das Licht war gedämmt und zahlreiche Kerzen brannten auf den Tischen und auf dem Tresen.

Nils servierte uns den Kaffee: »Wir machen es wie immer: Bierdeckel drauf und ich weiß, dass ihr genug habt. Ansonsten geht's immer weiter. Okay?«

Norbert und ich grinsten und nickten zustimmend. »Na, dann mal Prost, Tim!«, sagte mein Freund und erhob seinen Becher. Ich tat es ihm gleich.

»Wie war es denn eigentlich in den USA?«, fragte er mich, als er an seinem Kaffee genippt hatte.

Ich begann ihm ausführlich zu berichten. Von New York und Pennsylvania. Von meiner Feuertonnentour. Von meinem 20-Dollar-Gewinn beim Kartenspiel. Und natürlich von meinem Erlebnis mit Rose und Angie und den herrlich erotischen Tequila-Küssen.

»Du hast doch nicht etwa?«, fragte er neugierig.

»Nein, nein. Denke ich zumindest. Ich bin vollständig angezogen und alleine auf dem Sofa aufgewacht. Es war zwar nicht mein Hotelzimmer, aber außer den Tequila-Küssen war da nichts. Ganz bestimmt nicht!«

Nach und nach trudelten weitere Gäste ein. Wir unterhielten uns über Gott und die Welt und schwelgten in Erinnerungen. Wir waren so richtig in Quassellaune.

»Hast du in Amerika eigentlich mitbekommen, dass Boris Becker zum Sportler des Jahres gewählt wurde und dass die deutsche Nationalmannschaft nächstes Jahr bei der WM in Mexiko gegen Schottland, Dänemark und Uruguay spielen wird?«, fragte mich Norbert.

Ich schüttelte den Kopf. Fußball und Tennis

interessierten mich weniger und in den USA hatte ich so gut wie nichts aus der Heimat mitbekommen.

»Dann weißt du wohl auch nicht, dass die ›Lindenstraße‹ am 8. Dezember in der ARD gestartet ist? Alle Welt redet davon! Die Serie ist ausgelegt für mehrere Jahre. Ich habe nur eine Folge gesehen – und ich sage dir: Dinge, die die Welt nicht braucht! Das kann nur ein Flop werden!«

Wir lachten und prosteten uns mit unserem Kaffee zu.

»Hast du denn gar keine Nachrichten aufgeschnappt, Tim?«, fragte er, als wir unsere Becher wieder auf den Bierdeckeln abstellten.

»Nee, so gut wie nichts. Außer, dass ein paar Tage vor meinem Rückflug einer der meistgesuchten Mafiabosse in New York erschossen wurde: Paul Castellano. Und das nur gut zehn Straßen von meiner Unterkunft entfernt. Mit mehr kann ich dir leider nicht dienen.«

»Castellano? Nie gehört.«

»Der Pate der Paten! Der mächtigste Mafiaboss Amerikas. Das ging doch als ›Steakhouse-Massaker‹ durch die Medien. Er wurde wohl von den eigenen Leuten vor einem Steakrestaurant umgelegt, wo er sich mit seinesgleichen treffen wollte, in aller Öffentlichkeit …«

»Hm. Ist wohl an mir vorbeigegangen«, überlegte Norbert. »Apropos Mafia!« Er beugte sich zu seiner Jacke hinunter, die an einem Haken unter dem Tresen hing, und zückte aus seiner Jackentasche einen schlichten weißen Briefumschlag, den er mir feierlich überreichte. »Dein Anteil aus dem Weihnachtsgeschäft«, flüsterte er mir zu.

Ich warf einen schnellen Blick hinein und mir gefiel,

was ich sah. Der Abend war gesichert. Unsere Kunden hatten sich reichlich mit Düften eingedeckt, während ich mich im Urlaub befand. »Da werden einige wohl heute unsere Plagiate unter dem Weihnachtsbaum liegen haben«, sagte ich zu Norbert und steckte die Geldscheine aus dem Umschlag dankbar in meine Hosentasche.

Mattes hatte zwischenzeitlich die Musikrichtung geändert und die Lautstärke leicht hochgedreht. Die feierlich-gedämpfte Atmosphäre ging allmählich in die übliche fröhliche Kneipenstimmung über.

Das Lokal war nun gut gefüllt und wir hatten bereits unseren vierten Kaffeebecher vor uns stehen. Ich ließ meinen Blick erneut durch den Raum schweifen. Meine Augen blieben an einem gut besetzten Tisch hängen, direkt neben dem Eingangsbereich. Eigentlich wollte ich gerade einen kräftigen Schluck aus meinem Kaffeebecher nehmen, doch ich erstarrte mitten in der Bewegung. Norbert bemerkte es und sah mich verwundert an.

»Was ist los, Tim? Hast du einen Weihnachtswichtel gesehen?«

Ich konnte ihm nicht antworten. Gebannt starrte ich weiterhin zu dem Tisch hinüber. Ohne getrunken zu haben, stellte ich meinen Becher langsam zurück auf die Theke. Ich sah sie! Ich sah sie wirklich! Das konnte nicht sein ... Hier in Köln, in meiner Stammkneipe? Mit jeder Sekunde, die ich zum anderen Ende der Kneipe hinübersah, wandelte sich die Unwahrscheinlichkeit zur Wahrscheinlichkeit und die Wahrscheinlichkeit schließlich zur lebendigen Realität. Sie erhob sich von ihrem Stuhl, scherzte kurz mit den anderen an ihrem Tisch und bewegte sich dann in unsere Richtung. Ich konnte meinen Blick nicht von ihr nehmen. Kurz bevor sie mich erreichte, schaute sie mich an. Sie war es! Sie war es wirklich! Mein Herz schlug Purzelbäume. Und sie hatte mich offensichtlich auch erkannt!

»Das gibt es nicht. Ich kenne dich! Aus dem Flieger nach New York, oder?«, sprach sie mich an.

»Ja! Das ist verrückt«, antwortete ich völlig perplex. »Ich glaub es nicht ... Ich habe dich direkt erkannt. Ich musste tatsächlich oft an dich denken ... Das mit dem ›Du‹ geht ja jetzt in Ordnung, oder?«

Sie lachte. »Oh, daran erinnere ich mich gut. Tut mir leid, dass ich dich im Flugzeug so schroff abgewiesen habe. Aber das bringt mein Job halt manchmal mit sich.« Spontan umarmte sie mich. Wir beide strahlten uns an.

Ich wandte mich meinem Freund zu, der ganz gespannt dasaß. »Norbert, das ist Anna-Maria. Sie arbeitet als Stewardess bei United Airlines.«

»Schön, dich kennenzulernen«, sagte Norbert und sah uns abwechselnd fragend an. »Fröhliche Weihnachten wünsche ich dir. Der Weihnachtswichtel bist du ja erkennbar nicht. Aber wohl eine schöne Weihnachtsbescherung, wenn ich das richtig sehe.«

Wir lachten wieder.

»Ich war gerade auf dem Weg zur Toilette. Wenn ihr wollt, kommt doch nachher mit mir rüber an unseren Tisch. Ich bin mit meinen Freunden hier.« Sie blickte mich an: »Und diesmal möchte ich mindestens noch deinen Namen erfahren, bevor sich unsere Wege wieder trennen.«

»Tim!«, antwortete ich ihr schnell. »Und ja, wir kommen gerne zu euch rüber.«

Eine wohlige Wärme durchzog mich, als ich ihr mit meinen Blicken folgte, während sie schnellen Schrittes zum ›stillen Örtchen‹ verschwand.

»Du hattest mir nur von Rose erzählt.« Norbert schaute mich vorwurfsvoll an.

»Hm …«, murmelte ich vor mich hin. »Wer hätte das gedacht?«

Meine Gedanken überschlugen sich. *Sie hat mich vielleicht doch durch den Vorhang an der Galley beobachtet, als ich zu meinem Platz zurückging und zu stolz war, mich nach ihr umzusehen* … Ich dachte an die kurze Berührung unserer Hände beim Verlassen der Maschine. Und an den böigen Wind auf dem Empire State Building, als ich ihr Gesicht ganz deutlich vor mir sah … Da war was dran an den Hinweisen, die der Wind mir manchmal gab.

Kapitel 9
Die Verabredung

Merkwürdig, wie das Leben so spielt. Manchmal reichen nur winzige Momente, die bewirken, dass zwei Menschen sich intensiv zueinander hingezogen fühlen. Was ist das nur? Dieses Gefühl, das sich im Körper, im Kopf und im Bauch ausbreitet? Woher kommt es? Ich wusste es nicht. Doch fest stand, dass da etwas mit mir passierte. Wo auch immer es seinen Ursprung hatte.

Die Sitzplätze rund um den Tisch waren gut belegt, trotzdem rückten alle noch enger zusammen, damit wir uns dazugesellen konnten. »Platz ist in der kleinsten Kneipe!«, sagte einer von Anna-Marias Freunden, indem er das Sprichwort ›Platz ist in der kleinsten Hütte‹ auf seine Art abwandelte. Anna-Maria und ich mussten zunächst allen erzählen, woher wir uns kannten. Leider saß sie am anderen Ende des Tisches, sodass wir nicht allein und ungezwungen miteinander sprechen konnten. Ob sie genauso fühlte, wie ich mich gerade fühlte? Ich wollte sie nun unbedingt näher kennenlernen. Ich hatte so viele Fragen. Und sie sicherlich auch, so oft, wie sie zu mir rüber sah.

Anfangs wunderten sich alle über unser Trinkverhalten. Doch Norbert und ich ließen uns nicht abbringen von unserem guten Vorsatz – wir hatten längst aufgehört, die Kaffeetassen zu zählen. Wahrscheinlich aufgrund des hohen Koffeinkonsums und wegen der innerlichen Aufregung ob des unerwarteten Wiedersehens fühlte ich mich auch ohne Alkohol leicht beschwipst. Immer wieder blickten Anna-Maria und ich uns über den Tisch hinweg lächelnd an. Wie im Flieger hatte sie ihre rötlich blonden Haare seitlich zu einem Zopf gebunden. Ich bewunderte verstohlen ihre süßen Sommersprossen. Nebenbei bekam ich mit, dass sie in einer kleinen Wohnung in Köln-Braunsfeld wohnte. Ich nahm mir vor, sie unbedingt nach ihrer Adresse und Telefonnummer zu fragen, sobald sich die Gelegenheit dazu ergeben sollte.

Norbert war der Erste von uns, der schwächelte. Er legte einen Bierdeckel auf seinen Becher und sagte: »Ich bin durch, Leute. Mehr Kaffee geht nicht, ich mache mich jetzt auf den Weg nach Hause. Es ist ja auch schon halb drei durch!« An mich gerichtet ergänzte er: »Was ist mit dir, Tim? Fahren wir zusammen? Ich bin ja heute mit dem Wagen da. Oder hast du noch etwas anderes vor?« Er hüstelte grinsend und fing sich von mir einen bösen Blick ein.

Ich schaute etwas verlegen zu Anna-Maria hinüber. »Na klar, ich fahre mit dir. Gib mir bitte noch ein paar Minuten und bezahle schon mal bei Nils die Rechnung.«

Ich stand auf, um zum Tresen zu gehen und meine dicke Winterjacke zu holen. Im Zurückschauen sah ich, dass Anna-Marias Blicke mir folgten. Sie zögerte nicht lange und ruckzuck stand sie neben mir, als ich gerade meine Jacke vom Haken griff.

»Es war echt schön, dass wir uns getroffen haben, Tim! Ich hoffe, wir sehen uns wieder? Was meinst du?«

»Sehr gerne«, erwiderte ich und spürte eine angenehme Wärme in mir aufsteigen, als sie mich ansah. »Ich habe noch bis nach Neujahr frei, bevor ich wieder nach Hamburg muss. Wie sieht es bei dir aus? Wollen wir unsere Adressen und Nummern tauschen?«

»Ich muss erst ab dem 12. Januar wieder arbeiten. Wenn du magst, treffen wir uns. Ruf mich einfach an und wir machen etwas aus.« Sie reichte mir den Bierdeckel, auf dem sie ihre Daten notiert hatte, noch während wir sprachen.

Ich strahlte! Flink nahm ich einen weiteren Deckel von der Theke und griff nach dem Kugelschreiber in ihrer Hand. Dabei berührten sich, wie vor wenigen Wochen im Flieger, unsere Finger und ich sah wieder ein kurzes Blinzeln in ihren Augen. Genauso wie damals, als sie mir beim Aussteigen aus der Maschine die ›Abschiedsschokolade‹ der Airline überreicht hatte. Nur diesmal war ich ganz sicher. Sie hatte geblinzelt! Nach kurzem Innehalten notierte ich meine Daten.

Norbert stand schon eine Weile an der Kneipentür bereit und ich wollte ihn nicht länger warten lassen. Ich umarmte Anna-Maria zum Abschied: »Versprochen! Ich melde mich!« Rasch winkte ich ihren Freunden am Tisch zu und wir verließen die Kneipe. Beim Hinausgehen drehte ich mich noch einmal um, anders als damals im Flieger. Und tatsächlich! Sie sah mir nach und winkte mir zu.

Norbert fiel wohl auf, dass ich wie ein Honigkuchenpferd strahlte, denn er meinte: »Na, Tim? Da geht ja was?!?«

Ich antwortete ihm nicht auf seine rhetorische Frage.

In Gedanken bastelte ich bereits an einer Idee, wann und wo ich Anna-Maria wiedersehen könnte. Und wie ich das Unterfangen ›erste Verabredung‹ am geschicktesten einfädeln könnte.

Bereits am nächsten Morgen, nach einer extrem kurzen Nacht, recherchierte ich nach einem schicken Restaurant in Köln. Natürlich wollte ich Anna-Maria ausführen. *Es gehört sich so!*, machte ich mir selber Mut. Zunächst durchsuchte ich das Altpapier in unserem Keller nach alten Tageszeitungen und Wochenblättern. Ich wälzte jeweils den Anzeigenteil durch und fand tatsächlich eine ansprechende Annonce eines edlen französischen Restaurants in den Gemäuern eines alten Hofes, in einem Dorf zwischen Köln und Frechen gelegen. Es sollte ja eine ›gehobenere‹ Location für unser erstes Date sein. Nicht kleckern, sondern klotzen, nahm ich mir vor.

Am Nachmittag rief ich dort an und reservierte direkt einen Tisch für den ersten Abend nach den Weihnachtsfeiertagen. Nun musste ich mir selbst die Daumen drücken, dass Anna-Maria dazu bereit war und für besagten Abend noch nichts vorhatte.

Um dies herauszufinden, nahm ich erneut den Telefonhörer in die Hand. Ich legte den Bierdeckel mit ihren Daten vor mich hin und wählte über die Fingerlochscheibe, wie man die Wählscheibe im Amtsdeutsch nannte, ihre Nummer. Nach dreimaligem Läuten hob sie ab.

»Hallo?«, hörte ich sie sagen.

»Hi! Tim hier. Fröhliche Weihnachten!«, trällerte ich in den Hörer hinein.

»Wow, das ging schnell. Dir auch noch mal ›Frohe Weihnachten‹.«

Wir lachten beide.

»Hast du gut geschlafen?«, fragte ich.

»Ja, war nur etwas wenig. Wir sind kurz nach euch gegangen. An deiner Stelle hätte ich kein Auge zugemacht … Wie hast du denn die Kaffeedröhnung vertragen?«

»Ach so! Das hatte ich ganz vergessen! Und ich dachte schon, ich könnte deshalb nicht einschlafen, weil ich nach unserem überraschenden Treffen so aufgeregt war. Lag dann wohl doch am Kaffee … Hm … Deshalb also …«

»Ah-ha!«, sie kicherte.

Eine kleine Pause entstand. Nicht unangenehm. Wir dachten wohl beide über den Abend nach und ich freute mich einfach, ihre Stimme zu hören.

»Hm. Und?«, sagte sie keck.

Ich hüstelte. »Na ja, ich löse gerade mein Versprechen ein. Ich melde mich.«

»Das ging schnell. Gut. Jetzt hast du dich also gemeldet. Uuuuund?«, fragte sie erneut.

»Date?«, erwiderte ich knapp.

»Wann? Wo?«, kam genauso knapp zurück.

»Heißt das: Ja?«

»Klar! Ich gebe doch nicht jedem in 'ner verrauchten Kneipe meine Telefonnummer auf 'nem Bierdeckel … Nur morgen kann ich nicht. Da bin ich mit meinen Eltern bei meinen Großeltern. Zweiter Weihnachtstag, du weißt … Bescherung und trallala und so weiter.«

»Dasselbe Problemchen habe ich auch. Dann passt es ja gut. Ich habe uns nämlich einen Tisch reserviert.

Übermorgen um sechs wollte ich dich abholen. Französische Küche. Etwas Feines, wenn du magst?«

»Ui, das ist cool. Sehr gerne. Adresse hast du ja.«

»Okay. Ich freue mich und …«

»Tim«, unterbrach sie mich leise und bedächtig.

»Ja?«

»Danke!«

»Wofür?«

»Ich weiß auch nicht. Einfach so. Du bist echt nett …«

»Hm …«, ich hüstelte und fühlte mich etwas verlegen.

»… ich freue mich total, dich getroffen zu haben«, ergänzte Anna-Maria mit leicht schüchterner, zärtlicher Stimmlage, »… und ich freue mich auf unser Date. Da gibt's bestimmt viel zu quatschen. Bis übermorgen also!«

»Ciao!«, verabschiedeten wir uns und legten auf.

Pünktlich um 18:00 Uhr stand ich vor ihrer Tür. Sie wohnte im Dachgeschoss eines Fünfparteienhauses in einer modernen Neubausiedlung. Ich hätte auch bereits um 17:30 Uhr bei ihr klingeln können. Na ja, wenn ich ehrlich bin, glaube ich, dass ich sogar schon kurz nach 17:00 Uhr in ihrer Siedlung eintraf. Ich wollte schließlich nicht eine Minute zu spät zu unserem ersten Date erscheinen!

Ich war ziemlich durchgefroren, als ich den Klingelknopf drückte. Wir hatten Minustemperaturen und mein ›Sommerauto‹ war im Winter nicht der ideale Aufenthaltsort, wenn man den Motor nicht ständig laufen lassen wollte.

Der Türöffner summte und ich spurtete nach oben. Sie stand schon an der Wohnungstür.

Wow!, dachte ich und sagte: »Wow! Siehst du gut aus!«

Sie antwortete: »Wow, bist du zu Fuß? Du siehst so durchgefroren aus. Komm erst mal rein.«

Das machte ich auch. Neugierig blickte ich mich in ihrer Wohnung um. Sie war modern und hell eingerichtet.

»Wow!«, sagte ich wieder, diesmal wegen der Wohnung in Kombination mit Anna-Marias Anblick. Sie trug eine weiße Bluse aus Spitze und einen schwarzen, kurzen, figurbetonten Rock. »Toll wohnst du hier!«

»Ja, es gefällt mir auch sehr gut. Ich bin erst vor knapp sechs Monaten hier eingezogen. Als ich die Festanstellung bei der Airline bekam, habe ich mir die Wohnung gemietet. Ich hole nur schnell meinen Mantel und wir können los!«

»Jetzt muss ich aber noch einmal ›Wow‹ sagen«, meinte sie, als ich ihr die Tür von meinem Alfa aufhielt. »Eigentlich zweimal ›Wow‹!« Sie grinste mich an. »Einmal, weil du wohl auch ein Gentleman bist, und zum anderen bin ich überrascht über dein Cabrio. Schickes Auto!«

Wir fuhren nur eine kurze Weile, bis wir vor dem französischen Lokal in dem kleinen Dorf ankamen. Bereits hinter dem Eingang wurden wir von einem Oberkellner und einer jungen, asiatisch aussehenden Bedienung begrüßt.

»Herzlich willkommen«, sagte der Oberkellner und nahm uns die Garderobe ab. »Direkt nach den Feiertagen ist hier nie viel los. Sie sind heute Abend fast die einzigen Gäste. Wenn es okay für Sie ist, überlasse ich Sie nun unserer neuen Mitarbeiterin. Sie kommt aus Japan und ist erst seit gut zwei Wochen bei uns. Sie möchte hier ihre Ausbildung machen. Sollten Sie Fragen haben, stehe ich Ihnen natürlich gerne zur Verfügung.«

Da wir keine Einwände hatten – warum sollten wir auch? –, führte uns die japanische Kellnerin zu unserem bestellten Tisch und wir nahmen Platz.

Japanische Kellnerin: »Guten Tag noch einmal. Merry Christmas!« Sie lächelte uns herzlich an.

Ich: »Vielen Dank. Merry Christmas!« Und lächelte herzlich zurück.

Japanische Kellnerin: »Aperitif?« Sie lächelte wieder.

Ich: »Ja, sehr gerne. Was können Sie uns empfehlen?«

Japanische Kellnerin: »Hä? Bitte?« Sie lächelte weiter.

Ich: »Hm. Welchen Aperitif können Sie uns anbieten? Haben Sie einen Sherry? Am liebsten den von Sandeman. Einen Medium Dry hätte ich gerne.«

Japanische Kellnerin: »Hä? Gut! Aperitif ...« Sie lächelte uns herzlich zu und verschwand in Richtung Bar.

Anna-Maria und ich schauten uns überrascht an und lachten.

»Was war das jetzt?«, fragte sie mich.

»Ich glaube, wir kriegen jetzt einen Aperitif, oder?«

Anna-Maria winkte zu dem Oberkellner hinüber, der

hinter einer wunderschönen Bar ein paar Gläser polierte und in dem Moment zu uns herübersah. Er kam mit langsamen, bedächtigen Schritten an unseren Tisch.

Oberkellner: »Sie müssen entschuldigen, sie spricht noch nicht sehr gut deutsch. Aber Sie möchten einen Aperitif, oder? Wie wäre es mit einem Sherry?« Er schaute ernst.

Ich: »Ja, gerne. Das hatte ich eigentlich auch bestellen wollen ...« Ich runzelte leicht meine Stirn.

Anna-Maria: »Für mich bitte ein Glas Sekt.«

Der Oberkellner nickte, er war auf Distanz bedacht. Derweil überreichte uns die japanische Kellnerin die Speisekarten. Sie trug ein breites Lächeln im Gesicht, so schön anzusehen wie die Strahlen der aufgehenden Sonne vor der herrlichen Kulisse des japanischen Horizontes.

Ich: »Sind Sie bitte so nett und zünden uns die Kerzen an?«

Japanische Kellnerin: »Hä? Verstehe nicht?« Sie lächelte immerfort.

Oberkellner: »Selbstverständlich. Das hatten wir doch glatt übersehen.« Er zückte ein Feuerzeug und entflammte galant die beiden Kerzen auf unserem Tisch. Danach verschwand er, versäumte es jedoch nicht, der japanischen Kellnerin dezent einen bitterbösen Blick zuzuwerfen.

Es dauerte eine Weile, bis wir unseren Aperitif serviert bekamen. In der Zwischenzeit sahen wir uns das Restaurant genauer an. Es war sehr geschmackvoll eingerichtet. Viel Holz und viel Mauerwerk waren zu sehen. An jeder Ecke befanden sich zahlreiche Weinflaschen, dekorativ in Wandlücken, Weinregalen und auf Boards platziert. Außer unserem waren nur zwei weitere Tische besetzt.

Endlich konnten wir beide uns alleine unterhalten. Wir sprudelten los. Dabei erfuhr ich, dass Anna-Maria tatsächlich älter war als ich, doch lediglich drei Jahre. *Vollkommen in Ordnung*, dachte ich. Sie erzählte, dass sie aus Köln käme und nach ihrer Ausbildung zur Stewardess über eine Bekannte die Wohnung zur Miete angeboten bekam. Da sie ja weltweit unterwegs war, spielte es keine Rolle, wo sie wohnte. Pendeln musste sie ohnehin, also brauchte sie ihre Heimat nicht zu verlassen. In einer Beziehung war sie nicht – Gott sei Dank – und eigentlich war sie auch nicht darauf aus, ergänzte sie – leider.

»Et kütt, wie et kütt«, sagte sie und sah mich schelmisch an.

Die japanische Kellnerin unterbrach den spannenden Moment und servierte uns den Aperitif.

Japanische Kellnerin: »Sie möchten Dinner bestellen jetzt?« Sie lächelte natürlich wieder.

Ich: »Gerne auch eine Vorspeise.«

Ich an Anna-Maria gerichtet: »Magst du Austern? Das wäre doch mal was.«

Anna-Maria: »Oh ja, sehr gerne. Dann werde ich als Hauptspeise ein Fischgericht bestellen. In der Karte wird eine Fischvariation angepriesen.«

Ich: »Bitte für uns als Vorspeise die Austern.«

Kein ›Hä‹ folgte. Ich war überrascht. Die japanische Kellnerin hatte mich verstanden!

Ich: »Eine Frage: Sind die Austern aus der Zucht oder handelt es sich um einen Wildfang?«

Japanische Kellnerin: »Hä? Verstehe nicht.« Sie lächelte, das nervte jetzt langsam. Ich hätte es ahnen müssen.

Ich: »Okay. Kein Problem. Alles gut. Bringen Sie uns einfach die Austern.«

Anna-Maria war kurz vor einem Lachanfall. Sie musste sich sichtlich zusammenreißen.

Ich: »Und als Hauptspeise nehmen wir ihren Menüvorschlag. Die Fischvariation, bitte.« Ich sprach langsam, deutlich und schaute sie dabei kritisch an, ob sie mich auch wirklich verstanden hatte.

Japanische Kellnerin: »Sehr gerne! Und trinken auch?«

Wieder kein ›Hä‹! Aber ich verstand nicht, wie man so unentwegt an einem Stück lächeln konnte.

Anna-Maria: »Einen schönen trockenen Weißwein zum Fisch!«

Ich: »Bitte eine Flasche Chardonnay.«

Japanische Kellnerin: »Wein? Rot oder weiß?« Sie lächelte … sie lächelte … sie lächelte …

Ich: »Ja, den Chardonnay!«

Die Kellnerin nickte – lächelnd – und verschwand.

Wir sahen uns an. *Das geht nicht gut*, dachte ich. Leicht beugte ich mich zu Anna-Maria vor.

»Nach etwas Brot vorweg frage ich wohl besser nicht«, flüsterte ich.

Sie prustete los.

Rechtzeitig hatten wir uns von dem Lachanfall erholt, bevor der Oberkellner mit einer Rotweinflasche an den Tisch kam.

Oberkellner: »Ein Château Bel Air La Pèrriere. Ein schöner Bordeaux! Sehr gute Wahl.« Im Handumdrehen machte er sich daran, die Flasche zu öffnen.

Ich: »Rotwein?«

Oberkellner: »Ja, aber sicher ist dies ein Rotwein!« Der Korken verließ mit einem lauten Plopp den Flaschenhals.

Ich: »Nun … wir hatten Weißwein bestellt. Keinen Château. Einen Chardonnay …«

Oberkellner: »Oh!« Er drehte sich um und blickte hinüber zur Bar, hinter der die japanische Kellnerin stand. Sie sah freudig zu uns herüber, lächelte uns herzlich an und verbeugte sich in unsere Richtung, um ihre

Wertschätzung auszudrücken. Er atmete tief durch und wandte sich wieder uns zu.

Oberkellner: »Entschuldigen Sie bitte das Versehen. Der Chardonnay kommt sofort!«

Als wir den richtigen Wein serviert bekamen, entkorkte der Oberkellner die Flasche galant vor unseren Augen, schenkte einen Schluck von der hellgelb schimmernden Flüssigkeit in mein Weißweinglas und reichte es mir zum Probieren. Auch wenn ich überhaupt nicht über entsprechende Weinkenntnisse verfügte, machte ich die Show mit. Ich nahm das Glas in meine Hand, spreizte den kleinen Finger ab und schnupperte – wie ein Mann von Welt – erst mal ausgiebig an dem herrlichen Aroma, indem ich meine Nase so tief wie möglich im Glas versenkte. Danach probierte ich einen kräftigen Schluck von dem edlen Getränk, schlotzte ihn für drei bis vier Sekunden im Mund hin und her, bevor ich ihn langsam und wohldosiert meine Kehle hinunterlaufen ließ.

Ich sah den geduldig abwartenden Oberkellner an und nickte ihm anerkennend zu. Anna-Maria kicherte. Und nachdem er unsere beiden Gläser gefüllt hatte, verstaute der Oberkellner die Flasche in einem Weißweinkühler mit Eis und verließ uns mit einer eleganten Verbeugung.

Das restliche ›Dinner‹ verlief ohne weitere Komplikationen. Der Oberkellner hatte offensichtlich das Kommando übernommen. Die Austern schmeckten hervorragend, die Fischvariationen ebenfalls und der Wein auch.

Wir unterhielten uns angeregt und erzählten von

unserem Leben – rauf und runter durch alle Themen. Ich erfuhr, dass ihre Eltern auch in Köln wohnten und dass sie noch einen älteren Bruder hatte, der bei der Kölner Berufsfeuerwehr arbeitete. Sie meinte, dass sie unglaublich gerne reiste und am liebsten die ganze Welt kennenlernen würde, bevor sie irgendwann einmal eine Familie gründen wollte. Natürlich mit ganz vielen Kindern, wie sie sagte. Denn im Grunde genommen sei sie ein Familienmensch.

Ich wiederum erzählte ihr, dass ich bei meiner Mutter, meiner Schwester und meinem Stiefvater wohnte, wenn ich nicht gerade in Hamburg bei der Bundeswehr war, und sprach von meinen Zukunftsplänen: »Ich habe in einem Kartoffelabpackbetrieb in Bensberg bei Köln meine Ausbildung zum Groß- und Außenhandelskaufmann abgeschlossen. Nach dem Wehrdienst könnte ich dort weiterarbeiten, aber das will ich nicht. Ich werde mich nach einem neuen Job umschauen und von zu Hause ausziehen.«

Ich erzählte ihr von meiner Leidenschaft, die ich auf meiner ersten USA-Reise entdeckt hatte: Baseball. Bereits seit einigen Jahren trainierte und spielte ich in einem Kölner Vorort – direkt um die Ecke von ihrer Wohnung – bei einem Kölner Verein, den Cologne Woodpackers. Aufgrund der Entfernung zu Hamburg musste ich leider Einschränkungen hinnehmen, plante aber, nach dem Ende der Wehrdienstzeit wieder voll einzusteigen.

Anna-Maria machte Yoga. Sie hatte sogar eine Ausbildung zur Yogatrainerin absolviert. Leidenschaftlich berichtete sie mir von ihren Asanas, den Pranayamas und den Mantras, was so viel bedeutete wie ›Körperübungen‹,

›Atemübungen‹ und ›Heilige Worte‹, wie sie mir gleich übersetzte. Überall, egal wo sie sich gerade befand, konnte sie ihre Übungen ausführen. Sie reiste immer mit ihrer Yogamatte und einem Kissen, auch wenn sie dienstlich unterwegs war, wie sie mir erzählte. »Erholung pur für Körper, Geist und Seele! Und heute Abend singe ich für dich das Ur-Mantra, das Om …«

Auf meinen fragenden Blick ließ sie nur ein langgezogenes »Aum …« folgen.

Anna-Maria wollte mehr von meiner Familie wissen. So ergab es sich, dass sie mich fragte, ob ich noch weitere Geschwister hätte. Eigentlich wollte ich diesem Thema beim ersten Date ausweichen. Aber ich erzählte ihr dann doch, dass mein Bruder Christian bei einem Verkehrsunfall in der Eifel während einer Fahrradtour ums Leben kam, als ich acht Jahre alt war, und dass mein Vater vier Jahre später leider auch viel zu früh verstarb. Um meine frühen Verluste komplett zu machen, kam ich zwangsläufig auf meine Stiefmutter zu sprechen, die nach langer Krankheit vor drei Jahren verstorben war.

Das Thema konnte unsere gute Stimmung nicht trüben. Denn am heutigen Abend zählte das Positive! Offensichtlich hatten sich zwei Seelen getroffen, die sich auf Anhieb sympathisch waren und sich irgendwie verbunden fühlten. Optimistisch bleiben und das Leben genießen!

Nach kurzem Innehalten sahen wir uns an, prosteten uns mit dem letzten Schluck Chardonnay zu und bestellten beim Oberkellner noch einen Espresso zum Abschluss des hervorragenden Essens.

Bevor ich die Rechnung verlangte, machte ich einen Abstecher zur Toilette. Ich staunte nicht schlecht über das wunderschöne Mobiliar und die zahlreichen Ölgemälde im Flur hinter dem Eingangsbereich. Ein bisschen düster zwar, aber das tat dem ganzen keinen Abbruch. Rasch lief ich die Kellerstufen zu den WCs hinunter und auf dem Weg zurück betrachtete ich erneut die Ölgemälde, diesmal jedoch in Ruhe. Eines imponierte mir besonders. Ein Feld voller Lavendel, über das die untergehende Sonne ihre Strahlen warf. Ein farbenfrohes Bild mit vielen blauen und orangegelben Tönen – eine Landschaft in der Provence. Ich ließ von dem Gemälde ab und schlenderte den Gang zurück. Am Übergang zwischen Flur und Gastraum stand die japanische Kellnerin im Türrahmen.

Japanische Kellnerin: »Guten Abend, wie kann ich Ihnen helfen? Wie viele Personen?« Und schon wieder lächelte sie breit.

Diesmal entfuhr allerdings mir ein überraschtes »Hä??«

Ich: »Äh … wir kennen uns bereits! Ich sitze dort hinten!« Irritiert zeigte ich hinüber zu unserem Tisch und schüttelte den Kopf. »Die Rechnung, bitte«, sagte ich noch, bevor ich weiterging.

Kellnerin: »Hä? Ich nicht verstehe.«

Natürlich … lächelte sie!

Natürlich … hatte ich diese Reaktion erwartet und grinste vor mich hin.

Natürlich ... hatte Anna-Maria alles von unserem Tisch aus mitgehört und prustete wieder los!

Und ... sie sah dabei so bezaubernd aus, so verführerisch, dass mir ein Gedanke in den Kopf kam ...

Ich glaube, ich liebe sie jetzt schon!

Kapitel 10
Der Kuss

Es war erst kurz nach halb zehn. Anna-Maria schlug vor, bei ihr nebenan in ein kleines Bistro zu gehen. Wir hatten uns noch so viel zu erzählen.

Ich parkte den Alfa in einer Parklücke direkt vor ihrer Wohnanlage. Die wenigen Schritte zum Bistro gingen wir zu Fuß. Der Wind blies uns eisig ins Gesicht und Anna-Maria hakte sich bei mir ein.

Wir bestellten beide ein Glas Grauburgunder. Da ich vorhatte, später mit dem Auto nach Hause zu fahren, schränkte ich aber meinen Alkoholkonsum ein. Ich verdünnte meinen Wein nach wenigen Schlucken mit Sprudelwasser und goss regelmäßig nach. Am Ende schmeckte der Burgunder ziemlich wässrig, was mir jedoch nichts ausmachte.

Immer wieder blickten wir uns an. Wir erzählten und lachten viel. Die Stunden verrannen und wir bekamen gar nicht mit, dass der Inhaber des Bistros schon längst Feierabend machen wollte. Irgendwann sprach er uns nett, aber bestimmend an, dass es nun an der Zeit sei, zu schließen. Anna-Maria ließ es sich nicht nehmen, für uns zu bezahlen. Sie bestand darauf, da ich ja das teure Essen übernommen hatte.

Natürlich begleitete ich sie nach Hause. Vor der Haustür blieben wir stehen, um uns zu verabschieden.

»Es war ein wunderschöner Abend, Tim. Das wiederholen wir unbedingt! Vielen Dank. Telefonieren wir morgen?«

Klar sagte ich »Ja« dazu! Ich wollte mich auf den Weg machen, doch ich konnte mich nur schwer von ihr lösen. Gerade als sie die Haustür schließen wollte, drehte ich mich noch einmal zu ihr um. Anna-Maria hielt inne und stand nun abwartend im Türrahmen.

Sie sah mich an und sagte: »Was möchtest du wirklich?«

»Ich nehme an, ich wollte noch einmal ›Hallo‹ sagen …«

»Okay«, meinte sie. »Dann: Hallo!«

»Hallo«, antwortete ich ihr.

»Mache ich dich etwa nervös?«, fragte sie leise.

»Hm. Ja …«

Ich dachte an die drei Dinge im Umgang mit einer ›Dame‹, die mir mein Vater bereits als kleines Kind nahegebracht hatte. Erstens: Immer die Türe aufhalten und sicher nach Hause begleiten. Das hatte ich gemacht! Zweitens: Blumen für die Mutter nicht vergessen. Das ging ja noch nicht, da ich bislang keine Gelegenheit dazu gehabt hatte. Drittens: Fragen! Fragen, ob man die ›Dame‹ in den Arm nehmen und küssen darf. Letzteres hatte schon einmal geklappt, und zwar damals bei Sabine, meiner ersten Freundin.

Ich fasste mir ein Herz. »Darf ich?«

»Was denn?«, fragte sie und sah mir in die Augen.

Mein Herz klopfte wild. Ich streckte meine Hand nach ihrem hübschen Gesicht aus.

Aber es fühlte sich nicht richtig an. Wir lächelten uns an und schüttelten beide leicht verneinend den Kopf.

»Lass uns noch ein bisschen warten. Es ist vielleicht zu früh. Ich mag dich sehr«, sagte sie.

»Na klar. Dasselbe denke ich auch. Ich war mir nur nicht sicher, ob du genauso fühlst.«

Schmetterlinge hüpften in meinem Bauch. Ich fühlte, dass wir zusammen waren. Eine starke Verbindung, als ob wir uns schon ewig kennen würden.

Wir drückten uns herzlich und Anna-Maria gab mir einen dicken Kuss auf die Wange, bevor sie sich schnell umdrehte und winkend die Haustür hinter sich schloss.

Ich spurtete durch den eisigen Wind zu meinem Wagen. Ich war glücklich! Ich war beschwingt! Eine Windböe sauste um mich herum und ich rief überschwänglich: »Das neue Jahr kann kommen!«

Am nächsten Morgen weckte mich meine Mutter aufgeregt: »Tim, du hast einen Anruf! Komm schnell ans Telefon!«

Benommen öffnete ich die Augen und ging mit der Hand durch mein Haar.

»Da ist ein Mädchen dran! Anna heißt sie, glaube ich.«

Ich sprang sofort aus dem Bett und hetzte ans Telefon. »Guten Morgen! Was für eine Überraschung!«, sagte ich in den Hörer hinein.

»Hey, Tim! Ich wollte mich unbedingt bei dir melden. Ich stehe bereits am Frankfurter Flughafen. Heute

Morgen in der Frühe bekam ich einen Anruf, dass ich für einen erkrankten Kollegen einspringen muss. Mein Flieger geht auch gleich.«

Ich schaute auf die Uhr. Ich musste tief und fest geschlafen haben. Es war bereits 10:30 Uhr.

»Hm, okay …«, reagierte ich nachdenklich. »Wo geht es denn hin? Wie lange bist du unterwegs?«

»Nach New York, aber ich bin am Donnerstag wieder zurück. Gut, dass ich dich erreichen konnte. Ich wollte dich unbedingt fragen, ob du an Silvester schon etwas vorhast. Willst du mit mir auf die Party von unserer Häusergemeinschaft gehen? Wir bauen im Hof ein kleines Zelt auf und jeder bringt was mit. Zu essen und zu trinken. Ganz nett soll es sein. Ich habe eine tolle Nachbarschaft! Das machen die jedes Jahr so. Hast du Lust?«

»Na klar! Bin dabei! Melde dich, wenn du wieder zurück bist.«

»Super! Ich muss jetzt los. Aber ich freue mich, dich zu sehen. Es war echt schön gestern Abend!«

Wir verabschiedeten uns und ich legte den Hörer zurück auf den Halter. Jetzt erst bemerkte ich, dass meine Mutter und meine Schwester um mich herumstanden und zugehört hatten. Selbst Onkel Heinz lief ein paar Mal hin und her. Meine Mutter sah mich neugierig an: »Hast du eine neue Freundin?«

»Mal sehen«, antwortete ich etwas mürrisch. »Ich gebe euch auf jeden Fall rechtzeitig Bescheid. Sie ist ganz nett.«

»Ganz nett! Haha …«, rief meine Schwester. »›Nett‹ ist die freundliche Umschreibung von ›Mist‹! Ich kenne dich. Du hast dich verliebt!« Sie lachte neckisch und rannte vor mir weg, als ich sie mir schnappen wollte, um ihr die Leviten zu lesen.

Die Tage bis Silvester wollten nicht vergehen. Ich musste oft an Anna-Maria denken. Nur einmal schafften wir es, kurz zu telefonieren. Sie hatte mich vom John F. Kennedy Airport in New York aus einer Telefonzelle angerufen. Die krächzenden Störgeräusche in der Leitung kannte ich ja bereits von anderen ›International Long-distance Calls‹. Sie sagte, dass alles nach Plan liefe und sie rechtzeitig am Vorabend vor Silvester wieder zurück sei.

Bis dahin vertrieb ich mir die Zeit, indem ich mich mit meinen Freunden verabredete. Zweimal trafen wir uns im ›Mattes op d'r Eck‹. Auch Norbert war dabei. Wir hatten mit unserem Stabsfeldwebel vereinbaren können, dass wir erst eine Woche später wieder antreten mussten. So hatte ich mehr Zeit für Anna-Maria, falls sie es wünschte. Norbert zählte bereits die Tage bis zu unserer Entlassung. In der Kneipe übergab er mir feierlich mein Maßband und wir schnitten es genau an der Zentimeterzahl 172 ab. So viel Dienstzeit blieb uns noch bis zum Tag null. Norbert hatte außerdem eine gute Idee, wie wir die Wochenenden gegebenenfalls verlängern könnten. *Kreativ war er ja schon immer,* dachte ich bewundernswert. Er hatte nämlich mitbekommen, dass wir im Falle eines Vorstellungsgesprächs bei einem Arbeitgeber für diesen Tag Sonderurlaub erhielten. Und Norbert machte daraus direkt einen Wettbewerb zwischen uns.

Er knallte die Samstagsausgabe des ›Kölner Stadt-Anzeigers‹ auf den Tisch und sagte: »Also, jetzt bewerben wir uns wie der Teufel! Auf alles, was auch nur annähernd für uns in Frage kommt. Nicht lange fackeln, sondern raus damit. Und wer am Ende die meisten Sonderurlaubstage bekommen hat, gewinnt!«

Ich sah ihn an, ohne zu antworten, griff mir die Zeitung und blätterte kurz darin. Dann sah ich wieder hoch und sagte: »Deal! Das machen wir, Norbert!« Ich streckte ihm meine Hand entgegen. »Der Verlierer stiftet ein Pittermännchen, okay?« Ein 10-Liter-Kölschfass, auch ›Pittermännchen‹ genannt, war zwischen uns ein beliebter Wetteinsatz.

Norbert schlug breit grinsend ein. »Na, dann mal los, Tim! Ich habe heute Morgen bereits die ersten sechs Bewerbungen in den Briefkasten gesteckt!«

Ich lachte: »Dann brauchst du die Zeitung ja nicht mehr. Die nehme ich dann nachher mit. Ich wollte sowieso keine Kartoffeln mehr sortieren …«

Pünktlich um 18:00 Uhr stand ich an Silvester vor Anna-Marias Tür. Am Abend zuvor hatten wir telefoniert, als sie von ihrem Kurztrip nach New York zurückgekommen war. Nun waren wir beide sichtlich glücklich, uns wiederzusehen. Allerdings blieb uns nicht viel Zeit. Um 19:00 Uhr sollte im Hof die Party starten und Anna-Maria hatte in ihrer Küche alle Hände voll zu tun, um einen Nudelsalat für die Feier zuzubereiten. Mir hatte sie am Abend zuvor noch aufgetragen, Schnaps zu besorgen. Damit könnte ich bei den Nachbarn punkten. Schnaps war nicht unbedingt mein Ding. Außer einem gelegentlichen Tequila oder Ouzo griff ich nicht gerne zu schärferen Getränken. Ich konnte dem Ganzen nichts abringen. Es schmeckte mir einfach nicht. Für Silvester hatte ich jedoch einen regional gebrannten Schnaps aus Altenberg im Bergischen Land besorgt, nicht weit entfernt von Köln. Eine Delikatesse, wenn man darauf stand.

Während Anna-Maria den Nudelsalat fertigstellte, half ich ihr, die Küche wieder auf Vordermann zu bringen. Der Raum war klein und zweckmäßig ausgestattet. Mit einer kleinen Küchenzeile und einem winzigen Tisch sowie zwei Stühlen. Interessant fand ich die Einrichtung. Ein alter rosafarbener Kronleuchter hing über dem Tisch und überall waren bunt gemischte Teller, Tassen, Kannen, Pfannen und Töpfe verteilt. Während wir eilig alles erledigten, erzählte sie mir von ihrer Arbeit und welche ›Anmachsprüche‹ sie diesmal erfolgreich abwehren konnte. Sie gab mir dabei einen Schubs und wir lachten. Ich sagte ihr, dass ich erst eine Woche später nach Hamburg zurückkehren musste.

»Wenn du willst, können wir uns in der Zwischenzeit ja treffen.«

Spontan sagte sie: »Na klar! Ich will unbedingt mal hoch auf den Kölner Dom. Stell dir vor, ich bin hier aufgewachsen und habe es noch nie geschafft, die 533 Treppenstufen hochzusteigen.«

Ich staunte. »Das glaube ich jetzt nicht! Aber wenn es so ist – ich bin Domprofi. Es ist einer meiner Lieblingsaussichtspunkte. Hoch oben, dem Himmel so nah. Ein herrlicher Ausblick!«

Die Party entwickelte sich prächtig. Etwa 25 Nachbarn, von Groß bis Klein, hatten sich im Zelt eingefunden. Ein Heizstrahler sorgte für wohlige Wärme und ein Mann im bunten Hawaiihemd aus dem Haus gegenüber legte den ganzen Abend über Dance Music auf. Das machte er echt gut. Reichlich Silvesterdeko hing herum und selbst eine silberne Discokugel hatten sie oben am Zelt angebracht. Natürlich wurde ich von allen Anwesenden beäugt und begutachtet. Es war wohl niemand zu einem schlechten Befund über mich gekommen – das schloss ich jedenfalls aus den zahlreichen Bieren und Schnäpsen, die mir ständig gereicht wurden. Und obwohl ich die Schnäpse erfolgreich ablehnte, blieb der positive Befund bestehen. Jedem mussten wir unsere Geschichte erzählen, wie wir uns kennengelernt hatten. »Ein tolles Paar seid ihr!« hörten wir des Öfteren. Irgendwann gab ich es auf, ständig zu sagen, dass wir ja gar nicht zusammen waren. Man lachte darüber nur und gab uns abwechselnd einen aufmunternden Klaps auf die Schulter. Der DJ im bunten Hawaiihemd meinte: »Das wird sich schon geben«, und legte passend dazu ›Mandy‹ von Barry Manilow auf. Er summte den wunderschönen Liedtext mit, sah nach einer Weile in unsere Richtung, fing an zu grinsen und rief laut und unüberhörbar: »Ohhhh Anna-Maria! ... Ohhhhh liebste Maaandy!«

Einige Kinder zündeten Böller und Knaller im Hof. Auch in und vor den Beeten in den Eingangsbereichen wurde heftig geballert. Die ersten Raketen sausten in den Kölner Nachthimmel empor und wir tanzten ausgelassen. Gegen halb zwölf nahm mich Anna-Maria an der Hand, mit der anderen packte sie eine Flasche Sekt und zog mich aus dem Zelt ins Freie. Ich sah sie an.

»Wir gehen jetzt auf meinen Balkon«, sagte sie. »Das muss ein traumhafter Anblick sein.«

Widerspruch gab es von mir keinen und wir eilten die

Treppen zu ihrer Wohnung hoch. Anna-Maria lief in die Küche und gab mir die Anweisung, aus dem Wohnzimmerschrank je zwei Wein- und Sektgläser herauszunehmen. Mit einer Flasche italienischem Primitivo und einem Korkenzieher kam sie wieder zurück.

Das Wohnzimmer war in einem komplett anderen Stil eingerichtet als die Küche. Sehr modern. Ein kleiner, heller Holztisch und dahinter ein weißer Wohnzimmerschrank. Wir machten es uns auf ihrem gemütlichen Ecksofa aus weißem Leder bequem. Die helle Einrichtung passte perfekt zu den an beiden Seiten holzvertäfelten Dachschrägen. Wir blickten durch eine breite Fensterfront Richtung Balkon auf den Kölner Nachthimmel. Ich öffnete den Primitivo und schenkte uns ein.

»Ein Gläschen schaffen wir noch vor 24:00 Uhr«, sagte Anna-Maria.

Ich war neugierig auf den Ausblick von ihrem Balkon und zog sie an der Hand nach draußen. Die Jacken hatten wir beide anbehalten, da wir das Spektakel natürlich im Freien genießen wollten. Von oben konnten wir auf das Partyzelt unserer Nachbarn sehen.

Nach ein paar Minuten tat sich etwas vor dem Zelt und langsam drängten die Feiernden nach draußen. Die meisten hielten ein Glas Sekt in der Hand, einige hatten sich zusätzlich mit Raketen eingedeckt, die sie gleich zünden wollten. Die Musik stoppte und unser DJ zählte laut die letzten zehn Sekunden des alten Jahres herunter. Aufgrund des Mikros hallte der Countdown durch die gesamte Nachbarschaft.

Unsere Rotweingläser hatten wir rechtzeitig gegen die Sektgläser getauscht, die ich uns kurz vorher gefüllt hatte.

Wir sahen uns an. Ein Windzug erfasste uns und eine rotblonde Strähne wehte über ihr hübsches Gesicht. Sie hakte sich bei mir unter. »Happy New Year!!«, hörten wir aus allen Richtungen.

»Frohes Neues Jahr 1986, Anna-Maria!«

Wir standen ganz dicht zusammen. Als wir uns zuprosteten, löste sie sich sanft von mir, ohne jedoch auf Distanz zu gehen.

»Für dich auch, Tim. Darf ich mal?«, fragte sie mich jetzt.

Eigentlich war das mein Part! Aber egal. Ich lächelte ihr zustimmend zu und spürte, dass es sich diesmal richtig anfühlte. Ihre Blicke umarmten mich und mein Herz schlug schneller, als ich ihrem Gesicht näher kam. Wir küssten uns sanft. Sie drückte sich fest an mich. Ich fühlte, wie die Liebe mich durchströmte. Ich spürte sie überall. Ein wohliges Zittern durchfloss meinen gesamten Körper.

Bunte Farben erleuchteten den Silvesterhimmel, überall zischte und knatterte es. Die auf- und absteigenden Lichter versetzten uns in eine zauberhafte Märchenwelt, die wir niemals mehr verlassen wollten.

Die Nachbarn mussten nun ohne uns weiterfeiern ...

Kapitel 11
Das Vorstellungsgespräch

Bevor wir den Gipfel des Kölner Doms erklommen, erklommen wir zunächst mal den Gipfel der Lust und der Liebe. Die ersten Tage des neuen Jahres verbrachten wir fast ausschließlich in der Dachgeschosswohnung von Anna-Maria. Lediglich an Neujahr war ich am Nachmittag kurz nach Hause geeilt, um Zahnbürste und das Notwendigste für einen längeren Aufenthalt in Braunsfeld zu holen. Ich wünschte meiner Familie ein frohes neues Jahr und erklärte ihnen, dass sie mich für die nächsten Tage ›abschreiben‹ könnten und sich keine Sorgen machen müssten.

Morgens saßen wir liebestrunken, nur in unsere Decken gehüllt, auf dem Sofa und plauderten. Mit einem Kaffeebecher in der Hand erzählten wir uns gegenseitig von unserem Leben, sprachen über unsere Ziele und Träume. Wir kuschelten viel und lachten. Manchmal ließen wir auch ein paar Tränen kullern, wenn wir unsere tiefsten und traurigsten Gedanken miteinander teilten. Wir hörten mal rockige Musik, die wir laut aufdrehten und dabei wild im Zimmer umhertanzten, und mal leise, romantische Kuschelsongs. Wir wollten die Zeit anhalten und uns mit vollen Zügen genießen. Wir verdrängten einfach den Gedanken, dass wir uns schon bald wieder trennen mussten, wenn der Alltag begann. Wir versprachen uns jeden Tag aufs Neue, den Kölner Dom hochzusteigen. Doch wir schafften es nicht, unser Vorhaben in die Tat umzusetzen. Oft konnten wir uns erst am späten Abend voneinander lösen und es blieb nur noch Zeit für einen Abstecher in die Stadt, um unsere Freunde zu treffen oder einfach einen schnellen Imbiss einzunehmen.

Es nützte alles nichts, ich musste nach gut einer Woche wieder zurück nach Hamburg. Anna-Maria konnte noch zwei Tage zu Hause bleiben, bevor sie zu einer Fernreise antrat. Diesmal ging es für sie nach Vancouver in Kanada. Es fiel uns schwer, einander loszulassen, doch wir vereinbarten für Mitte Februar ein Wiedersehen in Hamburg.

Norbert hatte unterdessen schon eifrig Bewerbungen geschrieben. Er bewarb sich auf alles Mögliche und Unmögliche, nur um die Chance auf Vorstellungsgespräche zu steigern und unseren Wettbewerb zu gewinnen. Er hatte genau wie ich eine Ausbildung zum Groß- und Außenhandelskaufmann abgeschlossen. Doch er beschränkte sich nicht auf Jobs im kaufmännischen Bereich, sondern schrieb auch Unternehmen an, die Elektriker, Landschaftsgärtner, Bademeister oder Krankenschwestern suchten. Ja, er antwortete sogar auf Jobangebote, die ausdrücklich nach dem weiblichen Geschlecht verlangten. Ende Januar lag er deutlich vorn, was die Anzahl der versendeten Bewerbungen betraf. Hier stand es 23 : 0. Auch bezüglich der bereits erhaltenen Absagen führte er klar mit 21 : 0. In der ausschlaggebenden Kategorie ›Anzahl

Vorstellungsgespräche‹ herrschte jedoch weiterhin Gleichstand: 0 : 0.

Ich hatte also noch nicht verloren und beschloss, nun aktiv in den Wettbewerb einzusteigen. Die Bewerbungen wollte ich auf meinem Commodore C64 schreiben. Ein Heimcomputer, den ich bis dahin hauptsächlich für eigene Softwareprogrammierungen auf dBase III PLUS und Spiele wie Pac-Man, Summer und Winter Games nutzte. An einem kalten Februarwochenende startete ich mein Vorhaben. Ähnlich wie Norbert wollte ich erst einmal so viele Bewerbungen rausfeuern wie möglich, allerdings antwortete ich nicht auf jede Annonce, die ich fand. Den ersten Schub schickte ich noch vor Anna-Marias Besuch los, damit wir Zeit füreinander hatten.

Aufgrund ihrer gesammelten Ruhe- und Ausgleichstage konnte Anna-Maria sogar eine ganze Woche bleiben. In Glinde bei Hamburg wohnte eine Freundin von ihr, bei der sie für die Zeit unterkommen konnte. Das Örtchen lag zwar außerhalb und auf der anderen Seite der Stadt, doch die Bahnverbindungen waren gut.

Wir trafen uns jeden Tag nach meinem Dienstschluss und erkundeten so ziemlich alle Bars und Kneipen in den Hamburger Szenevierteln. Norbert und Anna-Marias Freundin kamen auch des Öfteren mit. Die Abende waren lang und schön. An den Folgetagen quälten wir uns jedoch schlapp und müde durch den Tag.

Eigentlich hätte Anna-Maria nach der gemeinsamen Woche alleine nach Köln zurückfahren sollen. Doch ich hatte Glück! Ich ging tatsächlich mit 1 : 0 in Führung und konnte ein erstes Vorstellungsgespräch ergattern.

Nur eine Woche nachdem ich meine Bewerbungen in den Postkasten gesteckt hatte, erhielt ich einen Anruf von einer Firma aus der Zigarettenbranche. Ein Herr Kalobawski war sehr angetan von meinem Schreiben und wollte mich unbedingt kennenlernen. Ich legte den Vorstellungstermin auf den Montag nach Anna-Marias Urlaub.

Norbert meinte nur, dass dies wohl nicht mit rechten Dingen zugehen würde. Ich hatte bisher nur fünf Bewerbungen versendet und bereits einen Vorstellungstermin erhalten! Und Norbert hatte auf seine 23 Bewerbungen schon 21 Absagen bekommen. »Na, immerhin bin ich noch um die Stelle als Bademeister im Rennen«, sagte er trotzig und ein kleines bisschen neidisch.

So ergab es sich, dass Anna-Maria und ich am Freitagabend gemeinsam nach Köln fuhren. Das Wochenende übernachtete ich bei ihr in Braunsfeld und den Sonntagabend verbrachten wir in der Kölner Südstadt in unserer Stammkneipe, um Abschied zu feiern. Auch diesmal waren wir, wie so oft, die letzten Gäste. Und wie es sich gehörte, halfen wir Nils die Stühle auf die Tische zu stellen und spielten danach eine Abschlussrunde Darts. Das letzte Kölsch durfte dabei nicht fehlen. Spontan ergab es sich, dass wir auch noch ein allerletztes Kölsch bestellten. Und da wir uns nicht voneinander lösen konnten, gab es sogar noch ein allerallerletztes. Und dann tatsächlich noch eines, da Nils mit uns auf sich und seine neue Freundin anstoßen wollte. Diese Neuigkeit erzählte er uns allerdings erst, als wir gerade gehen wollten. Er hatte am Silvesterabend im ›Mattes op d'r Eck‹ bei der Arbeit die große Liebe seines Lebens gefunden. Jetzt fehlte ihm nur noch ein Kontakt zur Filmbranche und seine Ziele in Köln wären erreicht!

Müde schleppten wir uns am Montagmorgen aus dem Bett. Es wurde schnell hektisch, da Anna-Maria ihren Zug nach Frankfurt erreichen musste und ich um 9:00 Uhr mein Vorstellungsgespräch in Frechen hatte. Gut, dass wir unter Zeitdruck standen, denn Abschiede fand ich schon immer schrecklich. Und je länger sie sich hinzogen, desto schlimmer! Anna-Maria drückte mir für unterwegs noch einen Kaffee in die Hand und gab mir einen unglaublich intensiven erotischen Kuss, der mich unter anderen Umständen gewiss zum Dableiben animiert hätte, bevor sie mich durch die Tür nach draußen schob.

Frechen lag etwa fünfzehn Fahrminuten von Anna-Marias Wohnung entfernt. Und ich hatte es gerade so geschafft! Rechtzeitig stoppte ich meinen Alfa auf dem Besucherparkplatz der Firmenniederlassung, genau vor den überdimensionalen Fensterscheiben der Büroräume. Mein Wagen stand dort ganz allein, die übrigen fünf Parkplätze waren nicht besetzt.

Ich eilte die Treppen des Eingangsbereiches hinauf und ging direkten Schrittes auf einen Mitarbeiter zu, der an einem Schreibtisch saß und zu mir aufblickte. Nachdem ich mich vorgestellt hatte, musste ich einige Minuten im Eingangsbereich auf einem Besucherstuhl warten. Das kam mir gelegen. So konnte ich mich ein bisschen sammeln und mich gedanklich auf das Gespräch vorbereiten. Vor lauter Kneipe und Anna-Maria hatte ich tatsächlich versäumt, mich mit dem Unternehmen auseinanderzusetzen, geschweige denn mich näher zu informieren. Ich nahm an, dass es sich um einen Großhandel für Tabakwaren handeln würde. Die Stellenanzeige in der Zeitung war mit zahlreichen Abbildungen von Zigarettenpackungen geschmückt und sie suchten für eine Niederlassung einen kaufmännischen Mitarbeiter.

Herr Kalobawski kam durch einen langgezogenen Flur schnellen Schrittes auf mich zu. Er wirkte wie eine originalgetreue Kopie von Stan Laurel aus ›Dick und Doof‹. Anzug, Krawatte, Frisur und sein schlaksiges Aussehen – wie aus einer anderen Zeit. Es fehlte nur die schwarze Melone auf seinem Kopf und die Kopie wäre perfekt!

Er streckte mir seine Hand entgegen und sagte mit einem herrlich schönen kölschen Dialekt: »Ich grüße Sie, junger Mann! Schön, dass Sie da sind. Mein Name ist Herr Kalobawski und ich bin der Assistent unseres Distributionsmanagers. Da sind Sie ja mit einem schönen Flitzer angekommen! Ist das wirklich Ihrer? Oder haben Sie sich den nur ausgeliehen?«

»Nein, nein, der gehört mir«, erwiderte ich, während ich mich mühsam aus seinem festen Händedruck löste. »Den habe ich mit der Hilfe meines Stiefvaters nach einem Unfallschaden wieder hergerichtet. Hätte ich mir sonst nie leisten können.«

»Na, dann scheinen Sie ja handwerklich etwas drauf zu haben! Mal sehen, wie Ihre Fähigkeiten im kaufmännischen Bereich aussehen. Die Messlatte liegt ziemlich hoch! Da werde ich Sie gleich mal auf Herz und Nieren prüfen.« Er lachte herzlich, als er meinen überraschten Gesichtsausdruck sah. »Nun kommen Sie mal mit in mein Büro. Ich werde Ihnen schon nicht den Kopf abreißen …«

Er drehte sich mit einem Ruck um und eilte voraus, ich folgte ihm durch den langgezogenen Flur. Rechts und links kamen wir an offenen Türen vorbei. Ich registrierte zahlreiche Blicke, die mich eifrig musterten. Herr Kalobawski grüßte und winkte im Vorbeigehen in die Räume hinein. Ich tat es ihm gleich und begegnete den neugierigen Blicken mit einem freundlichen Winken.

In seinem Büro angelangt, schloss er hinter mir die Tür und bot mir einen Sitzplatz vor seinem großen, dunklen Schreibtisch an. Zwei Kaffeegedecke standen schon bereit. Herr Kalobawski ergriff eine Thermoskanne und schenkte uns beiden wie selbstverständlich ein. Nachdem er ebenfalls Platz genommen hatte, zückte er aus einer orangenfarbenen Packung der Marke ›Overstolz ohne Filter‹ eine Zigarette. Er bot mir auch eine an, die ich jedoch dankend ablehnte. Er hielt kurz inne und wedelte weiterhin mit der Packung vor meinem Gesicht.

»Sie können sich vorstellen, wir haben noch einige andere Marken im Sortiment. Sogar Mentholzigaretten. Darf ich Ihnen vielleicht eine andere Marke anbieten?« Er blickte mir tief in die Augen.

»Nein, danke«, erwiderte ich bestimmt. »Ich bin Nichtraucher.«

Damit gab er sich zunächst einmal zufrieden.

Herr Kalobawski begann nun ohne Umschweife das Bewerbungsgespräch. Meine Nervosität verflüchtigte sich mehr und mehr. Er machte es mir leicht. Herr Kalobawski gehörte zu den Menschen, die gerne erzählten. Und das scheinbar endlos. Sein Redestoff ging nicht aus. Unermüdlich sprang er von einem Thema zum anderen und auch wieder zurück. Er sprach über das Unternehmen und die Produkte, die es produzierte, von den Kunden, die über das Distributionscenter beliefert wurden, von den Mitarbeitern in der Niederlassung und von den zahlreichen Aufgaben, die jene erfüllen mussten. Und obwohl ich nur selten eine Frage von ihm beantworten musste – sie waren meist rhetorischer Art, etwa ob ich ihm folgen konnte und alles verstanden hätte –, machte er sich unentwegt Notizen. Ich wunderte mich darüber. Nun ja, vielleicht notierte er sich auch nur die Themen, die er angesprochen hatte, damit er mir diese nicht doppelt erzählen musste. Ich fühlte mich in einer Art Komfortzone und lauschte und nickte zustimmend zu seinen Ausführungen.

Eigentlich hielt er nur dreimal kurz inne und stellte mir echte Fragen, zu denen ich dann auch mal sprechen durfte. Die erste Frage bezog sich auf meinen Wohnort. Er wollte wissen, wo ich nach der Bundeswehrzeit wohnen würde und wie ich mir vorstellte, dann zur Arbeit zu kommen. Die Antwort war schnell gegeben. Ich erzählte ihm von Anna-Maria, die in Köln-Braunsfeld eine Wohnung hatte, fünfzehn Minuten von Frechen entfernt, und dass wir zusammenziehen würden. Ich vermied es natürlich, zu erwähnen, dass Anna-Maria noch nichts von ihrem Glück wusste. Das würde ich zu einem späteren Zeitpunkt bei einer schönen Flasche Rotwein mit ihr klären können, falls ich den Zuschlag erhalten sollte.

Er nahm eine weitere Zigarette aus der Packung, zündete sie an und stellte die zweite Frage: »Sie sagten, dass Sie Nichtraucher sind. Würden Sie nicht in einen Konflikt geraten, wenn Sie bei einem Zigarettenproduzenten arbeiten würden? Um es genauer auszudrücken: Würden Sie, um den Job zu bekommen, mit dem Rauchen anfangen?« Er zog dabei genüsslich an seiner Zigarette, beugte sich vor, sah mir kritisch in die Augen und stieß nun leicht provozierend eine Rauchwolke in meine Richtung aus. Meine Komfortzone war dahin.

Ich überlegte nur kurz meine Antwort und erwiderte forsch: »Nun ja, Herr Kalobawski …«, ich legte eine kleine Kunstpause ein und registrierte ein leichtes Lächeln in seinem Gesicht, als ich ihn mit seinem korrekten Namen ansprach. »Ich bin leidenschaftlicher Nichtraucher und kein militanter. Mein Vater rauchte bereits die Overstolz, aber ich selbst konnte dem Rauchen nie etwas abgewinnen und verspürte nie den Wunsch, damit anzufangen. Falls dies jedoch eine Einstellungsvoraussetzung ist, werde ich meinen Kaffee austrinken, mich bei Ihnen artig bedanken, aufstehen und gehen. Und übrigens: Ist es nicht so, dass Nichtraucher tendenziell die gesünderen Arbeitnehmer sind und langfristig für ein Unternehmen die bessere Wahl wären?«

Herr Kalobawski zog wieder an seiner Zigarette, lehnte sich in seinem Stuhl zurück, legte das rechte Bein über sein linkes und sah mich einen Moment lang nachdenklich an. Plötzlich gab er sich einen Ruck, beugte sich wieder nach vorne, wobei er seine Zigarette im Aschenbecher ausdrückte, klatschte in die Hände und lachte heftig. »Keine Sorge! Das haben Sie schön gesagt. Hier wird keiner zum Rauchen gezwungen. Ich wollte nur mal sehen, wie Sie auf so eine Frage reagieren. Und im Übrigen …«, er zwinkerte mir leicht zu und sprach flüsternd weiter, »ich glaube, von so einer Raucher-Nichtraucher-Statistik habe ich schon einmal gehört …«

Er machte sich einige Notizen und verfiel in einen erneuten Redeschwall über alles und nichts, bis er zu seiner dritten Frage kam. Er wollte von mir wissen, wie meine Gehaltsvorstellung aussehe. Im Gegensatz zur Raucherfrage wich ich einer klaren Antwort aus. Ich hatte keine besonderen Erwartungen und sagte lediglich, dass ich mir vorstellen könnte, dass die Gehaltsfrage in einem großen Unternehmen klar geregelt sei und ich entsprechend gleich und fair behandelt werden wollte.

Herr Kalobawski übernahm wieder das Ruder: »Sie haben recht. Wir bezahlen nach Tarif. Wären Sie mit 3.098 DM einverstanden, falls wir uns für Sie entscheiden würden?«

Ich musste schlucken. War überrascht. Spätestens jetzt machte es ›klick‹ bei mir und es dämmerte mir, bei welchem Unternehmen ich mich beworben hatte. Es handelte sich nicht um irgendeinen Tabakwarengroßhändler, sondern um einen der weltweit größten Tabakwarenproduzenten!

»Ja!«, platzte es aus mir heraus. »Natürlich! Das wäre vollkommen in Ordnung für mich.«

Jetzt wollte ich den Job. Ich war angefixt! Plötzlich ging es mir nicht mehr darum, möglichst viele Vorstellungsgespräche zu ergattern, nicht mehr um das Sammeln von Sonderurlaubstagen und auch nicht darum, den Wettbewerb gegen Norbert zu gewinnen. Jetzt ging es um meine Zukunft! Um ein gutes Einkommen! Um den nächsten großen Schritt ins Erwachsenenleben. Schule, Ausbildung, Bundeswehr: abhaken und durchstarten. Jetzt wollte ich ernsthaft den Job und ich wollte darum kämpfen.

»Wie geht es denn nun weiter? Wie viele Bewerber gibt es noch außer mir und wie stehen meine Chancen?«, fragte ich aufgeregt.

»Tja«, antwortete er mir, während er sich eine weitere Overstolz anzündete. »Insgesamt haben wir 124 Bewerbungen erhalten. Davon haben wir siebzehn Personen in die engere Wahl gezogen und zu einem Gespräch eingeladen. Sie sehen, Ihre Chancen sind von 1 : 124 auf 1 : 17 gestiegen.«

Diese Aussage machte mir leider wenig Hoffnung. Meine Gesichtszüge verdunkelten sich. *Mist! Chance dahin. Hätte ich mich doch besser vorbereitet!*, machte ich mir selbst Vorwürfe. *Aus der Traum! Warum sollten die mich ohne Berufserfahrung nehmen? Und dann fange ich noch nicht einmal an zu rauchen …*

Herr Kalobawski unterbrach meine trüben Gedanken: »Nun, ich sehe, Sie haben Interesse. Ich denke, wir werden Sie zu einem zweiten Gespräch einladen. Dieses führen Sie dann mit unserem Distributionsleiter. Doch eines kann ich Ihnen schon einmal fest zusichern: Der Favoritenkreis reduziert sich dann auf fünf bis sechs.

Sie hören von uns nächste Woche, wir möchten bald eine Entscheidung treffen. Ist das in Ordnung für Sie?« Er erhob sich von seinem Platz und streckte mir seine Hand entgegen. Das Signal, dass das Gespräch beendet war.

Die Verabschiedung verlief unspektakulär. Er geleitete mich durch den langgezogenen Flur zurück zum Eingang. Wieder entlang der Büros rechts und links. Und erneut trafen mich die neugierigen Blicke der Mitarbeiter. Herr Kalobawski winkte ihnen kurz zu und ich tat es ihm auch diesmal gleich. Man sah mir sicherlich an, dass ich nicht mehr so frisch und ungezwungen auftrat wie zu Beginn. Ich war nachdenklich.

Am Eingang angelangt, sah ich bereits den nächsten Bewerber auf dem Besucherstuhl warten. Oje … Er saß dort in einem perfekt sitzenden Anzug. Eine Aktentasche hatte er unter den Arm geklemmt und er war wesentlich älter als ich. Auf mich wirkte er dadurch viel seriöser. Meine Hoffnung schwand mehr und mehr.

Ein kurzes »Auf Wiedersehen« an alle gerichtet und ich eilte zu meinem Alfa. Ich öffnete die Fahrertür und schmiss mich in den Sitz. Neugierig schaute ich durch die großen Fenster des Bürogebäudes und sah, wie Herr Kalobawski mit schnellen schlaksigen Schritten meinen Mitbewerber zu seinem Büro begleitete. Aber im Unterschied zu mir winkte mein Konkurrent den Mitarbeitern nicht zu. Ich blickte nach links, wo ein Auto parkte, das ihm gehören musste. Ein alter, demolierter, verrosteter und völlig verdreckter Polo. Ein Hoffnungsschimmer keimte in mir auf. Ein kleines bisschen. Stärker und stärker kam die Selbstsicherheit zurück, je länger ich den Polo betrachtete …

Kapitel 12
Der Volltreffer

Kaum hatte ich wieder meinen Dienst in Hamburg angetreten, erhielt ich einen Anruf von Herrn Kalobawski. Er lud mich zu einem zweiten Vorstellungsgespräch nach Köln ein. Diesmal sollte der Termin in der Hauptverwaltung des Konzerns stattfinden. »Ein finales Gespräch mit der höheren Instanz«, wie Herr Kalobawski mir sagte. Sein Vorgesetzter und der Personalchef würden anwesend sein.

Sollte meine erste Bewerbung schon ein Volltreffer sein? Ich hoffte es inständig. Doch zuvor musste ich noch vier bis fünf Konkurrenten aus dem Rennen werfen. Mein Spieß unterschrieb ohne Zögern meinen Sonderurlaubantrag für den folgenden Montag und ich beschloss, nicht mit meinem Wagen, sondern mit dem Zug nach Köln zu reisen.

Ohne die meist üblichen Verspätungen der Deutschen Bundesbahn erreichte ich am späten Freitagabend den Kölner Hauptbahnhof. Ich genoss das unerwartet schnelle Wiedersehen mit Anna-Maria am Wochenende in Köln und machte mich am Montagmorgen auf den Weg zum alles entscheidenden Gespräch. Beim Verabschieden steckte mir Anna-Maria einen kleinen gefalteten Brief zu, den ich jedoch erst in der Straßenbahn lesen durfte.

»Tim«, sagte sie zu mir, »falls du mal an unserer Liebe zweifeln solltest, oder wenn du mir gedanklich nahe sein möchtest, nimm diesen kleinen ›Liebesbeweiszettel‹ zur Hand.« Sie gab mir einen leidenschaftlichen Abschiedskuss, bevor sie mich wie gewohnt durch ihre Wohnungstür nach draußen schob.

Kaum hatte ich in der Straßenbahn einen Sitzplatz ergattert, nahm ich ihren Brief zur Hand und las: *Lieber Tim! Im Briefeschreiben bin ich leider überhaupt nicht talentiert. Deswegen fällt dieser auch so klein aus. Wir sind oft getrennt und ich möchte Dir unbedingt nicht nur sagen, sondern auch schreiben, wie glücklich ich bin, dass wir uns begegnet sind! Ich liebe Dich von ganzem Herzen – und so soll es auch immer sein! Dieser Liebesbeweiszettel soll Dich stets daran erinnern. Falls mal was zwickt, nimm einfach den Zettel zur Hand und alles wird wieder gut! Und hier ist der Beweis! Weil, hier steht es dick und fett und von mir unterschrieben (grins): Ich liebe Dich! Dich liebe ich! Dich liebe ich!!! Deine Anna-Maria. P.S.: Ich hoffe sehr, dass Du den Job bekommst. Nein, ich bin sogar sicher, dass Du den Job bekommen wirst! Denn dann ziehen wir sofort zusammen ... Auch wenn Du mir das noch gar nicht schonend beigebracht hast. Da siehst Du mal, wie gut ich Dich schon kenne (doppel-grins)!*

Ich schmunzelte und freute mich riesig über ihre Zeilen. Den Brief faltete ich ganz klein zusammen und verstaute ihn zwischen den Geldscheinen in meinem Portemonnaie. So würde ich Anna-Marias ›Liebesbeweiszettel‹ nie verlieren können und stets bei mir tragen.

Die Konzernzentrale befand sich im Bankenviertel der Stadt, ganz in der Nähe vom Hauptbahnhof und dem Kölner Dom. Das war praktisch, da ich im Anschluss bequem meinen Zug wieder zurück nach Hamburg nehmen konnte.

Wie bei allen wichtigen Terminen war ich viel zu früh vor Ort. Ich nutzte meine Zeit, um spontan einen Abstecher in den Dom zu machen. Ganz entspannt und ehrfürchtig betrachtete ich das schmale, lichtdurchflutete Hauptschiff, welches zum Altarraum führte. Dahinter erhob sich der goldene Dreikönigsschrein. Dort sollen die Gebeine der Heiligen Drei Könige aufgebahrt sein, die wertvollsten Reliquien der Stadt, wahrscheinlich die wichtigsten der gesamten Christenheit. Ich war enorm beeindruckt. Langsam schlenderte ich weiter und stoppte bei der Schmuckmadonna, einer Marienfigur aus dem 17. Jahrhundert, wo eine ältere Frau gerade eine Kerze anzündete. Ich warf eine Spende ein und tat es ihr gleich. Andächtig nahm ich auf einer davorstehenden Bank Platz.

Ich betrachtete die imposanten Architekturelemente und die zahlreichen Kunstwerke des Domes. Es herrschte eine angenehme Ruhe und ich bereitete mich gedanklich auf das bevorstehende Gespräch vor. Nach einigen Minuten der Stille raffte ich mich auf, um mich auf den Weg zum Termin zu machen.

Durch die Bronzetür schritt ich langsam nach draußen. Kaum auf der Domplatte angelangt, erfasste mich frontal ein heftiger Windstoß. Der Fußgängerbereich war bekannt für seine heftigen Böen rund um das riesige Gebäude. Ich breitete meine Arme aus, kniff meine Augen zusammen und ließ mich genüsslich von den Böen einfangen. Es war nicht viel los auf dem Vorplatz. Nach einigen Schritten stoppte ich abrupt und der Gedanke an meinen Vater machte sich in meinem Kopf breit. Der Wind nahm zu. Ein angenehmes Gefühl. Ich drehte mich um, sah nach oben bis hoch zur Spitze des Doms und winkte hinauf. *Mein Vater ist wieder bei mir*, dachte ich. Er wollte mir wohl einen Hinweis geben. Oder mir auch nur beistehen. Ich spürte, dass das anstehende Gespräch der Start für einen neuen Lebensabschnitt sein könnte. Jetzt musste ich es nur noch ›wuppen‹. »Danke, Papa! Jetzt hast du den Druck leicht erhöht …«, hörte ich mich selbst laut rufen. Ein älteres Pärchen, das gerade an mir vorbeilief, sah amüsiert zu mir herüber und beide streckten aufmunternd ihre Daumen nach oben.

Der anschließende Termin in der Kölner Zentrale verlief ziemlich nüchtern und emotionslos. Kein Vergleich zu dem Gespräch mit Herrn Kalobawski. Die beiden Herren, die mir an einem riesigen Konferenztisch gegenübersaßen, wirkten gelangweilt und gestresst. Sie strahlten eine regelrechte Empathielosigkeit aus und spulten lediglich ihre Fragen ab. Sachlich erkundigten sie sich nach meinem Lebenslauf, meinen Erwartungen an den neuen Job, meiner Gehaltsvorstellung und so weiter. Stets machten sie sich Notizen auf den vor ihnen liegenden DIN-A4-Zetteln. Ich hatte das Gefühl, dass sie sich für meine Antworten wenig interessierten. Deshalb war ich zunehmend verunsichert und meine Antworten kamen wohl ziemlich abgehackt rüber.

Nach fünfzehn Minuten war das Gespräch beendet.

Ich war verwirrt und hatte das Gefühl, auf ganzer Linie versagt zu haben. Nach einem kurzen Händedruck und dem Hinweis, dass ich von ihnen in Kürze hören würde, fand ich mich schneller wieder draußen, als ich gekommen war.

Frustriert machte ich mich auf den Weg. Am Bahnhofsvorplatz angekommen erfasste mich erneut eine Windböe. Deutlich spürbar, jedoch nicht so heftig wie zuvor. Der Wind wirbelte vor meinen Füßen etwas Staub auf. Ich hielt inne und schaute zum Dom hinüber, der mächtig vor mir aufragte. »Was willst du mir jetzt sagen?«, fragte ich in den Wind hinein, bevor ich die Hallen des Hauptbahnhofes betrat, um auf meinen Zug zu warten. Doch ich erhielt keine Antwort.

Vier unendlich erscheinende Wochen dauerte es, bis ich Nachricht bekam. Ich hatte die Hoffnung bereits aufgegeben. In der Zwischenzeit hatte ich einen Termin zu einem Vorstellungsgespräch bei einer Kölner Ölraffinerie wahrgenommen. Das passte jedoch überhaupt nicht, wohl von beiden Seiten nicht, und ich bekam auch ziemlich zügig eine Absage.

Ich saß an meinem Arbeitstisch in der Schreibstube, als das Telefon klingelte. Es war Herr Kalobawski.

»Ich darf Ihnen mitteilen«, begann er fröhlich, »Sie bekommen den Job! Falls Sie noch zur Verfügung stehen?« Ohne Umschweife knallte er mir die freudige Nachricht um die Ohren.

»Oh!«, antwortete ich. »Ich hatte schon gar nicht mehr mit Ihnen gerechnet. Natürlich möchte ich den Job!«

»Das ist sehr gut«, beeilte er sich nachzulegen. »Von 124 Bewerbern waren Sie der Zweitbeste! Da können Sie stolz sein. Ist das nicht eine gute Nachricht?«

»Ehm … Habe ich Sie richtig verstanden? Ich bekomme aber den Job, oder? Stellen Sie nun zwei Bewerber ein?«

»Nein, es bleibt bei einer Einstellung. Sie kennen den Spruch vielleicht: Ober schlägt Unter! – Doch man sollte nie zu früh aufgeben! Es gibt noch mehr Stiche, um beim Kartenspieljargon zu bleiben.«

»Ehm …«, druckste ich herum. Was wollte er mir damit sagen?

»Von Anfang an waren Sie mein Favorit. Leider konnten Sie meinen Chef nicht direkt überzeugen. Und da er am längeren Hebel sitzt, haben wir die Stelle zunächst einem anderen Bewerber angeboten.« Herr Kalobawski machte eine kleine Gesprächspause und ich hörte, wie er genüsslich an seiner Zigarette zog, bevor er weitersprach: »Doch wie das Schicksal so spielt, hatte dieser Bewerber kein Interesse mehr an einer Einstellung in unserem Unternehmen. Er hatte sich zwischenzeitlich für einen Mayonnaise-Hersteller entschieden.« Herr Kalobawski lachte herzhaft. »Glück für Sie! Alles Weitere folgt schriftlich. Herzlich willkommen im Team!«

Mir fiel ein Stein vom Herzen. Kaum hatte ich aufgelegt, rief ich Anna-Maria und meine Mutter an, um ihnen von der Zusage zu berichten. Anschließend rannte ich zur Fahrbereitschaft hinüber und erzählte Norbert die Neuigkeit. Unseren Wettbewerb hatte er ohnehin gewonnen. Er führte mittlerweile in der Kategorie

›Vorstellungsgespräche‹ mit 8 : 3 und ich hatte nicht vor, weitere Bewerbungen zu senden. Die zehn Liter Kölsch hatte er sich redlich verdient.

Jetzt musste ich Anna-Maria nur noch beibringen, dass sie voraussichtlich ab 1. Juli einen neuen Mitbewohner haben würde. Doch das ahnte sie ja bereits, wie sie mir in ihrem ›Liebesbeweiszettel‹ geschrieben hatte. Weitaus schwieriger sollte es für mich werden, meiner Mutter zu erklären, dass ich bald ganz offiziell von zu Hause ausziehen würde.

Kapitel 13
Die Ostsee

»Boje über Bord an Steuerbord! Boje über Bord an Steuerbord!«

Norbert stand die Anspannung ins Gesicht geschrieben. Ohne zu zögern, schaltete er den Gashebel in den Leerlauf und drehte das Ruder hart nach Backbord, damit sich das Heck mit der noch auslaufenden Schraube schnellstens aus dem Gefahrenbereich wegdrehen konnte. Gleichzeitig wiederholte er für alle hörbar noch einmal den Warnruf: »Boje über Bord an Steuerbord!«, und ergänzte diesen mit dem Kommando: »Rettungsmittel auswerfen! Ausguck besetzen!«

Voll konzentriert navigierte er die ›Lütt Holger‹, einen 9,20 m langen und 3,50 m breiten Kutter, in einem großen Kreis und mit leichtem Wind zurück in Richtung der über Bord gegangenen Boje. Er nahm vorsichtig an Fahrt auf und visierte mit leicht zugekniffenen Augen die in der Trave schwimmende Boje, die er gleich retten wollte.

»Fünfzg ... vierzig ... dreißig ... zwanzig ... zehn ...«, flüsterte er, bevor er den Kutter aufstoppte und seinem Prüfer, der an Deck bereitstand, laut das entscheidende Kommando zurief: »Boje jetzt an Steuerbord aufnehmen!« Beherzt griff der Prüfer zu und hievte mit einem Ruck die Boje wieder zurück an Bord.

Es war alles glattgegangen. Ohne Komplikationen. Norbert hatte diesen Prüfungsteil bestanden.

»Das hat sehr gut geklappt, Norbert! Boje sieht zwar etwas blass aus, atmet aber regelmäßig«, lobte ihn der Prüfer und warf lachend die Boje in den vorderen Teil des Bootes. »Jetzt noch das sichere Anlegen und danach geht's an die Knoten!«

Ich durfte die ganze Zeit neben Norbert stehen und dem aufregenden Treiben beiwohnen. »Gut gemacht!«, ich schlug ihm anerkennend auf seine Schulter. »Den Rest schaffst du doch mit links, oder?«

»Mal sehen. Wird schon«, sagte Norbert und nahm seine nächste Prüfungsaufgabe in Angriff. Jetzt ging es darum, den angejahrten Kahn wieder in Richtung Anlegestelle zu schippern.

Norbert hatte heute seinen großen Prüfungstag. Es war Freitag und unser Spieß hatte uns beiden einen Tag Urlaub gewährt. Er hatte Norberts Bootsscheinambitionen von Anfang an unterstützt, da er selbst oft auf der Ostsee zum Angeln unterwegs war. Sämtliche Fach- und Prüfungsbücher zum Thema ›Motorboot‹, die er besaß, hatte er Norbert überlassen und ihm zusätzlich wertvolle Tipps gegeben.

Die theoretische Prüfung hatte Norbert bereits am frühen Morgen mit null Fehlerpunkten bestanden. Sein erster Schritt in Richtung Kapitänspatent! Und nun, nach einer kurzen Pause von vierzig Minuten, befanden wir uns mitten im praktischen Teil der Motorbootsscheinprüfung. An ein bis zwei Abenden in der Woche hatte Norbert eine Bootsschule in Lübeck besucht. Er wollte sich einen langgehegten Traum erfüllen und nutzte jede freie Minute, um den umfangreichen Lehrstoff zu büffeln. Aufgrund unserer geregelten Wehrdienstzeit und der bereitwilligen Unterstützung durch unseren Spieß konnte er sämtliche Praxis- und Theoriestunden problemlos wahrnehmen. Oft hatte ich ihn dabei nach Lübeck begleitet. Besonders in den letzten Wochen hatte ich ihm mit Rat und Tat zur Seite gestanden und ihm immer wieder die Prüfungsfragen um die Ohren geschlagen, bis sie ihm aus den selbigen herauskamen. Und mir im Übrigen auch. Zum Dank durfte ich an der Prüfungsfahrt teilnehmen und der Prüfer hatte auch nichts dagegen. Er meinte, es seien ohnehin nur drei Prüflinge mit an Bord und vielleicht käme ich dadurch ja auch auf den Geschmack, um es Norbert einmal nachzutun.

»Ähm, bist du vielleicht zu schnell, Norbert?«, fragte ich ihn sorgenvoll. Doch Norbert machte keine Anstalten, das Tempo zu drosseln, und hielt aus meiner Sicht zu rasant auf die Mauer an der Anlegestelle zu. Im spitzen Winkel und gegen den Wind fuhr er darauf zu, um längsseits anzulegen. Kurz vor der Mauer kurbelte er am Steuerrad und der Kahn drehte sich parallel zum Steg. Er schaltete in den Leerlauf und in den Rückwärtsgang, dann wieder hektisch in den Leerlauf und erneut in den Vorwärtsgang. Doch er hatte zu viel Schwung und das Boot dockte mit einem lauten Knall an der Mauer an. Es ruckelte ziemlich hin und her, bis wir längsseits endlich Halt machten.

»Ups! ...«, war die einzige Reaktion von Norbert. Er ahnte wohl schon, was kommen sollte.

Der Prüfer warf ihm einen bösen Blick zu, bevor er sich äußerte: »Gut, dass wir die Fender angebracht hatten. Das Ganze noch mal. Du hast nur noch eine Chance. Wenn das jetzt nicht passt, bist du durchgefallen. Also, mit ein bisschen weniger Geschwindigkeit, bitte …«

Der zweite Versuch klappte. Butterweich und mit viel Gefühl legte Norbert die ›Lütt Holger‹ an der Anlegestelle an. Der Prüfer machte das Boot an den Seilen fest.

»Geht doch!«, meinte er und warf jedem von uns mehrere Seile zu. »Und zum Schluss noch die Knotenaufgabe!« Er sah mich grinsend an.

Natürlich versagte ich bei Kreuzknoten, Palstek, Doppeltem Schotstek und dem Belegen einer Klampe. Das spielte ja auch keine Rolle, da ich außer Konkurrenz mitmachte. Die echten Prüflinge knoteten dafür wie der Teufel um die Wette und alle bestanden letztendlich mit Bravour.

Erleichtert hielt Norbert den vorläufigen Bootsführerschein in den Händen. Den offiziellen Ausweis würde er in den kommenden Wochen per Post zugesendet bekommen.

»Und jetzt ab nach Travemünde!«, rief er laut.

Kaum waren wir vom Boot, spurteten wir zu Norberts Wagen, um keine Zeit zu verlieren. Wir hatten noch eine ziemliche Strecke vor uns. Verrückt und selbstsicher wie er war, hatte Norbert mit sich selbst gewettet – und gewonnen. Ohne an sich zu zweifeln, hatte er für seine allererste Fahrt nach bestandener Bootsprüfung eine kleine Yacht in Travemünde für das Wochenende gebucht.

»Norbert, du bist echt 'ne Type! Wenn das

schiefgegangen wäre … Die Anzahlung für die Yacht wäre futsch gewesen.«

»No risk, no fun, Tim!«

»Ja, sehe ich auch so. Ansonsten hätte ich deinem Vorschlag auch nie zugestimmt und mich nicht mit fünfzig Prozent an dem Vorhaben beteiligt.«

Natürlich hatte ich auch auf Norbert gesetzt. Was sollte ich denn sonst machen? Was tat man nicht alles für und mit guten Freunden …? Jetzt ging es darum, unseren Wochenendtörn heil zu überstehen. Wir planten immerhin von Travemünde bis nach Fehmarn zu schippern. Eine Strecke von über fünfzig Seemeilen. Und dasselbe wieder zurück. Und das alles mit spärlicher Praxiserfahrung.

»No risk, no fun, Norbert!«, rief ich ihm zu und beschloss, dem Neu-Kapitän voll und ganz zu vertrauen.

Kurz vor 12:30 Uhr erreichten wir den kleinen Yachthafen in Travemünde. Der Skipper, der uns seine Motoryacht für das Wochenende vermietete, erwartete uns schon. Es handelte sich um eine Bayliner mit 81 PS starkem Dieselmotor. Die große Kajüte würde uns ausreichend Platz zum Schlafen bieten. Der Skipper hatte uns einen günstigen Sonderpreis gemacht, da unser Spieß ein guter Freund von ihm war und uns empfohlen hatte.

Norbert zückte voller Stolz seinen frischen vorläufigen Bootsführerschein. Damit hatte der Skipper wohl nicht gerechnet. Er sah uns erstaunt an und sagte, dass er zuvor auf einer intensiven Einweisung und einer gemeinsamen Ausfahrt durch das Hafengelände bestand. Dies war auch ganz in meinem Sinne.

Norbert schlug sich hervorragend. Knapp vierzig Minuten später überließ uns der Skipper seine Yacht. Und nachdem wir ihn am Steg wieder abgesetzt hatten, fuhr Norbert ganz langsam und bedächtig aus dem Hafen hinaus. Als wir außer Sichtweite waren, stoppte er die Yacht mitten auf dem Fluss und schaltete den Motor aus. Das Wetter war herrlich, die Sonne schien und es gab kaum Wind. Norbert nahm tief Luft. Wir schauten uns an. Ich sah, wie glücklich er war. Die ganze Anspannung des Tages fiel von ihm ab.

»Jetzt will ich die Fahrt mit dir genießen, Tim! Schau dich mal um. Ist das nicht geil?«

Ich nickte und genoss ebenso wie er den Moment der Stille.

»Eigentlich ist es ja nicht schwieriger als Autofahren. Man muss nur ein bisschen geduldiger sein und vor allem darf man nicht so dicht auffahren. Die Bremswege sind viel länger und der Wind macht das Rangieren oft nicht einfacher. Nun, da ich der verantwortliche Kapitän auf unserem Dampfer bin, darf ich dir ganz offiziell das Ruder übergeben! Laut Regelwerk muss ich nur sicherstellen, dass du mindestens sechzehn Jahre alt bist und körperlich wie seelisch keine Einschränkungen vorweist!«

Ich ließ mich nicht lange bitten, drehte den Schlüssel auf ›On‹, packte mit der linken Hand das Steuerrad, mit der rechten den Gashebel und schob ihn zügig nach vorne. Der Motor röhrte laut auf und die Bugspitze erhob sich hoch hinauf in die Luft. Wir wurden fest in die Sitze gepresst und ich vollführte eine Linkskurve Richtung Ostsee. Es ging los!

Ich blieb eine Weile bei dem Tempo, bevor ich nach einigen Minuten auf unsere Reisegeschwindigkeit von fünfzehn Knoten drosselte. Wir fuhren in der Mitte der Trave, an den Ufern von Travemünde entlang, und schipperten dann auf die offene See hinaus. Für unser allererstes Mal hatten wir die besten Voraussetzungen. Es gab kaum Wind und dadurch nur niedrige Wellen. Immer wieder studierte Norbert die Seekarte und verglich die Angaben mit den Gegebenheiten, die wir sahen. Akribisch notierte er stets unsere Position, so wie er es in der Schule gelernt hatte. Alle dreißig Minuten wechselten wir uns mit unseren Aufgaben ab.

Nachdem wir die schönen Ostseestädtchen Timmendorf, Neustadt und Grömitz passiert hatten, erreichten wir die Fehmarnsundbrücke. Die Straßen- und Eisenbahnbrücke verbindet das Festland mit Fehmarn und wird von den Einheimischen liebevoll als ›der größte Kleiderbügel der Welt‹ bezeichnet. Es war bereits früher Abend und die Brücke erstrahlte im vollen Glanz der untergehenden Sonne. Wir drosselten das Tempo nahezu auf null und widmeten uns erneut der Seekarte.

»Jetzt müssen wir vorsichtig sein. Wir dürfen nicht zu nah ans Ufer ran. Die Meerestiefen sind hier teilweise nur 70 bis 80 cm. Wir müssen uns streng an die roten und grünen Tonnen halten, die die Fahrrinne markieren. Zusätzlich immer einen Blick auf den Tiefenmesser richten!«, sagte Norbert.

»Geht klar. Und wir sollten uns langsam wieder auf den Weg machen. Die Sonne geht gleich unter. Wie weit ist es denn noch?«

Norbert schaute auf die Karte. »Ich denke, dass wir in zwanzig Minuten am Hafen in Orth sein werden.«

So wie von Norbert vorhergesagt, erreichten wir nach kurzer Zeit den idyllisch gelegenen Yachthafen an der Südwestspitze der Insel Fehmarn. Ganz langsam liefen wir in den von Molen geschützten Hafen ein. Norbert fand schließlich eine geeignete Anlegestelle und ich befestigte die Fender an den Bootsseiten. Unter den neugierigen Blicken der Spaziergänger am Ufer legte Norbert wie aus dem Lehrbuch an.

Nachdem wir beim Hafenmeister die Liegegebühr entrichtet hatten, stellten wir uns an die Reling und genossen den Ausblick. Norbert staunte nicht schlecht, als ich aus meinem Rucksack eine Flasche Moët herausholte.

»Den haben wir uns nun redlich verdient, Norbert. Du hast ihn dir verdient! Ich gratuliere dir herzlich zu deiner bestandenen Prüfung und zu deiner ersten gelungenen Ausfahrt!« Der Korken schoss mit einem lauten Knall heraus und ich hielt die Flasche noch rechtzeitig über die Reling, damit der herausströmende Champagner keinen Schaden am Boot verursachen konnte. »Ich kann leider nur mit Pappbechern dienen«, sagte ich und schenkte uns direkt ein.

Wir nahmen einen kräftigen Schluck.

»Scheiße! Schmeckt der scheiße!«, fluchte Norbert und lachte herzhaft.

»Stimmt!« Ich grinste. »Macht aber nichts. Es geht um die Symbolik! Und dass der Champagner pisswarm wird, konnte ich leider nicht verhindern. Es sollte ja eine Überraschung für dich sein.«

Die kleine gemütliche Siedlung bestand eigentlich nur aus dem Hafengelände mit wenigen Häusern rechts und links. Es gab ein paar Restaurants, Shops und eine Segelschule. Einige Meter von den Stegen entfernt konnte ich eine gut gepflegte Badebucht erkennen. Nachdem wir uns an einem Hafenimbiss mit reichlich Fish and Chips eingedeckt hatten, versorgten wir uns in einem Kiosk mit einem Vorrat an dänischem Bier der Marke Tuborg. Eisgekühlte Dosen, das musste sein! Mehr als einen Pappbecher voll warmen Moët hatten wir nicht herunterbekommen. Den Rest des Flascheninhaltes übergaben wir feierlich an die Fische der Ostsee, als wir satt und zufrieden wieder zurück an Bord waren.

»Hast du dir das so vorgestellt, Norbert?«, fragte ich ihn und warf ihm sein Sweatshirt zu, das ich aus der Kajüte mitgebracht hatte.

»Absolut! Ein Traum wird wahr. Und ich bin so froh, dass du mitgemacht hast. Ich weiß nicht, ob ich das alles ohne dich geschafft hätte – und ob ich überhaupt durchgehalten hätte. Ich bin dir echt dankbar. Vielen Dank, mein Freund!« Und diesmal überraschte Norbert mich mit einem außergewöhnlichen Getränk. Unbemerkt hatte er im Kiosk eine Flasche ›Fischergeist‹, einen hochprozentigen Kräuterlikör, gekauft. »Traditionell wurden diese Schnäpse von Fischern getrunken, die sich damit auf hoher See aufwärmten. Das hat mir die Verkäuferin erzählt, um mir den Kauf schmackhaft zu machen.«

»Auch wenn ich kein Freund von Schnäpsen bin, Norbert, dir zuliebe zwing ich mir deine neuen ›Geisterfreunde‹ mal rein.«

»Na, dann mal los, Tim! Nicht lang schnacken, Kopp

in Nacken!«, befahl Norbert auf typisch nordische Art. Ich ergriff eiligst die Flasche und füllte die beiden Schnapsgläser, die er als kostenlose Zugabe im Laden bekommen hatte, mit der edlen Flüssigkeit.

Eine Zeitlang saßen wir entspannt nebeneinander auf dem Oberdeck des Bootes. Mittlerweile war es weit nach Mitternacht. Ich spürte eine angenehme Müdigkeit und ein leichtes Säuseln in meinem Kopf. Letzteres schrieb ich den zahlreichen Tuborgs und den Fischergeistern zu.

»Bist du eigentlich ein Positivaufsteher oder ein Negativaufsteher?«, fragte mich Norbert.

»Was meinst du denn damit?«

»Na ja. Wenn du morgens aufwachst, sind deine ersten Gedanken positiv oder fängst du den Tag direkt mit Sorgen und Nöten an?«

»Hm ...«, ich dachte eine Weile nach, bevor ich antwortete: »Positiv natürlich! Schwierigkeiten, Sorgen oder Probleme kommen von ganz alleine auf einen zu. Ich muss denen nicht noch entgegenlaufen, nur damit sie mich schneller erreichen können. Nee, das bin ich nicht. Et kütt, wie et kütt ...«

Norbert war mit meiner Antwort wohl zufrieden, denn er nickte zustimmend und schenkte uns ein weiteres Gläschen ein.

Nachdem wir uns zugeprostet hatten, dachte ich an unseren aufregenden Tag und auch an Anna-Maria. *Wie schön wäre es, wenn sie jetzt hier wäre*, sinnierte ich.

Nun war ich an der Reihe mit tiefergehenden Fragen: »Norbert, hast du eigentlich was am Laufen?«

»Nee«, antwortete er kurz.

»Gar nichts? Auch nicht irgendeine, die du in Beobachtung genommen hast?« Ich ließ nicht locker.

»Nee.«

»Hm.« Und weiter: »Auch nicht die aus der Schreibstube, die fast alle zwei Wochen bei dir Chanel N° 5 bestellt?«

Norbert stand auf, stellte sich leicht schwankend hin, sah mich an und griff erneut zu den ›Geistern‹, bevor er antwortete: »Nee … Die auch nicht …« Er setzte sich wieder, nachdem er unsere Schnapsgläser nachgefüllt hatte. »Keine in Aussicht«, ergänzte er und prostete mir zu. »Meine Mutter sagte immer zu mir: Jedes Töpfchen findet sein Deckelchen.« Er fing an zu erzählen: »Ich habe bis jetzt nicht die Richtige gefunden. Sie wird mir noch über den Weg laufen. Da bin ich mir ganz sicher, sag ich dir! Und sie muss keine langen blonden Haare haben und auch keine Modelfigur. Ich werde sie erkennen, wenn ich ihr begegne! Und dann wird geheiratet und wir werden Kinder kriegen. So viele sie will! Doch zunächst mal freue ich mich über den Moment. Ich genieße die wunderschöne sternenklare Nacht mit meinem besten Freund! Was will ich mehr? Ich habe heute meinen Bootsschein gemacht und mit meinem verrückten Freund unser gesamtes, schwer verdientes ›Parfumgeld‹ auf den Kopp gehauen. Wir werden eine schöne restliche Wehrdienstzeit gemeinsam hier im Norden verbringen. Wer weiß, welche Abenteuer wir noch zusammen bestreiten werden? Ich fühle mich gerade richtig gut!«

Ich lächelte und nippte an meinem Bier. »Und morgen gehen wir an den Badestrand! Ich hoffe, du hast deine Badehose nicht vergessen, Norbert?« Ich sah zu meinem

Freund hinüber. »Norbert?« Und noch einmal leise: »Norbert?«

Er hatte seine Augen geschlossen. Ich nippte an meinem Bier und machte es ihm nach. Ich schloss meine Augen.

Am nächsten Morgen schleppten wir uns zum Kiosk und besorgten uns je einen Becher starken schwarzen Kaffee. Ich fühlte mich, als ob mir jemand einen Anker an meinen Schädel geworfen hätte. Die Fischergeister waren uns treu ergeben und hatten sich in unseren Köpfen eingenistet. Ich hoffte sehr, dass wir sie mit dem koffeinhaltigen Heißgetränk verjagen und auf große Fahrt schicken konnten. Erst am Morgen hatte ich auf dem Etikett gelesen, dass der Alkoholgehalt des Schnapses bei 56 Prozent lag! Kein Wunder also. Und die Flasche war fast leer …

Mit dem Kaffeebecher in der Hand machten wir uns auf den Weg zum Badestrand. Wir breiteten die Strandlaken aus, die wir im Boot gefunden hatten, und legten uns darauf. So verbrachten wir die restliche Zeit des Tages in der kleinen Hafensiedlung Orth.

Am nächsten Morgen machten wir die Leinen los und fuhren zurück zum Heimathafen nach Travemünde. Die Rückfahrt verlief ohne Komplikationen und Norbert machte einen richtig guten Job als Kapitän! Auch wenn uns die abschließende Tankrechnung das letzte Geld aus dem Portemonnaie zog, nahmen wir uns vor, so einen Törn unbedingt zu wiederholen. Ich musste Norbert versprechen, ernsthaft darüber nachzudenken, auch einen Bootsführerschein zu machen.

Kapitel 14
Die Reise

Die letzten Wochen meiner Wehrdienstzeit vergingen wie im Fluge. Am Ende feierten wir eine feuchtfröhliche Verabschiedungsparty. Norbert und ich versprachen uns gegenseitig, den Kontakt zu halten.

Anna-Maria sagte sofort zu, dass ich bei ihr in die Wohnung einziehen konnte. Viel Zeit blieb mir nicht zum Verschnaufen. Zwei Tage nach meinem Abschied von der Bundeswehr sollte ich in den neuen Job starten. Alles ging nahtlos vonstatten. Meine Mutter nahm die Nachricht meines Auszuges besser auf als gedacht. Sogar fast zu gut! Kaum hatte ich ihr mitgeteilt, dass ich bei Anna-Maria einziehen würde, standen bereits sämtliche – ich betone: sämtliche! – meiner persönlichen Dinge fein säuberlich zusammengepackt in Kisten und Koffern abholbereit im Hausflur.

Am Wochenende vor meiner offiziellen Entlassung aus der Bundeswehr hatte ich vorgehabt, in Ruhe zu Hause meine Sachen zu packen. Norbert und Anna-Maria wollten mir dabei helfen. Ich war schon ziemlich negativ berührt, als ich die Haustür aufschloss und im Flur vor vollendeten Tatsachen stand. Auch wenn meine Mutter nur helfen wollte, hatte die Situation einen faden Beigeschmack. Wir drei sahen uns überrascht an. Ich fühlte mich schlecht und irgendwie rausgeworfen.

Norbert hatte wohl meine trüben Gedanken erraten. »Sehen wir es mal so«, sagte er und schlug seinen Arm um meine Schulter: »Da haben wir gleich mehr Zeit, um im ›Mattes op d'r Eck‹ abzufeiern.« Er hielt kurz inne, bevor er weitersprach. »Und außerdem wollte ich euch heute Abend meine neue Freundin vorstellen.«

»Was?«, fragte ich überrascht und neugierig zugleich. »Hat es dich jetzt endlich auch erwischt? Wie heißt sie denn?«

»Ruth. Und sie ist echt ein steiler Zahn! Sie war auf der Geburtstagsparty meines Cousins, bei dem ich vor zwei Wochen eingeladen war. Und …«, flüsterte er nun geheimnisvoll, »wir sind direkt in der Kiste gelandet und haben uns seitdem kaum voneinander gelöst. ABSOLUTER Volltreffer, sag ich dir! Liebe auf den ersten Blick!«

Ich musste lachen: »Ein Grund mehr, dass wir uns jetzt auf den Weg in die Kneipe machen.«

Ich bedankte mich rasch bei meiner Mutter, Onkel Heinz und meiner Schwester, dass sie sich so viel Mühe mit meinem Hausrat gemacht hatten, bevor ich mit meinen Freunden in Richtung Braunsfeld verschwand. Im Eiltempo schleppten wir meine Sachen in die Dachgeschosswohnung hinauf und erlebten anschließend einen schönen, feuchtfröhlichen Kennenlernabend in unserer Stammkneipe in der Südstadt.

Auch die folgenden Monate vergingen wie im Flug. Meine Nebentätigkeit als Parfumverkäufer hatte ich zum Ende meiner Wehrdienstzeit an den Nagel gehängt. Norbert jedoch dachte gar nicht daran, den lukrativen Job aufzugeben, und freute sich auf die Übernahme meiner Kunden. Ruth war ihm dabei eine große Hilfe, denn sie sorgte für einen zusätzlichen Kundenstamm in ihrem Bekanntenkreis. Tatsächlich schienen Ruth und Norbert wie geschaffen füreinander zu sein. Zusammen sah man sie stets händchenhaltend und sie küssten sich bei jeder Gelegenheit. Schon bald erhielten sie den nett gemeinten Beinamen ›die Küsser‹.

In meinem neuen Job entwickelte ich mich hervorragend. Rasch war ich in allen Bereichen eingearbeitet und man nannte mich den ›Hans Dampf in allen Gassen‹. Überall, wo gerade Not am Mann war, wurde ich eingesetzt. Mal in der Auftragsannahme, in der Buchhaltung und mal als Vertretung des Lagerleiters. Es kam sogar vor, dass ich mit einem 7,5-Tonner die Zigarettenauslieferungen an Großhändler in der Region übernahm, wenn gerade ein Fahrer gebraucht wurde. Der Umgang mit einem LKW dieser Größenordnung war mir bereits seit meiner Lehrzeit beim Kartoffelabpackbetrieb geläufig. Damit gewann ich natürlich schnell an Respekt im Kollegenkreis. Insbesondere bei den Fahrern und den Lagermitarbeitern, die darüber staunten, dass ein ›Bürohengst‹ sich nicht zu schade war, sich die Hände schmutzig zu machen.

Schon nach wenigen Monaten wusste ich gar nicht mehr, wohin mit all dem vielen Geld, das ich verdiente. Einen Monat nach Arbeitsbeginn hatte ich aufgrund einer Tariferhöhung eine saftige Lohnsteigerung bekommen. Und zum Ende des Jahres gab es sogar ein dreizehntes und vierzehntes Gehalt. Ich beschloss daher, Anna-Maria und mir zu Weihnachten ein Geschenk zu machen.

Sobald das üppige Weihnachtsgeld auf meinem Konto eingegangen war, kontaktierte ich das Reisebüro meines Vertrauens. Bei derselben Agentur hatte ich auch meine vielen USA-Reisen gebucht. Nur diesmal sollte es in den Ostblock gehen. Nach Moskau! Vorab hatte ich mit Norbert und Ruth gesprochen und ich konnte sie dafür begeistern, mitzukommen.

Von meiner Arbeitsstelle aus rief ich das Reisebüro an. Es meldete sich eine mir unbekannte Stimme.

»Reisebüro Kölner Südstadt-Treff. Mein Name ist Sedlovic. Wie kann ich Ihnen helfen?«

Ich: »Hallo, Tim Stahl hier. Ich bin schon lange Kunde bei Ihnen, aber wir kennen uns noch nicht.«

Frau Sedlovic: »Ja, das stimmt. Ich habe erst letzte Woche hier angefangen. Das ist aber kein Problem. Was kann ich für Sie tun?«

Ich: »Prima. Schauen Sie doch mal in meine Daten. Ich möchte diesmal nach Moskau fliegen. Im Januar soll der Trip stattfinden. Ein verlängertes Wochenende, maximal vier Nächte. Und diesmal reise ich nicht alleine, sondern wir sind vier Personen. Haben Sie da ein gutes Angebot für uns?«

Frau Sedlovic: »Ja, sicherlich. Es gibt die teure Variante und die günstige.«

Ich: »Gerne die günstige!«

Frau Sedlovic: »Gut. Das Günstigste, was ich Ihnen anbieten kann, ist ein Flug von Berlin nach Moskau. Die Übernachtung wäre in einem einfachen Stadthotel, direkt im Zentrum gelegen. Der Haken ist, dass Sie nach Berlin kommen müssten. Wäre das ein Problem?«

Ich: »Nein. Wir würden mit dem Auto nach Berlin fahren, das habe ich schon öfters gemacht.«

Frau Sedlovic: »Prima. Die Fluggesellschaft ist die Interflug.«

Ich: »Aus Ostberlin? Mit der Fluggesellschaft der DDR?«

Frau Sedlovic: »Ja. Das ist wirklich ein Topangebot! Aber wenn das für Sie ein Problem ist?«

Ich: »Nein. Eigentlich nicht …«

Frau Sedlovic: »Nun, das ist gut. Herausfordernd ist vielleicht noch die Uhrzeit des Abfluges: Die Maschine startet am 4. Januar von Berlin-Schönefeld um 4:50 Uhr am frühen Morgen. Ist das ein Problem?«

Langsam nervten mich ihre Hinweise auf Probleme …

Ich: »Nein, alles gut. Kriegen wir hin. Wir würden dann schon am Vorabend losfahren.«

Im Vorfeld hatte ich bereits das Budget von Norbert und Ruth sowie ihre möglichen Reisedaten abgefragt.

Alles passte. Und das mit der Anreise nach Berlin würde auch klappen. *Riecht nach Abenteuer!*

Kurzentschlossen erteilte ich den Auftrag zur Buchung. Die Daten gab ich der netten Dame am Telefon durch. Nach einigen Momenten hektischen Treibens im Hintergrund meldete sich Frau Sedlovic wieder.

Frau Sedlovic: »Hm … Ich denke mal, dass es kein Problem ist, aber ich möchte noch einmal kurz nachfragen …«

Ich dachte nur: *Problem! Problem!* Das Ganze erinnerte mich langsam an die Kommunikation mit der japanischen Kellnerin beim ersten Date mit Anna-Maria.

Frau Sedlovic etwas zögerlich: »Sie reisen mit Ihrer Großmutter?«

Ich: »Hä? Meine Oma ist tot!«

Frau Sedlovic: »Ehm … Na ja, Entschuldigung. Mein Beileid. Geht mich ja auch nichts an, mit wem Sie reisen. Dann ist das wohl so.«

Ich: »Wie kommen Sie denn darauf?«

Frau Sedlovic: »Siebzig Jahre?«

Ich: »Wer?«

Frau Sedlovic: »Frau Anna-Maria …«

Ich unterbrach: »25 Jahre!«

Frau Sedlovic: »Wer?«

Ich: »Frau Anna-Maria!« Mir rutschte eine Frage raus, die ich mir nicht verkneifen konnte.

Ich: »Sind Sie eventuell aus Japan?«

Frau Sedlovic: »Hä? Nein! Wie kommen Sie denn darauf? Ach, da hab ich's doch! Ein Zahlendreher!« Sie lachte herzhaft. »Nicht 1916, sondern 1961! Das passt! Hab ich mir doch gedacht … Problem gelöst! Na, dann kann ja nichts mehr schiefgehen. Wenn Sie bezahlt haben, werden die Tickets direkt ausgestellt und Sie können alles bei uns im Reisebüro abholen. Ich wünsche Ihnen schon mal eine gute Reise und einen schönen Aufenthalt in Moskau. Probleme wird es ja dann keine mehr geben!«

Ich hatte plötzlich ein ungutes Gefühl, als sie das sagte. Irgendwie hatte sie mich mit ihren Problemhinweisen ganz wuschig gemacht. Wir waren ja noch lange nicht in Moskau angekommen!

Ich: »Na ja, Frau Sedlovic, wenn Sie das so sagen … und jetzt alles richtig erfasst haben …«

Frau Sedlovic: »Sind Sie immer so unfreundlich?«

Ich: »Ich bin nicht unfreundlich!«

Frau Sedlovic: »Finde ich schon.«

Ich: »Wie bitte?«

Frau Sedlovic: »Ja, schon … unfreundlich!«

Ich: »Ehrlich?«

Frau Sedlovic: »Na ja, nun … doch! Bestimmt sogar!«

Ich: »Okay. Dann tut's mir leid. Ich entschuldige mich dafür, wenn es so angekommen sein sollte …«

Frau Sedlovic: »Angenommen!«

Das Telefonat nahm ein schnelles Ende mit einem gegenseitigen und knappen »Tschö!«.

Am Abend vor dem Abflug starteten wir um 17:00 Uhr unsere Reise. Die Temperatur lag nahe am Gefrierpunkt und es regnete heftig. Ich hatte darauf bestanden, dass wir uns mit genügend Zeitreserven auf den Weg nach Berlin-Schönefeld machten. Wir mussten schließlich eine Strecke von fast 600 km und drei DDR-Grenzkontrollen hinter uns bringen, da wir auch ein kleines Stück durch Westberlin fahren mussten. Ruth hatte angeboten, mit ihrem Volvo 244 nach Berlin zu fahren. Ein sehr stabiles und geräumiges Auto, wenn auch ein wenig in die Jahre gekommen …

Die erste Panne erwischte uns bereits eine Stunde nach unserer Abfahrt auf der Autobahn A 1, gleich hinter dem Kamener Kreuz. Bei einem kurzen Stopp an einer Rastanlage sprang der Wagen nicht mehr an. Wir hatten Glück im Unglück: Nur ein paar Meter weiter stand ein Gelber Engel vom ADAC. Und Ruth war Mitglied! Nach einem schnellen Check und ein paar Handgriffen konnte der Pannenhelfer uns wieder ins Rollen kriegen. Zügig und erleichtert verabschiedeten wir uns und der nette ›Engel‹ rief uns noch hinterher: »Das wird wohl nicht bis Moskau halten, jedoch bis Berlin allemal!«

Wie unrecht er doch haben sollte!!! Kurz vor Hannover kündigte ein Schrei die nächste Panne an: »Verdammt! Verfickte Scheiße!« Ein heftiger Wutausbruch von Ruth ließ uns alle aufrecht in die Sitze schießen. »Was ist denn jetzt los?!«

Sämtliche Kontrollleuchten strahlten und blinkten in Rot und Gelb auf der Instrumententafel. Der Motor stotterte und wir rollten langsam aus, Ruth lenkte den Volvo auf den Seitenstreifen der A 2. Es tat sich nichts mehr. Entsetzt schauten wir uns an. Die Reise konnten wir uns wohl abschminken.

Doch ich wollte nicht aufgeben. Ruth war schließlich im ADAC! Ich öffnete mit einem Ruck die Seitentür und rannte kurzerhand zur nächsten Notrufsäule, wo ich einer freundlichen Dame der Schadensannahme unser Leid klagte.

Unendlich lange dauerte es, bis uns ein Abschlepper von der Autobahn zu einer Werkstatt brachte. Auf der Uhr tickte unaufhörlich die Zeit herunter. Wie sollten wir jemals in Berlin ankommen? Der Wagen fuhr auf keinen Fall weiter. Lichtmaschine kaputt. Doch es gab einen Hoffnungsschimmer am trüben und verregneten Himmel. Der ADAC konnte uns einen Mietwagen besorgen! Diesen durften wir jedoch nicht in Ostberlin abgeben, sondern nur an einer Westberliner Station. Da hatten wir nun den Salat. *Gut, einen Schritt nach dem anderen* …

Während ich die Formalitäten zum Mietwagen erledigte, erzählte uns Norbert, dass er eine Stiefschwester in Westberlin hatte. Und er hatte eine Idee! Er lief zum nächsten Telefonhäuschen gegenüber der Mietwagenstation und wählte ihre Nummer. Als er zu uns zurückkam, grinste er über beide Backen! Aufgeregt berichtete er uns, dass er sie erreichen konnte und dass er mit ihr ein Treffen hinter der Grenze auf Westberliner Seite ausgemacht hatte. Dort würde sie unseren Mietwagen übernehmen und uns zum Grenzübergang Waltersdorfer Chaussee bringen. Danach müssten wir uns allerdings zu Fuß durchschlagen, bis zum Flughafen sei es dann nicht mehr weit.

Ich schaute auf die Uhr. Mittlerweile war es bereits zehn. Wir waren uns einig: Es war unsere einzige Chance, und die wollten wir nutzen!

Eine gefühlte Ewigkeit dauerte es, bis wir endlich den Mietwagen übernehmen konnten. Wir änderten sogleich unsere Sitzordnung. Zu Beginn der Reise saß ich ganz entspannt und eng an Anna-Maria geschmiegt auf der Rückbank. Jetzt übernahm ich das Steuer und gab sofort Gas, sobald die Türen mit einem lauten Knall geschlossen waren. Norbert nahm die Straßenkarte zur Hand, zog einen Fetzen Papier samt Kugelschreiber aus seiner Tasche und kritzelte aufgeregt vor sich hin.

»3:21 Uhr!«, murmelte er nach ein paar Minuten.

»Was meinst du, Norbert?«, fragte ich ihn.

»Nun denn …« Er nahm seinen Blick von der Karte und schaute auf seine Armbanduhr. »Nach meiner Berechnung müssten wir um 3:21 Uhr in Westberlin sein. Die beiden ersten Grenzkontrollen mit eingerechnet. Aber man weiß ja nie, wie lange das tatsächlich dauert. Es wird ganz schön knapp. Unsere Fahrzeugübergabe an meine Stiefschwester und das Einchecken am Flughafen werden noch zusätzlich Zeit kosten. Mannomann!« Norbert runzelte nachdenklich die Stirn.

Wir blickten uns kurz an und ich trat das Gaspedal noch ein Stück weiter durch. »Okay! No risk, no fun! Ab sofort gibt es keine Pipipause mehr. Und jetzt die Augen auf, Norbert!«

Er wusste direkt, was ich meinte. Wir waren ein eingespieltes Team und ziemlich geübt im Aufspüren von Radarfallen. Trotz zahlreicher Rasereien im Umkreis unserer Bundeswehrkaserne hatten wir es geschafft, niemals ein Knöllchen wegen Geschwindigkeitsüberschreitung zu bekommen. Norbert warf seine Utensilien wieder zurück in seine Tasche und schärfte seine Augen.

»Anna-Maria, du bist doch Stewardess. Meinst du, dass die Maschine auf uns warten wird? Schaffen wir es denn noch rechtzeitig?«, fragte Ruth.

Anna-Maria zuckte mit den Schultern. »Wie soll ich das wissen? Falsche Airline und falsche Richtung! In den Ostblock bin ich noch nie geflogen …«

Ich schaltete das Radio an. Es lief ein Lied von einem Kölner Rocksänger. Sofort drehte ich die Lautstärke hoch und wir alle sangen wie auf Kommando aus vollem Halse mit. Der Song passte perfekt zu unserer Reise! Ein Text über eine stundenlange Fahrt mit einem alten Wagen auf der Autobahn von West- nach Ostdeutschland, vorbeiziehende Nebelschwaden, Autobahndrängler und Kurzaufenthalte an diffusen Rastplätzen inklusive.

Glücklich darüber, dass wir unsere Reise fortsetzen konnten, erreichten wir ohne weitere Stopps, Staus und Pannen den Grenzübergang Helmstedt. Nachdem wir ziemlich schnell den westlichen Kontrollposten passiert hatten, rollten wir langsam auf die DDR-Grenzübergangsstelle Marienborn zu. Ich schauderte bei dem unheimlich erscheinenden Anblick. Dutzende massive Flutlichtanlagen warfen mühsam ihr Licht durch die verregnete Januarnacht und zusätzliche Scheinwerfer erstrahlten aus den Wachtürmen entlang des riesigen eingezäunten Areals. Nur wenige Autos standen auf den Fahrspuren zu den entsprechenden Kontrollhäuschen. Mehrere DDR-Grenzsoldaten schlenderten, schwer bewaffnet und mit kritischem Blick, von einem Wagen zum anderen.

Beim Heranfahren suchte ich mir die Kontrollhäuschen aus, die am weitesten von uns entfernt lagen. Dort standen nur zwei Fahrzeuge und warteten auf die Abfertigung. Der Regen prasselte unaufhörlich und im Takt der Scheibenwischer auf das Autodach. Ich wusste, dass viele die Grenzkontrollen fürchteten. Unter den Blicken der DDR-Grenzbeamten fühlte man sich winzig und wie ein Schwerverbrecher. Man war ganz auf ihr Wohlwollen angewiesen. Wenn sie jemanden für verdächtig hielten, musste derjenige womöglich sein ganzes Fahrzeug leerräumen und stundenlang auf die Weiterreise warten. Die Kontrollen waren streng und umfassend. Alles wurde äußerst scharf überprüft.

Kurz bevor wir an der Reihe waren, holte Norbert aus seiner Tasche eine Banane heraus.

»Bist du wahnsinnig?!«, raunzte ich ihn heftig an. »Pack die sofort wieder weg! Die finden das gar nicht lustig, wenn du da jetzt reinbeißt!«

Norbert sah mich erschrocken an.

»Die Banane«, flüsterte Ruth von hinten und beugte sich zu Norbert vor. »DAS Symbol des Mangels in der DDR.«

Südfrüchte waren in der DDR äußerst knapp. Die Grenzer hätten die Banane mit Sicherheit als kapitalistische Provokation aufgefasst. Rechtzeitig, bevor sich das Fenster des Kontrollhäuschens öffnete, verschwand die ›leuchtend gelbe Provokation‹ wieder in den Tiefen von Norberts Tasche. Eine geöffnete Hand streckte sich mir entgegen.

Ich überreichte dem Grenzposten unsere Reispässe und Anna-Maria musste die hintere Seitenscheibe nach unten kurbeln. Mit geübtem Blick glich der Grenzsoldat die Passfotos mit unseren Gesichtern ab.

»Den Kopf nach links wenden. Nach rechts«, befahl er.

Routine! Doch scheinbar war ich zu schnell.

»Ich habe gesagt, den Kopf zuerst nach links drehen!«, brüllte der Mann im schönsten Kasernenton.

»Ja, ja. Okay«, ich lächelte ihn freundlich an, obwohl ich innerlich aufs Heftigste angespannt war. Ich wollte alles vermeiden, was Zeit kosten könnte. Der Grenzer, eine Mischung aus preußischer Strenge und kommunistischer Parteidisziplin, verzog keine Miene.

»Was ist Ihr Reiseziel?«

»Moskau«, sagte ich, ohne nachzudenken. Ich biss mir auf die Lippen. Hoffentlich empfand er diese Aussage nicht als Provokation, auch wenn sie der Wahrheit entsprach.

Er sah mir streng in die Augen und schloss kommentarlos seine Fensterluke. Wir mussten warten. Lange Zeit tat sich nichts am Kontrollhäuschen. Wir sahen uns ab und zu fragend an. Nach knapp fünfzehn Minuten, die uns wie eine Ewigkeit vorkamen, öffnete sich das Fenster wieder. Die Hand des Grenzers mitsamt den Reispässen streckte sich mir entgegen.

»Guten Flug!«, wünschte er und grinste wissend. »Das wird knapp für Sie. Denken Sie daran, in der Deutschen Demokratischen Republik halten wir uns an die Geschwindigkeitsregeln!«

Ich nahm die Pässe entgegen und er schloss sein Fenster. Überrascht sahen wir uns an.

»Weiß der etwa, dass wir den Flieger in Ostberlin kriegen wollen?«, fragte Norbert erstaunt.

»Was soll's«, antwortete ich erleichtert. »Wir sind noch im Geschäft. Wir packen das!«

Natürlich hielt ich mich an die Geschwindigkeitsbegrenzungen. Ich kannte den lukrativen Trick, mit dem die gewieften DDR-Behörden von unkonzentrierten

Autofahrern Devisen einstrichen, sobald diese den Kontrollposten verlassen hatten. Selbstredend wurde in Westmark abkassiert! 100 km/h waren auf Autobahnen erlaubt. Doch bereits nach 600 m auf der Autobahn sah ich das 80-km/h-Schild, wonach ich Ausschau gehalten hatte. Nur gefühlte 40 bis 50 m weiter folgte die Begrenzung auf 60 km/h und kurz darauf erschien das 40-km/h-Schild! Der Killer für die meisten Ahnungslosen, die vielleicht nach stundenlangen Wartezeiten an der Grenze erleichtert aufs Gaspedal drückten. Norbert zeigte unmittelbar nach dem 40-km/h-Schild auf die Radarfalle. Nicht nur in der Dunkelheit war der Blitzer kaum zu sehen, sondern mit Sicherheit auch tagsüber. Die Konstruktion erinnerte an einen Schützengraben und das Gerät war mit einem Tarnnetz überzogen, welches wahrscheinlich ein Überbleibsel aus dem Zweiten Weltkrieg war.

Gegen 3:30 Uhr erreichten wir die Zonengrenze nach Westberlin. Norbert hatte mit seiner Zeitberechnung ziemlich genau auf den Punkt getroffen. Die Kontrollen auf beiden Seiten rüber in den Westteil der Stadt liefen erstaunlich schnell ab. Das war auch zwingend nötig. Solange der Flieger noch nicht abgehoben hatte, wollten wir nicht aufgeben. Obwohl es uns zu diesem Zeitpunkt schier unmöglich erschien, dass wir es schaffen konnten.

Unmittelbar hinter der Grenze auf einem Parkplatz machte ein Opel Kadett mit Lichthupe hektisch auf sich aufmerksam. Norberts Stiefschwester Marianne hatte uns schon von Weitem kommen sehen. Eilig sprang sie aus dem Auto und lief uns entgegen, während ihr

Lebensgefährte mit laufendem Motor am Steuer sitzen blieb. Die Begrüßung verlief knapp und die Vorstellungsrunde musste den hektischen Anweisungen von Marianne weichen.

»Hallo, ihr Abenteurer!«, rief sie, während sie zielstrebig den Kofferraum öffnete, um unsere Koffer und Taschen rauszuholen. »Keine Zeit für Small Talk! Norbert, wirf mir den Autoschlüssel rüber. Ich bringe das Fahrzeug zur Mietwagenstation und gebe es dort ab. Und ihr schnappt euch jetzt euer Gepäck und ab ins Auto zu Rainer! Er bringt euch zum Grenzübergang nach Schönefeld. Ab da müsst ihr selber weitersehen …«

Die ganze Aktion mit Fahrzeugübergabe und Gepäckverladung dauerte keine drei Minuten. Und schon saßen wir eingequetscht, jedoch hoffnungsvoll, im nächsten Gefährt. Rainer nickte uns nur kurz zu und gab mit quietschenden Reifen Gas.

»Keine Ahnung, wie ihr das packen wollt. Ich kann euch nur bis zum Grenzübergang fahren. Und ob sie euch da überhaupt durchlassen, weiß ich auch nicht. Der Übergang Waltersdorfer Chaussee ist kaum bekannt, da er vorwiegend für den Transit zum Flughafen Berlin-Schönefeld errichtet wurde, und er ist sicherlich nicht für Fußgänger gedacht. Es ist aber eure einzige Chance. Ab da geht's dann nur zu Fuß weiter. Ich weiß nicht, ob es auf der anderen Seite Taxis gibt. Eher wohl nicht. Da müsst ihr euch durchfragen. Bei wem auch immer …« Rainer fing heftig an zu lachen. »In zwei Dingen habt ihr schon mal Glück: Zum einen ist um diese Uhrzeit gar kein Verkehr, wir können also einmal quer durch die

Stadt heizen. Und zum anderen hat sich der tagelange Regen endlich gelegt. Aber arschkalt ist es trotzdem.«

Ich sah, wie Norbert wieder auf seine Uhr schaute. Er startete eine neue Hochrechnung. »Ostberlin soll doch auch ganz interessant sein, oder? Wir hätten jetzt schon längst beim Check-in sein sollen.«

Anna-Maria fragte: »Wer kam eigentlich auf die Idee, mit Interflug von Ostberlin nach Moskau zu fliegen?«

Ich seufzte nur und blickte unschuldig aus dem Fenster.

Zwanzig Minuten später stoppte Rainer den Wagen, nur 50 m vor dem Schlagbaum des westlichen Kontrollpunktes. Wir beeilten uns, aus dem Auto zu kommen, verabschiedeten uns hektisch und liefen mit unserem Gepäck auf den Schlagbaum zu. Im Gehen blickte ich kurz zurück zu Rainer. Er saß halb auf der Motorhaube seines Autos und sah sich das Schauspiel aus der Ferne an, während er genüsslich an einer Zigarette zog.

Ich blickte wieder nach vorne und erschrak. Wir alle blieben erstarrt stehen. Beunruhigt sahen wir auf die Sperranlage, die die Grenze zwischen Westberlin und der DDR markierte. Wir gaben sicherlich einen interessanten Anblick ab. Vier junge Reisende vor einem rot-weiß gestreiften Schlagbaum nebeneinander aufgereiht, in einer nasskalten Januarnacht. Vier Koffer und zwei Reisetaschen in den Händen. Vor uns ein nicht enden wollender Weg mit mehreren Kontrollpunkten, weiteren Schlagbäumen, Zäunen, Wachtürmen und Beleuchtungsanlangen. Ein schmaler Streifen für den Transit, umschlossen von einer vorderen und einer hinteren Mauer, und ein Todesstreifen. Kein Mensch war weit und breit zu sehen. Nebelschwaden warfen ein bizarres Licht auf den vor uns liegenden Weg. Absolute Stille machte sich breit. In weiter Ferne sahen wir, wie ein Flugzeug steil in den düsteren Nachthimmel aufstieg und schnell verschwand. Der Flughafen Schönefeld musste nicht weit weg sein. Eine Stimmung wie in der Abschiedsszene aus ›Casablanca‹ mit Humphrey Bogart und Ingrid Bergman am Flughafen.

Als ob Norbert meine Gedanken erraten hätte, sagte er mit ehrfürchtiger und tiefer Stimme: »Ich seh dir in die Augen, Kleines!« Wir hoben die Hände, lachten und gaben uns High five.

In dem Moment öffnete sich die Tür des kleinen unscheinbaren Wachhäuschens rechts neben dem Schlagbaum und ein Grenzbeamter kam erstaunt auf uns zu.

»Wollt ihr etwa um diese Uhrzeit noch nach drüben? Seid ihr zu Fuß?«, fragte er schlaftrunken.

Wir nickten nur und reichten ihm unsere Reisepässe entgegen. Mit einem schnellen Blick erfasste er mehr oder weniger genau die entsprechenden Infos und gab uns die Pässe zügig wieder zurück.

»Na ja …«, sagte er und zeigte in Richtung Osten. »Hier geht's lang. Immer weiter geradeaus. Ungefähr 700 m immer den Flutlichtern nach. Die werden euch schon in Empfang nehmen. Nur nicht vom Weg abkommen und stehenbleiben! Das mögen die da drüben gar nicht.«

Wir bedankten uns artig, packten unsere Koffer und marschierten los.

»4:11 Uhr«, sagte Norbert. »In 39 Minuten geht unser Flieger …«

»… wohl ohne uns«, ergänzte Ruth.

Anna-Maria und ich bildeten die Vorhut, einige Schritte hinter uns folgten Ruth und Norbert. Ein mulmiges Gefühl überkam mich. Wortlos marschierten wir auf dem unendlich scheinenden Weg ins ›Nirgendwo‹. Alles war still, wir hörten nur den Gleichklang unserer Schritte. Unheimlich. Der Nebel wurde immer dichter und das Licht der Scheinwerfer hatte zunehmend Mühe, ihn zu durchbrechen. Ich hatte das Gefühl, von allen Seiten beobachtet zu werden. Wir kamen an mehreren Wachtürmen am Wegesrand vorbei, ohne dass sich etwas tat. Anna-Maria nahm meine Hand und rückte während des Gehens so nah wie möglich an mich heran.

Als wir ungefähr zwei Drittel des Weges geschafft hatten, öffnete sich hoch oben an einem der Wachtürme eine Tür. Ein beleibter Grenzer trat heraus. Er warf sich seine Uniformjacke über, rückte seine Mütze zurecht und rief zu uns herunter: »Ihr seid ja eine lustige Truppe! Jetzt sagt bloß, ihr wollt noch zum Flughafen?«

»Ja. In gut dreißig Minuten geht unser Flieger nach Moskau. Können wir das schaffen? Gibt es hier ein Taxi?«, rief ich zu ihm hinauf.

Der Grenzer fing schallend an zu lachen und schlug sich auf die Schenkel. »Na, dann lauft mal schön weiter. Da hinten erwarten euch schon die Kollegen.« Hörbar belustigt verschwand er wieder in seinem Wachturm.

Wir schauten uns fragend an. Die letzten Meter bis zum nächsten Schlagbaum rannten wir fast. Dort standen bereits zwei Grenzbeamte bereit. Sie führten uns zu einer Baracke, öffneten die Tür und geleiteten uns wortlos in einen Raum, in dem lediglich vier lange Sitzbänke standen. Nachdem sie unsere Reisepässe verlangt hatten, verließen sie den Raum und schlugen die Tür mit einem Krachen hinter sich zu.

»Jetzt steh ich hier, ich armer Tor, und komm mir ziemlich dämlich vor«, sinnierte Norbert in Anspielung auf Goethes ›Faust‹. Wieder sahen wir uns ratlos an und ließen uns erschöpft auf die Bänke fallen.

»Sind wir jetzt hier im Knast?«, fragte Ruth. »Was passiert denn nun?«

»Keine Ahnung«, antwortete ich. »Die Pässe sind auf jeden Fall schon mal weg. Staatenlos …«

»Quatsch«, erwiderte Anna-Maria. »Die können uns hier doch nicht festhalten!«

Norbert sah auf seine Uhr: »Take-off in acht Minuten!«

Von draußen hörten wir Motorengeräusch und aufgeregtes Reden. Norbert sprang zu einem kleinen vergitterten Fenster neben der Tür und sah hinaus.

»Scheiße!«, rief er aufgeregt. »Da steht ein Kastenwagen. Die sperren uns ein! Achtung, sie kommen!«

Die Tür öffnete sich und der Grenzer vom Wachturm trat ein. Er wedelte mit unseren Reisepässen in seiner Hand: »So, ihr Weltenbummler! Jetzt zeigen wir euch mal, was wir hier in der DDR alles möglich machen können. Packt euer Gepäck und ab in den Wagen! Aber zack, zack!« Er drehte sich auf dem Absatz um und wir folgten ihm, wie befohlen. Was sollten wir auch anderes tun?

Ein weiterer Grenzsoldat öffnete die Hecktür des Wagens und wir kletterten hinein. Der Grenzer von vorhin gesellte sich zu uns. Vor Anstrengung schnaubte er leicht. Kaum dass wir saßen, lachte er uns an und reichte uns unsere Reispässe. Wir sahen ihn erstaunt an.

»Keine Sorge«, sagte er, »wir fahren euch direktemang zum Flieger. Den Check-in haben wir für euch bereits übernommen. Die Maschine wird auf euch warten. Wir haben alles geregelt.« Herzhaft lachend ergänzte er: »Wir hätten ja nicht gedacht, dass ihr das noch packen werdet!«

»Wieso? Wussten Sie, dass wir kommen würden?«

»Na ja, junger Mann«, sagte er zu mir, »bei uns wird alles festgehalten. Zum Wohle des Kommunismus – und auf eure Devisen wollen wir ja auch nicht verzichten.«

Ich musste an die Bemerkung des Beamten am Grenzübergang in Helmstedt denken. Ob die tatsächlich unsere Daten weitergegeben hatten?

Nur vier Minuten später hielt der Wagen an und ich verwarf meine Gedankengänge. Wir verabschiedeten uns von dem freundlichen und hilfsbereiten Grenzer, der im Wagen sitzen blieb. Der Grenzsoldat, der uns vorhin die Autotür geöffnet hatte, lotste uns schnellen Schrittes quer durch das menschenleere Flughafenterminal und vorbei am unbesetzten, diffus beleuchteten Check-in-Schalter. Wir eilten zur Gangway des startbereiten Fliegers. Am Eingang der Interflug-Maschine erwartete uns eine Stewardess, die uns mit einem freundlichen Lächeln empfing. Sie nahm uns unser Gepäck ab, um es in irgendwelchen Ecken und Nischen zu verstauen, und führte uns entlang der vollbesetzten Sitzreihen zu unseren Plätzen. Wir ernteten zahlreiche neugierige Blicke. Keine Ahnung, was die anderen Passagiere dachten. Sie fragten sich wohl, wer wir waren und warum wir so spät an Bord gingen.

Wir schmissen uns in die Sitze und kaum waren wir

angeschnallt, erklang die Durchsage des Kapitäns, dass nun alle Passagiere eingetroffen seien und es Zeit wäre, Richtung Moskau abzuheben. Wir strahlten uns gegenseitig an. Norbert rief zu uns herüber: »Minus elf! Minus elf Minuten! – Knapp nicht geschafft und doch geschafft!«

Ich beugte mich leicht vor und sah an Anna-Maria vorbei aus dem Fenster in den trüben Nachthimmel hinaus. Langsam fiel der Druck von mir ab. Ich musste darüber nachdenken, wie viel Glück wir hatten. Für die DDR-Grenzposten waren wir doch der große Feind aus der kapitalistischen Bundesrepublik? Wie kam es, dass sie uns so aufopfernd geholfen hatten? Die Grenzer waren wohl doch nicht so kaltherzig, wie ich gedacht hatte. Vielleicht war es auch das Bild, das wir abgaben: vier junge Leute, die zu Fuß, voller Hoffnung und Elan, ganz naiv den Grenzstreifen passierten. So etwas hatten sie bestimmt noch nie gesehen. Und das mitten in der Nacht! Zu einer normalen Tageszeit hätten wir ihre Hilfe sicher nicht erhalten. Bestimmt hatte sich jemand mit ganz viel Herz der Sache angenommen. Jemand, der endlich einmal aus dem Alltagstrott ausbrechen wollte, um für sich persönlich ein Zeichen zu setzen. Vielleicht sogar, um ein Zeichen an uns zu senden?

»Das kostet dich aber was, Tim!«, unterbrach Anna-Maria meine Gedanken, knuffte mich in die Seite und gab mir einen intensiven Kuss. »Die nächsten Reisen organisiere ich!«

Ohne Widerrede akzeptierte ich ihren Beschluss.

Die Maschine hob ab und wir mit ihr.

Kapitel 15
Das Entsetzen

April 1987

Ich stand an der Theke in meiner Stammkneipe und wartete auf Norbert. Fast drei Monate waren seit unserer Reise nach Moskau vergangen. Ostern stand vor der Tür. Ich hatte meinen Freund seit unserer Rückkehr nicht mehr getroffen und freute mich auf ein Wiedersehen. Wir waren beide sehr beschäftigt mit unseren Jobs und mit unseren Freundinnen. Und unsere Elternhäuser gab es ja auch noch, die regelmäßig nach Besuchen verlangten.

Norbert und ich telefonierten ab und zu, um die aktuellsten Neuigkeiten auszutauschen. Das letzte Mal eine Woche zuvor. Er sprach davon, dass er zu einer Magen-Darm-Untersuchung ins Krankenhaus müsste. Er hätte schon seit Längerem Schmerzen und wollte sich mal durchchecken lassen. Nichtsdestotrotz hatten wir uns für heute in der Kneipe verabredet. »Es wird ja auch mal wieder Zeit!«, meinten wir beide. Außerdem wollte Norbert mir seine Pläne für eine gemeinsame Yachttour mit unseren Freundinnen auf dem Gardasee unterbreiten. Ich war schon sehr gespannt darauf, was er diesmal wieder ausgeheckt hatte.

Ich war schon eine Stunde vor unserer verabredeten Zeit da. Es war noch früher Nachmittag und die Kneipe war nur spärlich besucht. Um mir die Wartezeit zu verkürzen, berichtete ich Mattes und Nils von unseren Erlebnissen in Moskau. Beide hörten interessiert und amüsiert zu. Nils polierte währenddessen die Gläser und stellte sie zurück in die Regale. Ich erzählte, wie wir im tiefsten Schnee an den zahlreichen Sehenswürdigkeiten der Stadt vorbeischlenderten. Ein Highlight war für uns der Rote Platz mit der Basilius-Kathedrale. Auch die Metrostationen der Stadt, die als unterirdische Paläste bekannt sind, waren architektonisch wunderschön anzusehen. Und unser Tagesausflug nach St. Petersburg war ein fantastisches Erlebnis! Ich erzählte den beiden, wie wir mit unseren ›Westdevisen‹ gelebt und geschlemmt hatten wie die Fürsten. Wir hatten uns Dinge erlaubt, von denen wir anderswo nur träumen konnten. Champagner, Kaviar und Steaks – Genussartikel, die sich dort so gut wie niemand leisten konnte, hätten wir im Überfluss verzehren können. Dazu wurden wir bedient wie Könige. Kaum hatte ein Kellner erkannt, dass wir Touristen aus dem kapitalistischen Westen waren, wurden wir an allen Schlangen vorbei, verfolgt von bösen Blicken der wartenden einheimischen Gäste, hin zu den besten Plätzen der Restaurants geführt. Uns war schon unwohl dabei und wir versuchten uns bei einigen Gästen an den Nachbartischen zu revanchieren, indem wir ihnen Drinks anboten. Dies kam jedoch überhaupt nicht gut an und sie ließen uns deutlich erkennen, dass sie von uns keine Almosen entgegennahmen. Egal wie wir es anstellten, egal was wir versuchten, wir kamen mit unseren guten Ansätzen nicht bei ihnen an und ließen es dann irgendwann sein.

In dem Moment, als ich gerade erzählen wollte, dass wir für die Rückfahrt von Berlin nach Köln kein Auto, sondern den Zug genommen hatten, öffnete sich hinter uns mit einem heftigen Schwung die Kneipentür. Ich drehte mich um und erkannte Ruth, die mich nach kurzem Innehalten erblickte und auf mich zugestürzt kam.

Noch im Laufen schrie sie immer wieder laut und hysterisch: »Norbert ist tot! Norbert ist tot!!«

Ich begriff nicht, was sie sagte, und starrte sie ungläubig an. Sie stürzte in meine Arme und weinte unentwegt.

»Du bist nicht ans Telefon gegangen«, schluchzte sie leise unter Tränen. »Ich dachte schon, dass du hier bist …«, flüsterte sie. »Norbert … Er ist tot.«

Mattes erkannte sofort die Situation, ging zur Kneipentür und schloss leise ab, damit keine weiteren Gäste hereinkommen konnten. Nils drehte die Lautstärke der Musik herunter. Ich konnte immer noch nichts sagen. Entsetzt und sprachlos sah ich Ruth an. Sie drückte sich von mir weg und mit weit aufgerissenen Augen schrie sie mich an: »Ich hoffe, ich bin schwanger! Wir haben uns geliebt, Tim! Hoffentlich! Hoffentlich!! Ich will ein Kind von ihm!!«

Gemeinsam führten Mattes und ich sie an einen Tisch und wir setzten uns. Meine Knie waren wackelig und mein Herz raste wie wild. Nur langsam begriff ich, was Ruth sagte. Nur langsam, denn tief in meinem Innersten hatte ich für mich beschlossen, Todesnachrichten in die hinterste Ecke meines Gehirns zu drücken und zu verbannen. Ich konnte so besser mit diesen schlimmen

Informationen umgehen. Bereits in meiner frühesten Kindheit hatte ich zahlreiche Verluste erleiden müssen. Ich hatte für mich beschlossen, solchen Nachrichten aus dem Weg zu gehen. Abzuducken, wenn mir jemand so etwas berichten wollte. Als ob ich es damit ungeschehen machen könnte. Nicht ranlassen! Nicht nachdenken! Verdrängen!

Doch jetzt? Was für ein Unsinn! Das musste ich wieder mal erkennen. Ich versuchte die Information zu verarbeiten. Mein bester Freund, tot? Wie konnte das sein? Wir wollten doch heute über den Trip zum Gardasee sprechen? Meine Gedanken wirbelten kreuz und quer durcheinander.

Ruth hämmerte mit einer Hand immer wieder auf den Tisch. Tränen kullerten über ihre Wangen. Ich ergriff sanft ihre Hand, sie beruhigte sich jedoch nur langsam. Nils brachte ihr einen Tee, den sie zunächst nicht anrühren wollte.

»Ich komme gerade aus dem Krankenhaus«, fing sie an mich aufzuklären. »Metastasen überall ... Das ging ganz schnell ...« Nur zögerlich brachte sie die Worte heraus. Ich hatte das Gefühl, als würde sie in sich zusammenbrechen. Nach ihrem hysterischen Ausbruch nun der tiefe Fall ins Leere. »Tim, wie ist das möglich? Er sollte doch nur untersucht werden ...«, sie schaute mich verzweifelt an.

»Ruth, ich weiß es nicht. Wir haben letzte Woche telefoniert. Hätte ich gewusst, dass es so schlimm um ihn steht ...«

»Das wusste er selbst nicht. Niemand konnte das

ahnen. Er hatte diese Schmerzen im Bauch … Das haben wir doch alle mal!« Ruth lehnte sich erschöpft an meine Schulter. »Ich hoffe, ich bin von ihm schwanger«, sagte sie erneut. Ihr ganzer Körper begann zu zittern.

Ich konnte meine Tränen nicht mehr zurückhalten. Ich nahm Ruth fester in den Arm, um uns beiden Halt zu geben.

Ich musste daran denken, was Norbert mir in der Nacht auf dem Boot erzählt hatte. Dass er unbedingt heiraten und Kinder kriegen wollte. Es musste nur die Richtige sein, sagte er damals. Er würde sie dann schon erkennen – und Ruth war die Richtige. Da war Norbert sich ganz sicher. Wir alle waren uns sicher. Sie waren doch unsere ›Küsser‹, wie wir sie liebevoll nannten.

Mattes sah, dass die Situation sich etwas beruhigt hatte, und ging mit langsamen, bedächtigen Schritten zur Kneipentür, um sie wieder zu öffnen. Als er die Klinke herunterdrückte, schlug ihm ein heftiger, geräuschvoller Windstoß fast die Türe aus der Hand. Überrascht machte er einen Schritt zurück und stemmte sich dann reflexartig mit seinem vollen Körpergewicht gegen die Tür, um zu verhindern, dass sie krachend gegen die Innenwand schlug.

Ich spürte, wie der Wind für einen kurzen Moment den kompletten Raum einnahm. Ein paar Papierservietten, die auf der Theke lagen, flatterten heftig durcheinander. Gläser stießen gegeneinander und verursachten entsprechende Klirrgeräusche. Staub wurde aufgewirbelt. Eine der Servietten glitt von der Theke und flog in unsere

Richtung, bevor sie langsam zu Boden ging. So schnell, wie der Windstoß gekommen war, so schnell war alles wieder vorbei.

Ich löste mich aus Ruths Umarmung und stand auf, um die heruntergefallene Serviette aufzuheben. Es war eine merkwürdige Stimmung. Niemand sagte etwas. Es hatte etwas Mystisches an sich. Ich bückte mich und ergriff die Serviette. In der Hocke hielt ich inne, betrachtete, was ich in den Händen hielt, und blickte hoch zu Ruth.

Stille … Stille erfüllte den Raum … Plötzlich musste ich an meinen Vater denken. Er war wieder da. Es war ein Zeichen. Er wollte mir beistehen.

Mit der Serviette wischte ich mir die Tränen aus meinem Gesicht.

III.

Kapitel 16
Die Lücke

Frühling 1995

Hing es mit der Entfernung zusammen? Oder mit dem kleinen Altersunterschied? Hatte ich mich zu sehr um mich selbst gekümmert? Um meinen Job? Um meine Leidenschaft, den Baseballsport? Hatte ich Anna-Maria vernachlässigt? Ich musste wieder an sie denken. Natürlich musste ich an sie denken! Hier waren wir uns vor fast zehn Jahren zum zweiten Mal begegnet. In meiner damaligen Stammkneipe. Und natürlich würde ich diesen überraschenden Moment niemals vergessen. Zwei Menschen, die sich nach einer flüchtigen Begegnung in einem Flieger nach New York ausgerechnet hier wiedertrafen.

Sieben Jahre waren vergangen, in denen eigentlich alles gut war. Wir liebten uns und machten Pläne für ein eigenes Haus, vielleicht für eine Safarireise per Geländewagen durch Namibia. Kinder, mindestens vier sollten es werden, und vieles mehr wollten wir zusammen schaffen und erleben. In den ersten Jahren unternahmen wir zahlreiche Fernreisen. Nach Costa Rica, auf die Bahamas, in den Westen der USA und sogar nach Kuba reisten wir. Die Flüge organisierte natürlich Anna-Maria, denn sie profitierte von den Mitarbeiterrabatten ihrer Airline und kam so an günstige Tickets. Wir ließen es so richtig krachen!

Seufzend nahm ich einen Schluck Kölsch zu mir, locker an die Theke gelehnt und halb auf dem Barhocker sitzend. Lange Zeit war ich nicht mehr hier gewesen. Es war nicht viel los am frühen Nachmittag, nur ein paar ältere Männer aus dem Viertel saßen an der großen Theke verteilt. Jeder starrte vor sich hin. Wie einem Ritual folgend, gelegentlich der Griff zur ›Kölschstange‹, wie man die schlanken, hohen Biergläser hier nennt, oder zum danebenstehenden Schnapsglas. Ich sah mich um, so wie es die älteren Herren auch zuweilen taten. Mal etwas anderes machen, vielleicht etwas Abwechslung erhaschen, etwas Neues erfahren. Doch kaum jemand redete. Jeder war für sich allein.

Ich musste wieder an Anna-Maria und unsere schöne Zeit denken. Wie stolz und aufgeregt war ich damals, als ich sie meiner Familie vorstellte. Und jetzt? Was war nur passiert? Drei Jahre war es nun her, dass wir uns getrennt hatten. Obwohl – so richtig getrennt hatten wir uns eigentlich nicht! Keiner von uns beiden hatte ausdrücklich Schluss gemacht. Niemals fiel ein böses Wort zwischen uns. Kein Geschrei. Kein Gezanke. Eine Trennung ohne Worte. Ohne dass einer von uns beiden ein offizielles Ende formulierte. Ich konnte mich nicht daran erinnern, dass wir uns jemals über irgendetwas gestritten hätten. Und doch …

Nur ungern erinnerte ich mich an den Kurztrip nach Limburg, unser letztes gemeinsames Wochenende. Anna-Marias Mutter hatte uns diesen damals geschenkt, mit Übernachtung in einem Romantikhotel. Sie musste wohl etwas geahnt haben. Auf der Rückfahrt setzte mich Anna-Maria wie geplant am Baseballstadion in Köln ab. Dort musste ich, wie jedes Wochenende, zum Landesligaspiel antreten, diesmal gegen Wuppertal. Während der gesamten Reise lag etwas Unausgesprochenes in der Luft. Es war nicht wie sonst. Wir sprachen kaum miteinander, waren höflich und gingen früh zu Bett. Schon in den Wochen und Monaten zuvor hatte ich ab und zu das Gefühl, dass etwas zwischen uns nicht stimmte. Wir lachten nicht mehr so viel, schmiedeten keine Pläne mehr. Jeder wuselte so vor sich hin. Anna-Maria ließ mich am Eingang zum Stadion aussteigen und wir winkten uns zum Abschied kurz zu. Sie setzte mit ihrem Wagen zurück, wendete und bog in eine Lücke des fließenden Verkehrs ein, die Hauptstraße entlang stadtauswärts. Ich sah ihr nachdenklich hinterher, wie sie langsam aus meinem Blickfeld entschwand. *Ich melde mich nicht bei dir! Nein, ich mache nicht den ersten Schritt aufeinander zu. Du weißt ja, wo und wie du mich erreichen kannst!*, dachte ich etwas angepisst, bevor ich mich zu meinen Mitspielern aufmachte. *Und wenn es Tage dauern wird, bis sie sich bei mir meldet!*, schwor ich mich auf die nächste Zeit ohne Anna-Maria ein.

Doch aus den Tagen wurden Wochen und Monate! Wir beide, denke ich, waren zu stolz, um nach dem Telefonhörer zu greifen und zu reden. Auch wenn sich alles in meinem Innern dagegen sträubte, irgendwann musste ich es doch akzeptieren, dass wir getrennt waren. Und an das Ligaspiel gegen Wuppertal durfte ich gar nicht erst denken. Zu allem Übel hatten wir haushoch und mit Karacho verloren. Was für ein beschissener Tag!

Streng genommen sind wir ja noch zusammen, wenn keiner von uns beiden die Trennung ›ausgerufen‹ hat, oder? Ich grübelte vor mich hin, während Mattes wortlos ein neues, frisch gezapftes Kölsch vor mir abstellte und sich dann den anderen Gästen zuwandte. Feinfühlig wie er war, erkannte er meine Stimmung. Er wollte mich mit meinen Gedanken alleine lassen und mich nicht stören. Ich registrierte es dankbar. »Wir werden bestimmt gleich noch die Gelegenheit haben zu quatschen, Mattes!«, rief ich ihm hinterher und nahm einen kräftigen Schluck.

Ich hätte so gern noch mal Anna-Marias Lachen gehört, doch leider gab es keine Tonaufnahmen. Nur ihren ›Liebesbeweiszettel‹ besaß ich noch. Und ein kleines Portraitbild von ihr in einem goldenen Rahmen. Sie hatte mir das Foto vor meiner Versetzung nach München geschenkt. Manchmal, wenn es mich überkam und ich an unsere schönen gemeinsamen Momente dachte, kramte ich das Bild heraus, haute mir mit der flachen Hand gegen die Stirn, schüttelte meinen Kopf ungläubig hin und her und fragte mich, was denn schiefgelaufen war. Doch ich bekam nie eine Antwort auf meine Frage. Ratlos trauerte ich der schönen Zeit und unserer großen Liebe hinterher.

Zum Zeitpunkt unserer unausgesprochenen Trennung befand ich mich auf einem Karrieretrip. Bereits vier Jahre nachdem ich meinen neuen Job angetreten hatte, startete ich richtig durch. Die Mauer fiel und ich zog Hals über Kopf zunächst nach Ostberlin und dann nach Leipzig, um dort beim Aufbau der Vertriebsstrukturen unserer Firma zu helfen. Nahezu jedes Wochenende, falls Anna-Maria nicht gerade in ihrem Job unterwegs war, reiste ich nach Köln. Zu Beginn war auch alles in Ordnung. Die Situation brachte Neues und Aufregendes mit sich. Es gab viel zu organisieren und zu besprechen. Doch irgendwann strapazierte es die Beziehung. Ganz langsam schlich sich eine Art Routine ein und wir fingen an, uns zu distanzieren. Immer wieder das Gleiche. Freitagabends ankommen, Wiedersehen feiern, essen, reden, lieben, Wäsche waschen, die nächsten Termine organisieren … und sonntags am späten Nachmittag wieder losfahren. In den Sommermonaten fanden außerdem unsere Ligaspiele statt, an denen ich immer teilnahm und die in der Regel fast den ganzen Tag ausfüllten. Kein Wunder also, dass Anna-Maria auf Dauer mit der Situation unzufrieden war, auch wenn sie sich darüber nie bei mir beklagt hatte.

Nach meiner Leipziger Zeit hatte ich einige Jahre in München verbracht und wurde dort zum Leiter eines Logistikstandortes ernannt. Vor zwei Wochen nun die Rückkehr ins Rheinland. Man hatte mir eine Verkaufsleiterstelle für Köln und Düsseldorf angeboten – und ich schlug sofort ein. Es ging ratzfatz. Kaum war der Änderungsvertrag unterschrieben, erhielt ich erstmals einen Dienstwagen, einen VW Passat. Ich ließ meine Wohnung in München über einen von der Firma beauftragten Dienstleister auflösen und bezog eine kleine Wohnung in Leverkusen. In puncto ›Organisation‹ und ›Schnelligkeit‹ konnte mir so schnell keiner etwas vormachen. Da war ich unschlagbar! Ein Markenzeichen von mir. Sobald ich eine Situation erfasst hatte, machte ich Lösungs- und Umsetzungspläne. Nicht lange quatschen und debattieren, sondern machen war meine Devise!

So kam es, dass ich nun nach langer Zeit wieder in meiner geliebten Kneipe saß, um in Erinnerungen zu schwelgen. Mein Blick fiel auf den Serviettenstapel, der ein Stück weiter auf der Theke stand. Ich musste an meinen Freund Norbert denken. Und an den Windstoß, der damals die Servietten aufwirbelte.

Mit Ruth telefonierte ich unregelmäßig. Alle paar Monate tauschten wir uns über Neuigkeiten aus. Sie war natürlich nicht von Norbert schwanger gewesen, obwohl sie es aus tiefstem Herzen gehofft hatte. Eine neue Beziehung war sie seitdem nicht eingegangen. Sie hatte sich zurückgezogen und war nicht mehr dieselbe wie zuvor.

Auch ich war nach unserer unausgesprochenen Trennung keine feste Beziehung mehr eingegangen. Es hatte sich nichts Dauerhaftes ergeben. Keine konnte Anna-Maria das Wasser reichen! Außer One-Night-Stands und ein paar Kurzzeitaffären lief nichts Festes. Na ja, um bei der Wahrheit zu bleiben, gab es darüber hinaus noch einen ›versuchten‹ One-Night-Stand, der sich letztlich in einen One-Kotz-Stand verwandelte. Es war das Ergebnis eines feuchtfröhlichen Tequila-Abends in einer Kneipe während meiner Berliner Zeit. Der Stimmung entsprechend wollte ich unbedingt die erotische Tequila-Version ausprobieren, die mir Rose in New York beigebracht hatte. Und das Resultat konnte sich sehen lassen! Den restlichen Abend über klebte Karola an meinen Lippen. Sie war unersättlich! Kaum waren wir zu vorgerückter Stunde in meinem Berliner Appartement angekommen, befanden wir uns schon in der Horizontalen – und der One-Night-Stand wandelte sich ohne Umschweife zu einem One-Kotz-Stand! Gleich mehrmals musste ich für Karola den Eimer leeren. Den Geruch von Erbrochenem sollte ich so schnell nicht mehr aus meiner Bude bekommen. Ich hatte außer Acht gelassen, dass deutsche Mädels anscheinend nicht so trinkfest waren wie amerikanische.

Kurz danach, noch während meiner Berliner Zeit, lernte ich Sonja aus Magdeburg kennen. Sie war meine neue Wohnungsnachbarin. Hilfsbereit wie ich nun mal war, hatte ich ihr spontan beim Hochtragen einiger Umzugskartons geholfen. Als Dank lud sie mich abends zu einer Pizza vom Bringdienst ein.

Sonja war Jurastudentin und wollte immer nur reden. Reden, reden, reden ... Sie ließ eigentlich nichts anderes zu. Ihre Lieblingsthemen waren Rechtsfälle, die sie stets mit den entsprechenden Paragraphen aus dem BGB und dem Strafgesetzbuch in Verbindung brachte. Eigentlich fand ich sie ganz nett. Attraktiv war sie auch. Blonde lange Haare und eine Nickelbrille, welche nicht nur perfekt zu ihrem Jurastudium passte, sondern auch zu ihrem feinen, schmalen Gesicht. Wir trafen uns abwechselnd in ihrer und in meiner Wohnung, doch ihr Gesprächsstoff änderte sich nicht. Persönliche Themen ließ sie völlig außen vor und wir kamen uns kein Stückchen näher. Nach dem siebten Treffen fasste ich mir schließlich ein Herz und unterbrach ihren Redefluss.

»Sonja!«, sagte ich energisch und bestimmend. »Sonja! Ich glaube, wir lassen es dabei bewenden. Echt nett, dich kennengelernt zu haben. Doch ich muss nun los …« Ich packte mein halbvolles Glas Pinot Grigio und stiefelte aus ihrer Wohnung ohne Umwege mit nur wenigen Schritten geradewegs hinüber in meine.

Sie hatte wohl verstanden! Erst drei Tage später klingelte sie an meiner Tür. Ich war zunächst verwundert über ihren Anblick und dachte, sie wolle noch mal einen Neuanfang versuchen. Doch weit gefehlt! Ohne Worte und mit einem stechenden Blick streckte sie ihren Arm in meine Richtung und bewegte ihren Zeigefinger fordernd vor und zurück. Ratlos sah ich sie an. Nach kurzem Zögern hatte ich es geschnallt. Ich lief in die Küche, griff nach dem von mir entführten Weinglas, eilte zurück an die Wohnungstür und gab es wortlos an die rechtmäßige Besitzerin zurück. Ich wollte nun wahrlich nicht von ihr nach § 242 StGB vor den Kadi gezogen werden! Immerhin konnte man in solchen Fällen zu einer Freiheitsstrafe von bis zu fünf Jahren verdonnert werden, wie Sonja mir bereits am ersten Abend anhand zahlreicher Beispiele mehr als ausführlich erklärt hatte.

Irgendwann, da wohnte ich bereits in München, lernte ich eine waschechte Bayerin namens Helga kennen. Unsere Kurzzeitbeziehung ging glatt über einen Zeitraum von annähernd drei Monaten. Doch Helga wollte ziemlich früh und ziemlich schnell mehr, um nicht zu sagen: ALLES! In jeder freien Minute war sie bei mir und fing sogar an, meine Wohnung umzugestalten. Sie wollte mir nicht nur den Umgang mit meinen Freunden madig machen, nein, sie verlangte auch von mir, mit dem Baseball aufzuhören! Das konnte ich natürlich nicht zulassen. Manchmal fühlte ich mich in meiner eigenen Wohnung eingesperrt, wie in einer Gefängniszelle. Nahezu unausweichlich kam es eines Tages zu einem heftigen Streit, der die Situation schließlich eskalieren ließ. Wutentbrannt und völlig hysterisch rannte Helga zum Schlafzimmerfenster, öffnete es, postierte sich breitbeinig und mit verschränkten Armen davor und drohte mir, hinauszuspringen. Erschrocken und perplex sah ich sie an. Meine Wohnung befand sich immerhin in der dritten Etage! Ich zog sofort die Notbremse!

Langsam setzte ich mich auf den Boden und redete mit Engelszungen und mit einer Engelsgeduld auf sie ein. Vollkommen ruhig ließ ich ihre Vorwürfe stundenlang über mich ergehen. Was für ein Arsch ich doch sei! Was für ein Egoist! Ich würde mich überhaupt nicht richtig um sie kümmern! Sie glatt vernachlässigen! Und noch vieles mehr warf sie mir an den Kopf. Das Ganze in einem tief-bayrischen Dialekt, den ich nicht immer verstand, was die Sache nicht leichter für mich machte.

»Kreuzkruzifix! Du heast mia goa ned zu, Tim! Warum behandelsch du mi so? Host du moi drüber nachdocht, wos i ois fia di dua?«

Fia di dua? Was sie für mich tat? Das fragte sie mich? Na ja ... Ich dachte direkt mal darüber nach, was sie alles für mich tat:

- Meine Freunde machte sie schlecht …
- Meine US-Cars-Sammlung verbannte sie ungefragt vom Regal in die hinterste Ecke der Schublade des Wohnzimmerschranks …
- Sie hielt mir (ungefragt) Vorträge über gesundes vegetarisches Essen und redete mir bei jedem Bissen Fleisch ein schlechtes Gewissen ein …
- Sie meckerte rum, wenn ich spät abends meine Socken in *meinem* Wohnzimmer liegen ließ …

… nur um ihre neuesten Hilfeleistungen der letzten beiden Tage in Erinnerung zu bringen. Ach so, nicht zu vergessen: das tolle Geschenk wenige Wochen zuvor! Unentwegt warf sie mir vor, dass ich dem Flanellnachthemd im britisch-königlichen Design und in Überlänge – bis zu den Knien reichend – absolut keine Beachtung schenkte! Nicht ein Mal getragen hatte ich dieses aus indischem Madraskaro gefertigte, mit Knopfleiste und Seitenschlitzen versehene, höchst hässliche, altbackene Ding. Da schlief ich doch lieber weiterhin so, wie mich der liebe Gott geschaffen hatte: nackt! So, wie ich es immer schon am liebsten tat.

Auf ihre rhetorisch gestellte Frage antwortete ich nicht. Sicherheitshalber … Ich zuckte nur devot mit den Schultern, um die Situation nicht zusätzlich anzuheizen. Doch es ging immer so weiter und ich versuchte erst gar nicht mehr, mit ihr zu diskutieren oder mich zu verteidigen.

Sie konnte sich trotzdem nicht beruhigen und redete sich immer mehr in Rage. Ihre Stimme veränderte sich. Hoch und hysterisch hörte sie sich an. Zunehmend lauter wurde sie und schrie mich immer heftiger an. Eigentlich fehlte nur noch, dass sie mich für das verregnete, nasskalte Wetter verantwortlich machte, das wir seit Tagen hatten …

»… und des scheiß Weda macht mi a no gonz irre, sog i dia!«

Bingo!, dachte ich. Aber ich riss mich zusammen. *Schon wieder einer dieser beschissenen, vergeudeten Tage meines Lebens!* Helga musste definitiv zu der Kategorie ›Negativaufsteher‹ gehören. Ich nahm mir jedoch vor, die Situation nicht noch mehr eskalieren zu lassen. In Gedanken sah ich schon die morgendliche Schlagzeile vor meinem geistigen Auge in fetten schwarzen Lettern aufblinken: *Junges Mädchen springt in den Tod, weil junger Mann ihr nicht gehorchen wollte!*

»Oh weia!«, rief ich laut und nahm einen kräftigen Schluck von meinem kühlen Kölsch. Gesprungen war Helga schlussendlich nicht. Am nächsten Morgen begleitete ich sie unwiderruflich aus meiner Wohnung. Ich gab ihr sicheres Geleit bis vor die Türe. Das war's. Ich sollte nichts mehr von ihr hören. Gott sei Dank musste ich auch nichts über sie lesen. Sicherheitshalber holte ich mir die nächsten Tage jeden Morgen eine Ausgabe des lokalen Boulevardblattes am Kiosk. Eine entsprechende Schlagzeile konnte ich nicht finden.

Während ich mein Kölsch wieder auf dem Bierdeckel abstellte, kam mir Jana in den Sinn. Das vorerst letzte Verhältnis, welches ich eingegangen war. Auch diese Verbindung hatte ich schnell beendet. Sie war nichts für mich! Besser gesagt: Das war nichts für mich! Nein, damit kam ich überhaupt nicht klar! Der erste Abend bei ihr zu Hause fing eigentlich ziemlich erotisch an. Unter leidenschaftlichen Küssen, teils von ihr gezogen, teils von mir geschoben, arbeiteten wir uns rasch bis ins Schlafzimmer vor und entledigten uns recht zügig unserer Sachen. Da sprang sie plötzlich vom Bett auf und eilte splitterfasernackt zu ihrem Schlafzimmerschrank. Sie schob die Spiegeltür zur Seite, kramte eine große Aldi-Tüte hervor und breitete ohne Vorwarnung den gesamten Inhalt großzügig vor uns auf dem Bett aus.

Von nun an setzte sie jedoch zu meinem Leidwesen ihren ganzen Fokus auf ihr reichhaltiges Spielzeugsortiment. Volle Konzentration auf die Spielsachen! Ab diesem Moment ließ sie mich total außen vor. Eine sehr, sehr, seeeehr merkwürdige Situation! Absolut unerotisch, geradezu abtörnend. SoloSex pur! Und das Schlimme daran war: Sie brauchte immer so verdammt lange, bis sie ein Ende fand!!!

»Oh weia!«, kam es ein zweites Mal aus meinem Mund. Ich schüttelte mich.

Und an den Kellner gerichtet: »Bitte noch mal vollmachen.« Ich reichte ihm meine leere Kölschstange.

Um auf andere Gedanken zu kommen, schaute ich nachdenklich in die Runde, auf die Handvoll einsamer Kerle an der Theke. Alle blickten starr geradeaus ins Leere. Ab und zu folgte der langsame Griff zum Bierglas. Ich machte es ihnen nach, hob mein Glas und leerte es in einem Zug. Kurzerhand streckte ich das Glas in Richtung

Kellner und gab ihm zu verstehen, dass ich doch bitte noch mal ein neues Kölsch haben wollte.

Den Kellner kannte ich nicht. Er musste neu sein. Nils arbeitete schon lange nicht mehr bei Mattes. Den Job hatte er wahrlich nicht mehr nötig. Tatsächlich hatte er es geschafft und seine langersehnte Filmkarriere gestartet. Anfangs hatte er kleinere Synchronisationsrollen in englischsprachigen Tierdokumentationen übernommen, um sich finanziell über Wasser zu halten. Bei seiner ersten Rolle musste er einen Moderator synchronisieren, der über die Kaninchenpopulation in Griechenland berichtete. Hauptsächlich ging es in der Doku um das heftige ›Treiben‹ der putzigen Tierchen und um den daraus resultierenden zahlreichen Nachwuchs. Nils musste seine Aufgabe gut gemacht haben, denn nach weiteren Synchronisationen bekam er recht zügig seinen ersten Auftritt in einem deutschen Comedyfilm, der sofort einschlug wie eine Bombe. Danach ging es step by step weiter nach oben. *Glück muss man haben*, dachte ich.

Was bedeutet eigentlich Glück? Grübelnd verirrte ich mich nun in ganz andere Gehirnbereiche. *Glück ist der Definition nach ein Gefühl. Ein Gefühl, das dem Menschen guttut*, sinnierte ich. *Man ist innerlich ausgeglichen und in der Regel strahlt man dadurch Zufriedenheit aus. Kurz: Wer glücklich ist, ist zufrieden mit sich und freut sich des Lebens. ›Glück‹ stammt von dem Wort ›gelingen‹ ab. Und das hat etwas mit dem Wort ›leicht‹ zu tun. Glück ist also das Gelungene, das leicht Erreichte. Ich persönlich empfinde Glück, wenn ich mich amüsiere und wenn ich etwas tue, was mir Spaß macht. Ich bin glücklich, wenn ich Zeit mit meinen Freunden verbringen kann. Wir haben Spaß, sind lustig, lachen oft und erfreuen uns an unseren Erfolgen, wenn wir gemeinsam Baseball spielen. Letztendlich kann man Glück nicht schenken und auch nicht erzwingen. Glück bedeutet für mich nicht unbedingt, das Beste zu haben, jedoch das Beste aus den Gegebenheiten zu machen. Zufrieden bin ich, wenn ich mir selbst nichts vorzuwerfen habe, alles versucht habe, um ein Ziel zu erreichen.*

Ich nahm wieder einen kräftigen Schluck zu mir. *Doch bei allem Streben*, dachte ich, *darf ich meine ›Liebsten‹ nicht vernachlässigen. Was nützt mir mein Glück, wenn ich dabei das Glück der anderen ignoriere oder sogar verhindere, zumindest blockiere? Bin ich zu egoistisch?*

Spontan sprang ich von meinem Barhocker auf, machte zwei, drei große Schritte in den Raum hinein, erhob mein halbvolles Glas Kölsch und rief laut in die Runde: »Ich gründe eine Selbsthilfegruppe! Für verlassene, unzufriedene, dem Schicksal ergebene und sich im Selbstmitleid suhlende Singlemänner!« Ich ließ meinen Blick kreisen, das Kölsch in der ausgestreckten Hand. »Wer ist dabei?«

Überraschte Augenpaare starrten mich von der Theke her an. Ganz langsam gingen die ersten Finger hoch, dann ein paar weitere und schließlich zeigten alle Anwesenden in die Luft und sahen mich erwartungsvoll an.

»Mattes!«, rief ich ihm zu. »Mattes, eine Lokalrunde!!«

Mattes benötigte nicht lange, um die Biere zu zapfen, und verteilte sie mit Hilfe eines Kranzes, auch ›Kölschstangenträger‹ genannt, an die anwesenden Gäste. In einer der Ecken erhob sich ein groß gewachsener Mann von seinem Platz. Er ging ein paar Schritte in meine Richtung, erhob sein Kölsch, so wie ich es zuvor gemacht hatte, und begann feierlich zu sprechen. Zunächst ganz ehrfürchtig, mit ausdrucksstarker Stimme kamen folgende Worte aus seinem Mund:

»Augustus, der Erste …

… der mit der hübschen Gräfin, seiner Mätresse …

… nahm die Pergamentrolle zur Hand, ließ einen sausen und verschwand …

… ganz galant!

Daraufhin die Gräfin Hildegard, ganz entsetzt und aufgebracht:

›Was soll denn das nun heißen?‹

›Ich muss nur mal ganz kurz einen Sch… lucken gehen!!!‹«

Seinen Auftritt beendete er mit einem lauten »PROST!«. Er nahm eine akkurate, rechtwinklige Armhaltung ein und kippte sein Kölsch unter viel Gelächter in einem Zug seine Kehle hinunter. Daraufhin wischte er sich mit der anderen Hand die Lippen trocken und kam auf mich zu.

»Ich bin der Willi, vielen Dank fürs Bier! Man nennt mich auch ›die Lücke‹!«

»Gerne geschehen. Und wieso nennt man dich ›die Lücke‹?«, fragte ich.

In dem Moment lachte Willi breit und ich konnte mir die Antwort auf meine Frage selbst geben. In der oberen Reihe fehlte ihm unübersehbar ein Zahn! Willi zeigte mit einem Finger auf die Lücke, die sich vor mir auftat: »Leider kann ich nur Mikado. Und das hat mich mit meiner großen Klappe nicht gerettet.«

Ich sah ihn verwundert an.

»Nun ja«, sprach er weiter. »In meiner Beschützerrolle wollte ich einer Dame beistehen, die immerzu von irgendeinem dahergelaufenen Typen dumm angemacht wurde.«

»Was hat das mit Mikado zu tun? Du meinst doch das Spiel mit den Stäbchen?«, fragte ich verwundert und registrierte, dass die übrigen Männer näher an uns heranrückten, um die Geschichte zu Ende zu hören.

»Kann ich dir sagen! Ich konnte das Theater einfach nicht mehr mit ansehen, zumal das Mädel ihn mehrfach darum gebeten hatte, sie in Ruhe zu lassen. Also ging ich zu dem Idioten hin, baute mich ziemlich breit vor ihm auf, trat sehr nah an ihn heran und sagte gaaaaaanz langsam, in bester Wildwestmanier: ›Junge, ich sage dir das nur ein einziges Mal und zum Mitschreiben: Du verabschiedest dich jetzt höflich von dem Mädel, zahlst ihr noch ein Bier und verschwindest!‹ Ich sah ihm dabei tief in die Augen und sagte dann noch, um meiner Aussage den nötigen Nachdruck zu verleihen: ›Ich kann nämlich Mikado! Alternativ kannst du aber auch gerne Arschtrittsalven kriegen!‹«

»Und was hat das mit deiner Zahnlücke zu tun?«

»Kann ich dir sagen! Zunächst hat alles super geklappt. Wie gewünscht hat er sich ganz schnell verpisst. Doch nach fünf Minuten kam er zurück. Da hatte es wohl bei ihm ›klick‹ gemacht. Leider saß ich mit dem Rücken zu ihm und konnte ihn nicht kommen sehen. Er tippte mir auf die Schulter, ich drehte mich um und er haute mir volle Kanne in die Fresse!«

»Und weißt du, Tim, was der Typ noch zu ihm sagte?«, mischte sich nun Mattes ein, der die ganze Zeit über amüsiert zugehört hatte. »Er sagte: ›Und ich kann Schach! SCHACHMATT!!‹«

Das Gelächter in der Kneipe verwandelte sich in lautstarkes Gegröle und die nächste Runde ging auf Willi – Willi, ›die Lücke‹!

Kapitel 17
Das Jawort

Dezember 1997

Mein Singledasein sollte wider Erwarten nicht lange andauern. Nach meinen teilweise desaströs geendeten Kurzzeitbeziehungen irrte ich noch eine Zeitlang mit meinen Singlefreunden durch die Kneipen der Stadt und sehnte mich schon bald nach einer festen Beziehung. Ich sehnte mich nach einem richtigen Zuhause, einem geregelten Familienleben mit Kindern und allem, was dazugehörte. Ganz seriös und bodenständig. Ich sehnte mich eigentlich nach all dem, was ich mit Anna-Maria erleben und verwirklichen wollte. Doch diese Beziehung hatten wir ja nun deutlich verkackt! Der Zug war unwiderruflich abgefahren. Seit unserer unausgesprochenen Trennung hatten wir uns nie wieder gesehen. Nur ein einziges Mal hatten wir telefoniert. Das war, als ich sie mitten in der Nacht mit besoffenem Kopf nach einem Kneipenbesuch aus einer Telefonzelle angerufen hatte. Ich hatte scheinbar spontane Sehnsucht nach ihr. Anna-Maria, aufgeschreckt von meinem Anruf und vollkommen schlaftrunken, und ich, total vernebelt aufgrund meines übermäßigen Alkoholkonsums, schafften es nicht, ein ordentliches Gespräch zu führen. Eigentlich stammelten wir beide nur wirres und abgehacktes Zeug vor uns hin. Als ob der eine vom anderen irgendeine Initiative erwartete. Nur

Unausgesprochenes lag in der Luft. Keiner von uns beiden kam auf den Punkt. Wir beide erhofften uns wohl von dem jeweils anderen ein paar befreiende Worte, eine Entschuldigung oder einfach nur die Frage nach einem Wiedersehen. Das Telefonat endete nach wenigen Minuten, nach wenigen Worten und nach vielen Sprechpausen, als Anna-Maria schlussendlich sagte: »Okay … ich schlafe dann mal weiter.« Und ich lediglich darauf antwortete: »Ja, gute Nacht … ich wollte jetzt eh nach Hause gehen.«

Ich blickte auf das Anzeigedisplay meines Wagens, während ich meinen Gedanken nachging. Die Uhr zeigte 17:44 Uhr und ich befand mich auf der A 3 und kroch im Schneckentempo gemeinsam mit hunderten von anderen Fahrzeugen durch eine nicht enden wollende einspurige Autobahnbaustelle. In etwa neunzig Minuten würde ich am Leverkusener Krankenhaus ankommen. Hoffentlich noch rechtzeitig! Meine Schwiegermutter Angelika hatte mich angerufen und mir mitgeteilt, dass die Wehen eingesetzt hatten. Und dass ich mich auf den Heimweg machen sollte, wenn ich bei der Geburt meines ersten Kindes dabei sein wollte. Der Anruf kam überraschend. Eigentlich sollte es erst in der nächsten Woche so weit sein. Deshalb war ich am Morgen ohne Bedenken nach Frankfurt am Main gefahren, um an einem Verkaufsleiter-Meeting teilzunehmen.

Ich dachte an Britta und wie wir zueinander fanden. Britta war im gleichen Alter wie ich. Und Britta war bodenständig! Sie träumte von einem geordneten

Familienleben und einem eigenen Haus. Sie wollte Kinder, ganz viele sogar! Britta arbeitete in der gleichen Firma wie ich, in der Personalabteilung. Somit war sie meine Ansprechpartnerin in allen Fragen rund um Trainings und Mitarbeiterentwicklung. Britta war zielstrebig! Sie wusste genau, was sie wollte. Und Britta küsste ich das erste Mal am späten Abend nach einer Firmenveranstaltung!

Dann ging alles ganz schnell, verdammt schnell! Bereits nach drei Monaten zog sie in meine Wohnung ein, nach einem Jahr heirateten wir. Und kaum waren wir von unserer Hochzeitsreise in der Toskana zurückgekehrt, war Britta schwanger!

Endlich war das Ende der Autobahnbaustelle erreicht. Der zähfließende Verkehr löste sich auf und ich trat gehörig aufs Gaspedal. Ich beschleunigte auf 160 km/h. Keine Geschwindigkeitsbegrenzung! Wie von Zauberhand waren nach ein paar Minuten kaum noch Autos zu sehen. Es herrschte nun kaum Verkehr. Für Anfang Dezember war das Wetter ziemlich gut. Daher beschleunigte ich auf 180 km/h, ich fühlte mich sicher. Es war zwar schon dunkel, jedoch nicht grau und nasskalt. Die Temperaturen erreichten tagsüber bis zu 13 °C. Für diese Jahreszeit definitiv zu warm. Es war immerhin schon der 2. Dezember und Weihnachten war nicht mehr weit. Kaum zu glauben, dass es in der kommenden Nacht einen Kälteeinbruch geben sollte, wie es im Radio berichtet wurde. Die Temperaturen sollten auf 2 °C fallen. Zeit für die Winterklamotten, die schon seit einigen Wochen die vorderen Plätze im Kleiderschrank einnahmen und auf ihren Einsatz warteten.

Mir fiel ein, dass ich meine Mutter noch anrufen wollte. Zum Glück gab es seit ein paar Jahren Handys. Erst vor Kurzem wurden wir Verkaufsleiter mit den neusten Siemens-Geräten ausgestattet. Die Verbindung ließ zwar manchmal zu wünschen übrig, doch im Außendienst bedeutete die neue Errungenschaft eine echte Erleichterung, wenn wir wichtige Informationen rasch kommunizieren mussten. Vor der flächendeckenden Einführung der Mobile Phones waren wir grundsätzlich auf Telefonzellen angewiesen, was sich zuweilen nervenaufreibend und zeitaufwendig gestaltete. Man überlegte es sich jedes Mal genau, ob ein Anruf wirklich notwendig war, bevor man einen öffentlichen Apparat aufsuchte. Die mobilen Endgeräte hingegen verführten dazu, für jeden ›Unsinn‹ zum Handy zu greifen – und das zu jeder Tages- oder Nachtzeit. Es war ja auch so einfach! Man dachte nicht mehr über die Notwendigkeit eines Anrufes nach und verplemperte mit überflüssigen Telefonaten unnötig Zeit.

In der jetzigen Situation war ein Anruf bei meiner Mutter jedoch dringend geboten und äußerst wichtig! Also griff ich während der Fahrt – verbotenerweise – nach meinem Handy und wählte die Nummer.

Onkel Heinz nahm meinen Anruf entgegen.

»Hallo, Onkel Heinz!«, begrüßte ich ihn. »Es ist so weit! Kann ich mit Mutter sprechen? Oder schläft sie?«

»Nein«, antwortete er, »sie ist gerade wach und hat

ihre Spritze bekommen. Ihr geht es nicht gut, aber sie wird sich sicher freuen. Moment ...« Ich hörte seine Schritte, während er meiner Mutter das Telefon brachte. Wahrscheinlich lag sie im Wohnzimmer auf dem Sofa. Dort hielt sie sich in den vergangenen Monaten am liebsten und am häufigsten auf. Mein Stiefvater kümmerte sich aufopfernd um sie. Ihre letzten Tage sollte sie zu Hause verbringen, beide hatten es so gewollt. Die behandelnden Ärzte konnten schon lange nichts mehr für sie tun. Sie empfahlen zuletzt die Aufnahme in ein Hospiz.

Vor gut anderthalb Jahren hatte man bei ihr Brustkrebs diagnostiziert. Viel zu spät hatte meine Mutter sich bei den Ärzten gemeldet. Sie gehörte der ›alten‹ Generation an, die über so etwas nicht sprach. Viel zu ›genant‹ war sie und wollte es auch nicht wahrhaben, dass sie in so jungen Jahren ernsthaft erkranken konnte. Stets sagte sie ganz stolz, dass wir alle aus einer sehr gesunden Familie stammten und daher uralt werden würden. Ihr Vater sei schließlich erst mit 96 gestorben und ihre Mutter ginge mit ihren nun 97 Jahren stramm auf die Hundert zu!

»Timmilein?«, hörte ich meine Mutter sagen. Es machte mir schon lange nichts mehr aus, dass sie mich manchmal ›Timmilein‹ nannte. Früher hatte ich mich stets darüber geärgert, besonders wenn sie mich vor anderen Personen so ansprach. Doch jetzt war es mir egal und ich wollte ihr diese Freude lassen. Letztendlich war es ja eine Art der Liebkosung.

»Ja, Mutter. Ich bin's. Wie geht es dir heute?«

»Ach, du weißt doch ... Ganz gut heute ... Aber erzähl! Ist der Junge da?«

»Nein, noch nicht. Aber es geht wohl bald los. Die Wehen haben eingesetzt und ich bin auf dem Weg zu Britta.«

Auf der Autobahn stockte gerade der Verkehr. Ich trat auf die Bremse und pausierte kurz meinen Redefluss, um mich auf den rollenden Verkehr zu konzentrieren.

Ich hörte, wie meine Mutter einen Hustenanfall bekam. Als sie sich beruhigt hatte, fragte sie schwer atmend und leise: »Bist du noch da? Es wird doch ein Junge, oder?«

»Na ja, wir wissen es nicht. Wir möchten uns überraschen lassen. Deshalb hatten wir die Ärztin gebeten, uns vorher nichts zu verraten.«

»Ach, Timmilein, glaub mir, ich weiß das: Es wird ein Junge!«

»Ich werde so schnell wie möglich mit ihm«, ich räusperte mich, »oder mit ihr, also mit dem Baby, zu dir kommen. Sobald es geht!«, versprach ich. »Auf jeden Fall rufe ich dich an, wenn das Baby auf der Welt ist, okay, Mutter?«

»Ja. Das ist gut. Mach das bitte. Ich will ihn doch noch sehen, bevor …« Sie stockte. »Und fahr vorsichtig. Ich muss mich jetzt sammeln und meine täglichen Runden machen.«

»Okay, Mutter. Ich melde mich!«

Wir legten auf und ich stellte mir vor, wie sie gleich mühsam eine oder zwei ›Runden‹ um den Wohnzimmertisch drehen würde. Seit Monaten machte sie diese Übung, um ›fit‹ zu bleiben, wie sie immer betonte. Und sie meinte es ernst, sehr ernst! Es half ihr, sich gegen den Tod zu stemmen, und sie war überzeugt, dass sie ihn dadurch zumindest hinausschieben könnte. Wenigstens so lange, bis ihr erstes und ersehntes Enkelkind auf der Welt sein würde. Bis jetzt hatte sie es geschafft. Ich hoffte inständig, meiner Mutter bald unser Baby in den Arm legen zu können.

Wieder schaute ich auf die Uhr. Noch etwa 45 Minuten, rechnete ich schnell hoch. Ich versuchte, meine zunehmende Unruhe im Zaum zu halten, indem ich mich mit Erinnerungen gedanklich ablenkte.

Ich dachte an meine Versetzung von München zurück ins Rheinland. Das war vor etwa zwei Jahren, noch bevor ich mit Britta zusammenkam. Der Zeitpunkt passte perfekt zu meinen sportlichen Ambitionen. Es war Herbst und die Baseballsaison war beendet. Fast zwei Jahre lang hatte ich meinem Leipziger Baseballverein, den ich nach dem Fall der Mauer selber gegründet hatte, von München aus die Treue gehalten. Zu jedem Heimspiel war ich von München nach Leipzig gefahren und zu jedem Auswärtsspiel von München nach Berlin, wo die Leipziger an einem geregelten Ligabetrieb teilnahmen. Doch nun war es genug und ich plante, zu meinen Baseballwurzeln zurückzukehren, zu dem Verein der Cologne Woodpackers, bei dem ich einst in Köln begonnen hatte. Bevor ich jedoch meine Fühler in diese Richtung ausstreckte, entschied ich mich, einen Trainerlehrgang zu absolvieren. Dieser fand an wechselnden Orten statt und umfasste sechs Wochenenden.

Während des Lehrgangs fand ich neue Freunde. Wir teilten uns an den jeweiligen Wochenenden zu dritt ein

Zimmer. Uli und Karsten spielten schon lange bei den Eagles. Es handelte sich um den zweitältesten Baseballverein Deutschlands, der 1977 in einem kleinen Eifeldörfchen Namens Niederelvenich ungefähr 50 km von Köln entfernt gegründet worden war. Doch leider ging es dem Verein gerade nicht gut. Als Gründungsmitglieder des Verbandes spielten sie in der 1. Baseball-Bundesliga, doch es gab nicht genügend Nachwuchsspieler. Die Vereinsspitze hatte auch nicht mehr die Kraft und den Elan, den Verein weiter so zu führen, wie es sein sollte, um gegen die zahlreiche Konkurrenz zu bestehen. Nur mit viel Glück konnten die Eagles den Abstieg in die 2. Liga verhindern.

Es brauchte einiges an Überzeugungsarbeit, doch letztendlich überredeten mich die beiden, meinen ursprünglichen Plan über den Haufen zu werfen und zu ihnen in den Verein zu wechseln. Ich wohnte zu der Zeit in Leverkusen und die Entfernung war kaum der Rede wert. Von München aus hatte ich deutlich weitere Fahrten unternommen, um mein Leipziger Team zu unterstützen. Es reizte mich, in der 1. Liga spielen zu können. Das Kölner Team befand sich stets in den oberen Rängen und kämpfte somit um die deutsche Meisterschaft. Mein Talent hätte bei Weitem nicht ausgereicht, um mit den anderen Spielern mitzuhalten. Aufgrund der Stadtlage gab es nahezu hundert Vereinsmitglieder, die in zahlreichen Teams, je nach Leistung und Alter, eingesetzt wurden. Die Konkurrenz war groß und ich wäre sicherlich in eines der unteren Teams eingeteilt worden. Somit war die Entscheidung gefallen und ich schlug ein. Die Entscheidung war getroffen: Ich kehrte nicht zurück zu den Spechten, den Woodpackers, sondern nahm die Herausforderung 1. Bundesliga bei den Raubvögeln, den Adlern an. An unserem letzten Lehrgangsabend saßen wir zusammen und ich unterschrieb symbolisch meinen Vertrag auf einem Bierdeckel.

Spielerisch ergänzten wir drei uns gut. Aufgrund unserer Positionen bildeten wir auf dem Platz eine wichtige Verbindung. Uli war der Pitcher, der Werfer der Mannschaft, Karsten sein Catcher, der Fänger, und ich war der sogenannte First-Base-Spieler. Ich stand an der ersten Base, also an jener Position, die die gegnerischen Schlagleute als Erstes erreichen mussten, falls sie den Ball unseres Werfers ins Feld schlagen konnten. Rund um unsere Positionen herum tat sich somit am häufigsten etwas. Unsere Positionen waren am Ende entscheidend für den Sieg oder die Niederlage des Teams, auch wenn die übrigen sechs Feldspieler ebenfalls ungemein wichtig waren. Sie mussten in den richtigen Momenten und ohne Fehler präzise Würfe oder Fänge durchführen, was natürlich ebenso über Sieg oder Niederlage entscheiden konnte.

Doch nicht nur spielerisch passten wir drei gut zusammen, wir machten auch gemeinsam die Kölner Kneipen unsicher! Zuallererst führte ich meine neuen Freunde natürlich in meiner Lieblingskneipe ein. Köln lag genau in der Mitte zwischen unseren jeweiligen Wohnorten und es gab gute Zugverbindungen in die Südstadt. Wir nutzten die öffentlichen Verkehrsmittel auch oft, jedoch nicht immer. Manchmal siegte die Unvernunft gegen unsere guten Vorsätze und wir fuhren, aus Gründen der Bequemlichkeit, mal mehr und mal weniger alkoholisiert im eigenen Wagen nach Hause.

Unsere Unvernunft hielt so lange an, bis wir eines Nachts von einer zivilen Polizeistreife mit einer wunderschön blinkenden Kelle zum Anhalten gezwungen wurden. Wir befanden uns gerade auf der zweispurigen Nord-Süd-Fahrt, welche sich vom Kölner Norden quer durch die Innenstadt schlängelt. Es war ungefähr 00:30 Uhr und wir hatten vor, die Rheinseite zu wechseln, um im Stadtteil Deutz eine Diskothek zu besuchen. Ich saß am Steuer und fuhr unter Beachtung der erlaubten Höchstgeschwindigkeit von 50 km/h auf der rechten Spur. Im Rückspiegel beobachtete ich bereits seit einigen Minuten einen dunkelfarbenen PKW, der sich an uns geheftet hatte. Zunächst dachte ich mir nichts dabei. Erst als der Wagen hinter uns auffällig langsam die Spur wechselte und zum Überholen ansetzte, ohne merklich zu beschleunigen, machte ich mir ernsthaft Sorgen. Ich schaute links rüber und sah, wie aus dem rechten Seitenfenster ein Arm mit Kelle herauskam. Der Wagen schaltete die Warnblinkanlage ein und setzte sich vor uns. Wir stoppten mitten auf der Straße und ich tat es den Polizisten gleich und machte die Warnblinklampe an.

»Mist!«, rief ich meinen Freunden zu, die erst jetzt die Situation erkannten. »Ich bin geliefert!«

Unsere fröhliche Stimmung war von einer Sekunde auf die andere wie weggeblasen. Niemand sagte etwas. Wir starrten gespannt auf den Wagen vor uns. Krampfhaft überlegte ich mein weiteres Vorgehen. Sollte ich einfach behaupten, dass ich nichts getrunken hätte? Oder wäre es besser zu sagen, dass ich mir lediglich ein, zwei Kölsch genehmigt hätte? Oder sollte ich sofort alles zugeben?

Ich schaute zu Karsten hinüber, der auf der Beifahrerseite saß. Er ahnte wohl, was sich in meinem Kopf abspielte, denn er zuckte nur ratlos mit den Schultern. Von hinten rief Uli: »Wir legen zusammen, Tim! Und wir sind für die nächsten Wochen deine Fahrer. Versprochen!«

Genau in dem Moment, als sich die Türen der Zivilstreife einen Spalt breit öffneten, schoss mit einem Affentempo ein aufgemotzter VW Golf an uns vorbei. Gute 100 bis 110 km/h mussten das gewesen sein. Kaum war der Wagen an uns vorbeigeflitzt, sah ich ihn bereits auf der vor uns liegenden Rheinbrücke verschwinden. Die Polizisten zögerten keine Sekunde, schlugen die Fahrzeugtüren zu und nahmen sofort die Verfolgung auf.

Ruhe kehrte ein. Absolute Ruhe. Lediglich das rhythmische Geräusch meiner Warnblinklampe war zu hören. Für einen Moment saßen wir ganz still, bis wir alle zugleich in herzhaftes Lachen ausbrachen. Wir klatschten uns ab.

»Leute!«, rief ich. »Nie wieder mit Alkohol ans Steuer! Das war richtig knapp!«

So weit, so gut. Nie mehr unter Alkoholeinfluss Auto fahren. Das hatten wir uns vorgenommen. Ernsthaft! Und unser guter Vorsatz hielt. Zumindest vier Wochen hielten wir durch. Eigentlich war es Uli, der mit unserer Vereinbarung brach, weil er ständig von einer ›guten

Tat‹ faselte, die wir vollbringen sollten. Ganz im Sinne der alten Pfadfindertradition, anderen Menschen zu helfen, wenn diese in Not gerieten ...

Es war ein lauwarmer Sommerabend im August. Mitternacht war gerade vorbei und wir befanden uns in einer Kneipe in der Kölner Südstadt. Diesmal jedoch nicht in meiner Stammkneipe, sondern im Studentenviertel in der Zülpicher Straße. Vorab hatten wir uns bei einem griechischen Imbiss mit dem kreativen Namen ›Ferkelchen‹ je eine Portion Gyros mit Pommes und reichlich Mayonnaise reingehauen.

Gemeinsam standen wir nun an der Theke der spärlich besuchten Kneipe gegenüber dem ›Ferkelchen‹. Satt und zufrieden waren wir. Wir hatten bereits die ersten zwei Kölschrunden intus. In den Kneipen des Viertels herrscht bekanntlich eine fröhliche kölsche Heiterkeit, doch heute erschien uns dies etwas anders. Ruhig war es. So langsam, nach weiteren zwei Kölschrunden kamen wir auf das Niveau, welches die vor uns anwesenden Gäste eigentlich von Anfang an haben sollten, auch wenn sie augenscheinlich nun so ganz und gar nicht den Eindruck von Fröhlichkeit machten. Vielleicht versteckten sie diese auch nur und lachten und feierten im Geheimen ganz in ihrem Innersten.

Uli hatte schließlich eine glorreiche Idee, um die trübe Stimmung, die in der Kneipe herrschte, zu brechen, und meinte nach einer Weile allen Ernstes, dass einem Mädel, das wie ein ›Schluck Wasser‹ einsam und abseits von allen Gästen in der hintersten Ecke des Lokals saß, helfen zu müssen.

Uli: »Hört mal zu! Ich habe das Mädchen da drüben schon die ganze Zeit beobachtet. Die hat doch ein Problem, oder?«

Karsten: »Sach mal. Du meinst doch nicht die Durchgeknallte da drüben in der Ecke? Hast du nicht gesehen? Die redet doch ständig mit sich selber ...«

Uli: »Ja. Eben deswegen! Es geht ihr bestimmt nicht gut. Ich geh jetzt mal rüber zu ihr und hör mal nach, was sie hat.«

Er erhob sich von seinem Barhocker, ohne unsere Antwort abzuwarten, und stiefelte zu ihrem Tisch. Karsten und ich blickten ihm nach. Wir verfolgten das Schauspiel von der Theke aus und sahen, wie er sich neben sie setzte und ein Gespräch mit ihr anfing. Aus der Ferne konnten wir nur einzelne Sprachfetzen verstehen, während das Mädchen mit beiden Händen gestikulierend auf Uli einredete. Immer wieder schüttelte sie dabei den Kopf wie wild hin und her. Nach einer Weile kam Uli zurück zu uns und grinste.

Uli: »Sag ich doch!« Er nahm einen Schluck aus seinem Kölschglas, welches noch auf der Theke stand.

Ich: »Was meinst du?«

Karsten: »Du hast doch irgendetwas ausgeheckt, Uli. Oder?«

Uli: »Ja, sie hat ein Problem! Und wir müssen ihr helfen. Sie heißt übrigens Katrin.«

Karsten: »Dass sie ein Problem hat, sieht man ja von Weitem. Schau doch mal, jetzt hat sie ihre Schuhe ausgezogen und sich quer auf die Bank gelegt.«

Uli: »Ja, und ich schlage euch vor, heute mal eine gute Tat zu vollbringen. So aus Gutmenschlichkeit.« Er zeigte zu ihr hinüber. »Sie hat mir erzählt, dass sie noch nie am Meer war.«

Ich: »Und?«

Karsten: »Was hat das mit der guten Tat zu tun? Moment mal, du willst doch nicht ...?«

Ulli: »Ja, genau! Ich habe ihr gesagt, dass ich mit zwei guten Freunden hier bin und dass wir jetzt ganz spontan mit ihr nach Den Haag an die Nordsee fahren!«

Karsten und ich zeitgleich: »Du spinnst!!«

Ich: »Und außerdem haben wir uns darauf geeinigt, nie wieder unter Alkoholeinfluss Auto zu fahren. Nee, ich bin raus!« Missmutig blickte ich in die Runde, ergriff mein Glas und nahm einen kräftigen Schluck von meinem kühlen frischgezapften Kölsch.

Uli: »Mann! Stellt euch nicht so an. Vier Wochen haben wir uns ja auch daran gehalten. Ist doch alles gut gegangen. Außerdem habe ich ja noch nicht so viel getrunken. Ich bestell mir jetzt einen Kaffee und dann geht's los. Okay?«

Katrin nahm in der Zwischenzeit ihre Schuhe in die Hand und kam leicht taumelnd auf uns zu.

Katrin: »Hey, Jungs! Das wollt ihr echt machen? Freue mich. Meer. Super! Bin übertrieben gespannt. Halleluja!«

Ich: »Na ja … Uli will uns gerade überreden, nach Holland zu fahren. Ist ja nicht mal eben um die Ecke.«

Katrin: »Keine Ahnung. Ist doch super! Haag. Den Haag! Weit weg?«
Während sie so abgehackt sprach, schüttelte sie den Kopf und sah dabei mal nach oben zur Decke und mal nach unten. Ich wusste nicht, ob sie betrunken war oder auf Drogen. Vielleicht sogar beides.

Karsten: »300 Kilometer bis zur Küste. Drei Stunden Fahrt!«

Katrin: »Scheiße! Echt?! Dann lasst es mal lieber. War echt nett von euch … Mensch, Mensch, Mensch … War noch nie am Meer … Cool … Uli …«

Uli: »Jetzt lasst mich nicht hängen. Wir fahren doch sonst auch immer da hin. Und wie geil ist das denn? Zum Sonnenaufgang am Strand!!«

Ich: »Na ja, wir fahren sonst nach Den Haag, um dort unsere Baseballausrüstung zu kaufen. Nicht einfach mal so …«

Uli: »Dann lass uns Baseballausrüstung kaufen!«

Ich: »Sonntag?«

Uli: »Oh … Na, dann gibt es eben nach Sonnenaufgang ›Hollandse pannenkoeken‹ zum Frühstück?«

Uli versuchte wirklich alles, um uns mit immer neuen Argumenten umzustimmen. Er schien es tatsächlich ernst zu meinen.

Karsten: »Pfannkuchen? Sicher? Hast du dich etwa in das Mädel verguckt?«

Uli sah uns entrüstet an.

Uli: »Natürlich nicht! GUTE TAAAT!? Darum geht's!«

Ich: »Wir sind Baseballer, keine Pfadfinder …«

Katrin: »Nee, nee. Will nur Meer. Wellen. Tanzen. Singen …«

Ich: »… und Joints.«

Karsten: »Okay, Uli. Von mir aus. Aber erst noch den Kaffee – und du fährst!«

Katrin: »Ich ’ne Cola. Meeresrauschen. Krass … Holland …«

Während sie sprach, nahm sie aus ihrer Tasche einen Beutel Tabak und weiteres Zubehör heraus. Mit gekonnten Handgriffen drehte sie sich einen Joint nach dem anderen und legte sich einen kleinen Tütenvorrat an, bis nichts mehr in ihren Tabakbeutel passte. Der süßliche Geruch von Marihuana stieg in unsere Nasen und war zweifelsfrei nicht zu verkennen.

Katrin: »Ihr auch?« Jetzt sah sie uns das erste Mal richtig an.

Wir drei lehnten sofort dankend ab. Das war überhaupt nicht unser Metier. Der Zug mit den Joints und auch mit anderen Drogen war – Gott sei Dank – an uns vorbeigezogen. Dann lieber mal einen über den Durst trinken waren wir einhellig der Meinung.

Uli: »Das Leben ist kurz, auch wenn’s lang ist … Also komm schon, Tim. Gib dir einen Ruck! Ab nach Holland!«

Ich sah Uli kritisch an und nach einem kurzen Moment des Nachdenkens stieß ich einen tiefen Seufzer aus. Zum Zeichen, dass ich nachgab. Ich lächelte in die Runde und schlug Katrin freundschaftlich auf die Schulter.

Ich: »Na gut. Will kein Spielverderber sein. Dann erledigen wir halt mal die ›gute Tat‹. Frühstück am Strand!« Ich schaute meine Freunde an.

Katrin: »Echt krass, Jungs ... Glaub es nicht. Da gibt's auch Seesterne. Cool, Jungs!«

Ich: »Das war es dann wohl mit unserem guten Vorsatz, nie wieder unter Alkoholeinfluss Auto zu fahren ...«

Uli: »Aber im Tausch mit einer ›guten Tat‹! Was wollen wir denn machen, wenn jemand sich in Not befindet?? Ich habe auch Decken im Auto. Damit können wir uns an den Strand legen und chillen. Ist doch mal was anderes, als immer nur in der Kneipe abzuhängen, oder?«

Uli grinste schelmisch und duckte sich weg, als Karsten und ich ihm einen freundschaftlichen Klaps geben wollten.

Katrin: »Kraaass, kraaass, kraaass ... Echt nett. Palmen, Sonne, Strand ...«

Karsten: »Palmen ja, aber nur die aufblasbaren aus dem Strandshop.«

Katrin winkte nur ab, während sie sich leicht schwankend und umständlich ihre Schuhe anzog.

Nachdem Uli den Kaffee ausgetrunken hatte und wir aus Solidarität mit ihm auch auf Koffein umgestiegen waren, ging es los. Wir schafften es tatsächlich – ohne Umwege, ohne Polizeikontrollen und andere Komplikationen – in gut drei Stunden nach Den Haag. Kurz vor Sonnenaufgang erreichten wir den Strand. Katrin war, kaum dass wir in Köln losgefahren waren, sofort im Wagen eingeschlafen. Doch als Uli das Auto auf den Parkplatz vor der Strandpromenade lenkte und den Motor abstellte, war sie wie von der Tarantel gestochen sofort hellwach. Sie konnte es nicht abwarten, zum Wasser zu gelangen. Kaum aus dem Auto geklettert, zog sie ihre Schuhe aus, warf sie in den Wagen und rannte los. Hüpfend und tanzend lief sie über die Promenade und den feinen Sandstrand bis hin zu den im leichten Wind plätschernden Wellen der Nordsee.

Wir drei folgten ihr mit langsamen Schritten und blieben zunächst an der Brüstung der Strandpromenade stehen. Der Tag erwachte langsam. Es war kurz nach 5:00 Uhr. Schräg hinter uns zeigten sich die ersten Sonnenstrahlen und lugten vorsichtig über die Dünen. Eine angenehme leichte Brise schlug uns entgegen.

»Na, Freunde, habe ich euch zu viel versprochen?« Uli stand in der Mitte und nahm uns rechts und links in die Arme. Wir beobachteten Katrin, die unentwegt vor und zurück in die Wellen hüpfte. Sie hatte ein Tuch in der Hand und schwenkte es im leichten Wind hin und her. Von Weitem hörten wir, dass sie sang. Sie sah glücklich und entspannt aus. Ab und zu blickte sie sich nach uns um und winkte uns fröhlich zu. Einige Male schickte sie uns, im Kreise tanzend, Luftküsse zu. Außer uns war keine Menschenseele zu sehen. Ein paar Möwen zogen kreischend und mit viel Radau über uns hinweg. Sie flogen durcheinander und stießen dabei schrille Schreie aus. Wir drei genossen den Ausblick und die Atmosphäre.

»Uli, Hut ab!«, sagte ich respektvoll. »Du hast recht gehabt. Jetzt glaube ich tatsächlich, dass sie noch nie das

Meer gesehen hat. Schaut mal, wie glücklich sie aussieht. Sie ist wie verwandelt.«

»Gute Tat?«, fragte Uli, nahm seine Arme von unseren Schultern und streckte seine rechte Hand aus. Karsten und ich schlugen ein.

»Gute Tat, Uli!«, antwortete Karsten für uns beide. »Und bis die Strandbude mit den ›Pannenkoeken‹ geöffnet hat, schnappen wir uns deine Decken aus dem Kofferraum und dösen. Ich werde definitiv die Augen zumachen!«

Wir schauten uns an – Karsten, Uli und ich. Und wie auf Kommando zogen wir unsere Schuhe und Socken aus, als wäre es ein Wettkampf, und spurteten, so schnell wir konnten, den Strand hinunter. Mit lautem Gejohle sprangen wir zu Katrin ins Wasser, um uns am Wellenhüpfen zu beteiligen. Die Decken im Kofferraum würden wir später ja auch noch holen können ...

Mein Handy läutete und riss mich aus meinen Gedanken. Eine Telefonnummer, die ich nicht kannte, mit Euskirchener Vorwahl.

»Hey, Tim. Wollte nur mal hören, wie weit du noch weg bist?«, erklang Brittas Stimme aus dem Handy.

»Hey, Britta. Rufst du aus dem Krankenhaus an? Ist es noch nicht so weit?«

»Doch, doch. Es wird wohl nicht mehr lange dauern. Die Wehen haben eingesetzt. Ich soll mich bewegen und dachte, ich rufe dich kurz an, um zu hören, wann du ungefähr da bist.«

Ich schaute auf die Uhr. »Ich denke mal, dass ich in gut zwanzig Minuten bei dir bin. Geht es dir denn gut?«

»Ja, alles in Ordnung. Kann es nicht abwarten. Dann bis gleich!«

Wir legten auf. *Gleich werde ich Vater*, dachte ich. Ich war total aufgeregt. Wie es wohl Britta erst ergehen musste?

Unsere Hochzeit kam mir in den Sinn. Damals hatten meine Baseballfreunde eine Überraschung für uns vorbereitet. Ich musste schmunzeln, als ich daran dachte. Nach der kirchlichen Trauung stand das gesamte Team in Baseballuniform und mit Baseballschlägern ausgerüstet vor dem Kirchentor Spalier. Eine riesige Überraschung! Die Schläger kreuzten sich über uns und wir liefen unter ganz viel Konfettiregen hindurch. Am Straßenrand wartete ein offenes und festlich geschmücktes amerikanischer Cadillac Cabriolet. Ganz klassisch, mit angebundenen Blechdosen, die ratternd Krach machten, als wir unter viel Jubel winkend und mit lautem Getöse davonfuhren.

Zwei Tage zuvor hatte ich in Köln meinen Junggesellenabschied gefeiert. Fast die halbe Mannschaft zog mit mir durch die Kölner Kneipenszene. Vom Nachmittag bis tief in den nächsten Morgen besuchten wir gefühlt alle Kneipen in der Südstadt. Ich hatte darauf bestanden, dass die Jungs keines der üblichen Junggesellenabschiedsspielchen mit mir veranstalteten. Andernfalls würde ich das Ganze sofort abbrechen und nach Hause gehen. Ich machte ja gerne einiges mit, doch alles hatte seine Grenzen. Ich wollte mich definitiv nicht zum Gespött der Leute machen. Zu meinem Glück hielten sie sich auch daran. Ich glaube, letztendlich wollten sie alle nur saufen und die Nacht durchmachen.

Natürlich kehrten wir irgendwann im ›Mattes op d'r

Eck‹ ein. Wir hatten schon ziemlich viele Kölsch und Schnäpse intus. Die Stimmung war auf dem Höhepunkt und Mattes spendierte uns bereitwillig eine Runde aufs Haus.

»Tim, das hätte ich nie gedacht«, sagte er, nachdem wir uns alle zugeprostet hatten. »Ich hätte alles darauf gewettet, dass du Anna-Maria heiraten würdest und nicht Britta!«

Ich sah ihn nur an und zuckte mit den Schultern. »Hat dann wohl doch nicht gepasst, Mattes!«

»Geht mich ja auch nichts an. Britta ist auf jeden Fall 'ne Nette und ich wünsche euch ganz viel Glück und viele kleine ›Timmileins‹!«

Mattes und die Jungs ließen mich lautstark hochleben und die nächste Runde ging dann wieder auf meinen Junggesellenabschiedsbierdeckel.

Irgendwie hatte mich Mattes mit seiner Bemerkung heruntergezogen. Auf einmal musste ich ganz intensiv an Anna-Maria denken. Ich war bereits ziemlich angetrunken. Und so ergab es sich, dass ich unter dem Vorwand, zur Toilette zu wollen, die Kneipe verließ. Anstelle des WCs suchte ich die Telefonzelle in der Nähe auf und wählte Anna-Marias Nummer.

»Hey! Ich bin's«, sagte ich, als sie sich nach dem zweiten Klingelton meldete. Sie musste wohl noch wach gewesen sein.

»Scheiße, wieso heiratest du übermorgen?«, keifte sie mich direkt und ohne Umschweife an.

Ich war überrascht. »Woher weißt du das?«

»Na ja … Die Welt ist klein. Ab und zu gehe ich ja auch noch ins ›Mattes‹. Letzte Woche hat er mir davon erzählt. Echt blöd von dir … Hätte ich das nur vorher gewusst!«

»Wieso? Was meinst du?«

»Tja«, sagte sie mit einem verärgerten Unterton, »dann wäre ich dazwischengegrätscht!«

»Kannste ja noch machen«, erwiderte ich.

»So wie im Film? Während der Trauung, kurz bevor du ›Ja‹ sagst? So richtig theatralisch?« Ihr Tonfall klang spöttisch.

»Hm …«, mehr brachte ich zunächst nicht heraus. Eine Weile sprach keiner von uns. Wir schwiegen uns an und ich spürte, wie es in ihr arbeitete. Nach einer längeren Pause begann ich wieder: »Sind wir nun also ganz offiziell getrennt? Wir hatten es bis jetzt ja nie ausdrücklich ausgesprochen und ich …«

»Sag mal«, unterbrach sie mich, »spinnst du? Natürlich sind wir getrennt. All die Jahre schon!«

»Ja, ja. Ist mir schon klar. Meinte ja nur, dass wir damals noch …«

»Ich wünsche dir auf jeden Fall alles erdenklich Gute«, unterbrach sie mich erneut. Sie wollte das Gespräch beenden, das spürte ich. »Kannst dich ja in drei, vier Jahren mal wieder melden. Vielleicht dann nüchtern und zu einer normalen Tageszeit. Ich geh jetzt auf jeden Fall schlafen!«

Sie hielt kurz inne, doch ich konnte nur mit einem »Hm« reagieren.

»Tschüss« hörte ich sie sagen, bevor sie den Hörer auflegte.

Für mich war es an der Zeit, das Kapitel ›Anna-Maria‹

endlich abzuschließen. Einen Moment hielt ich den Hörer noch verkrampft in meiner Hand, bevor ich ihn langsam zurück in die Gabel hängte.

Noch in der Telefonzelle zückte ich ihren ›Liebesbeweiszettel‹ aus meinem Portemonnaie. Er klemmte noch immer klein gefaltet im hintersten Fach zwischen Ausweis und Geldscheinen. Ich faltete ihn auf und las ihre Worte ein letztes Mal, bevor ich ihn schweren Herzens langsam in zwei Stücke zerriss. Die beiden Hälften zerknüllte ich anschließend in meiner Faust zu einer kleinen Papierkugel. Ich trat aus der Zelle und versenkte das Kügelchen mit einem gezielten Wurf im daneben stehenden Mülleimer. Romantik und Liebe gehörten nun der Vergangenheit an ...

Zwei Tage später stand ich vor dem Altar. Während der Trauungszeremonie schaute ich tatsächlich ein-, zweimal verstohlen zur großen Eingangspforte der Kirche. Doch niemand grätschte dazwischen. Anna-Maria grätschte nicht dazwischen.

Ich hörte, wie Britta laut und deutlich »Ja« sagte. Ein letztes Mal schaute ich in Richtung der Pforte. Ich gab mir einen Ruck, sah in Brittas strahlende Augen und nahm ihr hübsches Gesicht in beide Hände.

»Ja!«, sagte ich so laut und überzeugend, wie ich nur konnte. »Ja«, wiederholte ich und küsste sie.

Das Kapitel ›Anna-Maria‹ war nun endgültig abgehakt! Ein für alle Mal! Ab jetzt wird nach vorne geschaut ...

Kapitel 18
Die Geburt

Plötzlich sah ich vor mir den Hinweis zur Ausfahrt nach Leverkusen. Noch 3 km. Ich hatte gar nicht registriert, dass ich schon so weit gekommen war. Da hatte mein gedankliches Ablenkungsmanöver doch bestens funktioniert.

Nur wenige Minuten später erreichte ich den Krankenhausparkplatz. Vergessen waren meine Rückblicke in die Vergangenheit. Meine Vorfreude auf das Kommende steigerte sich mehr und mehr. Ich parkte den Wagen und eilte schnellen Schrittes in das große Gebäude. Kaum hatte ich die Entbindungsstation betreten, kam mir Britta entgegen. Ich hatte es also noch rechtzeitig geschafft. *Baby noch nicht da*, dachte ich erleichtert. Britta strahlte, als sie mich sah, und wir umarmten uns herzlich.

Wir waren voller Freude und Aufregung. Bald würde unser erstes Kind auf die Welt kommen.

»Es wird wohl noch etwas dauern«, sagte Britta. »Die Wehen setzen nun immer öfters ein. Sie sagten, ich sollte ein paar Schritte machen ... Oh ... Es geht wieder los ...« Sie stöhnte und zog mich schnell in das angrenzende Zimmer, wo sie sich sofort auf das Bett legte.

Ich wurde nervös und sah sie sorgenvoll an. Britta schüttelte den Kopf und zwang sich zu einem verkrampften Lächeln. »Es dauert noch ... gleich wieder vorbei ...«

Die Wehen kamen und gingen, doch das Baby ließ auf sich warten. Die Krankenschwestern taten alles, was in ihrer Macht stand, um Britta zu helfen. Stunde um Stunde verging und die Wehen wurden immer stärker und länger.

Britta kämpfte tapfer weiter, aber ihre Kräfte schwanden langsam. Die Krankenschwestern ermutigten sie und sagten ihr immer wieder, dass sie es schaffen würde. Ich war an ihrer Seite und hielt die meiste Zeit ihre Hand, um ihr beizustehen. Nur ab und zu schaffte ich es zum Getränkeautomaten im Eingangsbereich des Krankenhauses, um mir auf die Schnelle einen heißen Kaffee zu ziehen. Mittlerweile war es bereits weit nach Mitternacht. Britta wurde mit zahlreichen Kabeln verbunden, um die Herztöne des Babys zu überwachen.

»Reine Routinemaßnahme!«, sagte die Krankenschwester zu uns, doch sie blickte sorgenvoll auf die Anzeigen des Monitors. Am Bett neben Britta sitzend lauschte ich den Geräuschen, die aus der Maschine kamen. Es waren wohl die Herztöne unseres Babys. Mal leiser, mal lauter. *Unregelmäßig*, dachte ich.

Plötzlich entstand große Aufregung. Zwei Krankenschwestern und ein Arzt kamen zu uns ins Zimmer. Sie sprachen nicht viel, riefen sich nur knappe Anweisungen zu, während der Arzt routiniert die Situation einschätzte.

»Für einen Kaiserschnitt ist es zu spät. Wir legen los«, hörte ich ihn sagen. Ich stand die ganze Zeit über am Kopfende des Bettes und beobachtete nervös und mit starkem Herzklopfen die Situation. Die Stimmung im Raum wirkte angespannt. Die Krankenschwestern und der Arzt arbeiteten schnell und konzentriert, um das

Baby sicher auf die Welt zu bringen. Britta ergriff meine Hand und drückte sie, so fest sie konnte. Wir waren voller Sorge und Angst. Ich hörte das Klackern der Instrumente und das Flüstern des Arztes. Die Zeit schien stillzustehen, während alle um uns herum um das Baby kämpften. Wir konnten nur zusehen und beten.

Doch dann geschah das Wunder!

Endlich, nach einer gefühlten Ewigkeit, um 3:56 Uhr war er da! Blitzartig kam mir der Gedanke an meine Mutter in den Kopf. Sie hatte recht! Es war ein Junge! Der Arzt hielt ihn hoch und gab ihm einen Klaps. Das Baby begann zu atmen und alle konnten seinen Schrei hören! Ein gesunder und munterer kleiner Junge. Wir waren überglücklich und erleichtert. Vergessen waren die Sorgen von vorhin.

Britta nahm vorsichtig und sanft ihr kleines Bündel Freude in die Arme und wir wussten, dass all die Schmerzen und Anstrengungen es wert waren. Für einen Moment betrachtete ich beide mit Freudentränen in den Augen. Ich beugte mich zu ihnen und küsste sie erleichtert.

Der Arzt und die Krankenschwestern waren stolz auf ihre Arbeit und freuten sich über die erfolgreiche Geburt. Doch dann bemerkte der Arzt etwas Seltsames an unserem Baby. Es hatte eine ungewöhnliche Hautfarbe und atmete nicht richtig. Die Krankenschwestern eilten herbei und erneut begann ein hektisches Treiben. Sie nahmen uns den Jungen weg und verließen mit ihm den Raum.

Der Arzt versuchte uns zu beruhigen: »Machen Sie

sich keine Sorgen. Wir möchten nur einige Dinge abklären, um sicherzugehen, dass wirklich alles in Ordnung ist.«

Natürlich machten wir uns Sorgen! Was dachte er eigentlich? Ich wollte mehr wissen.

»Was ist denn los? Es sieht doch alles richtig aus?«

»Wie Sie bestimmt beobachten konnten, waren seine Herztöne unregelmäßig, bevor er zur Welt kam. Ich gehe davon aus, dass sich die Nabelschnur um seinen Hals gewickelt hatte. Eine Nabelschnurumschlingung ist eine häufige Komplikation bei der Geburt und wir müssen nun sicherstellen, ob wirklich alles in Ordnung ist mit Ihrem Sohn. Deshalb machen wir ein paar Untersuchungen und Tests. Sie werden ihn gleich wiederbekommen. Es wird nicht lange dauern.«

Britta und ich schauten uns entsetzt an, als der Arzt den Raum verließ.

»Was bedeutet das denn jetzt?«, fragte Britta.

Ich zuckte mit den Schultern. Wir befanden uns in einem Wellenbad der Gefühle. Erst die Sorgen während der Geburt, dann die unendliche Freude, als unser Kind endlich auf der Welt war. Und nun erneut wieder die Angst um seinen Gesundheitszustand. Bange Minuten vergingen, in denen sich nichts tat. Ich lief den Raum auf und ab. Britta saß völlig fertig, jedoch aufrecht in ihrem Bett.

»Du musst was tun«, forderte sie mich auf.

»Ja. Ich werde zu den Schwestern gehen und …«

In dem Moment öffnete sich die Tür und eine Krankenschwester trat mit unserem Sohn in den Armen auf uns zu. Sie lächelte entspannt. »Hier haben Sie ihn wieder. Frisch gewaschen und in eine warme, schöne Kuscheldecke eingehüllt. Sehen Sie? Er ist ganz ruhig und hat die Augen geöffnet.« Sie überreichte ihn mir. »Der Vater muss ihn ja nun auch mal halten!«, sagte sie.

Ich war erleichtert. Es war ein unglaublich schönes Gefühl, mein Baby das erste Mal in den Armen zu halten. Ich drückte es ganz fest an mich, dass es mir nur ja nicht aus den Händen glitt, und setzte mich mit ihm zu Britta ans Bett.

»Wie soll er denn heißen?«, fragte die Krankenschwester, während sie im Raum ein wenig Ordnung schuf.

»Lukas!«, sagten wir beide wie aus einem Munde, schauten uns an und lachten das erste Mal in dieser Nacht. Wir hatten uns vorab über einen Namen verständigt und uns auf Carmen oder Lukas festgelegt. Lukas, das hörte sich gut an ...

»Lukas«, wiederholte ich laut und sah ihm dabei tief in die Augen: »Willkommen in dieser Welt! Wir sind deine Eltern. Und egal was passiert, wir sind immer für dich da – ab jetzt und für immer!«

Mit der Zeit übermannte mich die Müdigkeit. Die Last fiel langsam von meinen Schultern. Es war bereits 5:00 Uhr morgens und wir beide hatten seit gestern früh kein Auge zugemacht. Die Krankenschwester kam auf uns zu. Sie hatte mittlerweile alles aufgeräumt und das Entbindungszimmer hübsch hergerichtet.

»Sie sollten sich jetzt voneinander lösen. Es war eine

lange und aufregende Nacht und alle benötigen jetzt Schlaf«, sagte sie einfühlsam.

In der Tat, uns fielen die Augen zu. Wir knuddelten uns noch für einen kurzen Moment. Die Krankenschwester legte Lukas in ein bereitstehendes Bettchen und ich registrierte, wie Britta die Augen schloss und sofort einschlief. Ich gab beiden einen sanften Kuss und machte mich auf den Weg nach draußen zu meinem Wagen.

Kaum hatte ich den Eingangsbereich des Krankenhauses verlassen, schlug mir eisige Kälte entgegen. Der Wetterbericht hatte richtig gelegen, der vorhergesagte Temperatursturz war eingetreten. ›Arschkalt‹ war es plötzlich! Und ich trug lediglich eine dünne Übergangsjacke. Schnellen Schrittes ging ich auf meinen Wagen zu und öffnete die Fahrertür. Doch statt einzusteigen, hielt ich inne. Ich schaute mich um und genoss, trotz der Kälte, die absolute Stille. Nur wenige Fahrzeuge parkten auf dem riesigen Parkplatz. Keine Menschenseele war zu sehen.

Ich schaute in den Himmel und betrachtete hoch über mir die hell glitzernden Sterne. Aufmerksam lauschte ich nach dem Wind. Ich wollte hören, ob er mir etwas zu sagen hatte. Doch es blieb still. Absolute Flaute, kein Lüftchen zu spüren. Den Blick weiterhin zu den Sternen gerichtet, flüsterte ich: »Papa … Lukas ist da … Du bist Großvater geworden …« Ich lauschte. Keine Antwort. »Papa?«, flüsterte ich erneut. Ein Schauder ergriff mich. Nicht aufgrund der eisigen Kälte … Doch was war es dann? Ich wusste nicht, warum ich zitterte. Es war sicherlich die Erschöpfung. Und die Erleichterung darüber, dass jetzt alles gut war.

Spontan klatschte ich in die Hände, rieb sie aneinander, ballte sie zu Fäusten und streckte beide Arme in die Höhe. »Jaaaaa!«, jubelte ich. »Jaaaaa! Ich bin Vater geworden!!« Ich klatschte erneut in die Hände, riss die Fahrertür mit einem Schwung auf und stieg in den Wagen. Verflogen war das blöde Gefühl von eben. Ich schob es energisch zur Seite und startete den Wagen.

Kapitel 19
Die Trauer und das Glück

Keine fünfzehn Minuten, nachdem mich meine Schwiegermutter telefonisch aus dem Bett getrommelt hatte, indem sie unzählige Male auf den Anrufbeantworter gesprochen, teils geschrien hatte, fuhr ich am Haupteingang des Krankenhauses vor. Ich war noch ganz benebelt im Kopf und fühlte mich fix und fertig. Meine trüben Gedanken wollten nicht von mir weichen. *Scheiß Dezember*, dachte ich immer wieder. *Das muss doch mal ein Ende haben! Es reicht jetzt. Bald wird wohl meine Mutter sterben ... im Dezember ... so wie mein Vater und meine Stiefmutter auch im Dezember gestorben sind ... Das kann jetzt nicht sein mit Lukas ... Ich will das nicht!*

Britta erwartete mich bereits ungeduldig mit all ihren Taschen, die sie für die Entbindung ins Krankenhaus mitgenommen hatte, vor dem Eingangsbereich. Sofort stürmte sie auf den Wagen zu, als sie mich sah. Bis zum Uniklinikum in Bonn, wo sich auch die Kinderklinik befand, waren es knapp vierzig Minuten Fahrzeit. Eiskalt war es und ich sah, dass Britta viel zu dünn angezogen war und fröstelte. Wir gaben uns einen flüchtigen Kuss zur knappen Begrüßung und ich drückte auf das Gaspedal.

Britta sprudelte sofort los und riss mich aus meinem Gedankenwirrwarr. »Kaum, dass ich eingeschlafen war, du musst wohl noch nicht lange gegangen sein, weckten sie mich auf. Sie sagten, dass sie sich erneut im Team beraten hätten und die Entscheidung getroffen hätten, Lukas nun noch zusätzlich in der Kinderklinik untersuchen zu lassen. Ich war total vernebelt, war noch halb im Tiefschlaf und konnte zunächst überhaupt nichts verstehen. Lukas war zu dem Zeitpunkt bereits in einem speziellen Krankenwagen für Säuglinge auf dem Weg nach Bonn. Ich habe dich sofort angerufen, doch du bist nicht ans Telefon gegangen. Deswegen hatte ich meine Mutter gebeten, es so oft zu versuchen, bis du aufwachst.«

»Ja«, sagte ich, »das hat ja dann irgendwann funktioniert ...«

»Sag mal, in der Uniklinik am Venusberg wurde doch deine Mutter wegen ihrer Krebserkrankung behandelt, oder?«

»Ja, das stimmt. Und dort hat sie auch ihre Kinder zur Welt gebracht, uns alle. Tja, wie merkwürdig manchmal das Leben so spielt«, antwortete ich nachdenklich. Ich sah kurz zu Britta hinüber. »Was haben die Ärzte denn sonst noch gesagt über Lukas?«

»Das Übliche«, antwortete Britta, »wir sollten uns nur ja keine Sorgen machen! Es handele sich nur um eine Vorsichtsmaßnahme. Man wolle halt nichts übersehen. Es ging wohl noch einmal um die Herztöne.«

»Und wie geht es dir, Britta?«

»Ganz schlapp bin ich. Aber froh, dass du da bist«, antwortete sie, während sie meine Hand ergriff. Sie lehnte ihren Kopf an die Rückenlehne und schloss die Augen.

Eine Zeitlang fuhren wir Hand in Hand, während ich mit der linken das Auto lenkte. So düsten wir die Autobahn entlang Richtung Bonn.

Schließlich erreichten wir das Klinikgelände und ich parkte den Wagen. Wir eilten zum Haupteingang und fragten am Empfang nach dem Weg zur Säuglingsstation.

Wir hatten Glück. Kaum dort angelangt, liefen wir direkt dem behandelnden Arzt in die Arme, der gerade aus einem Schwesternzimmer herauskam. »Dr. Roman Schneider« las ich auf dem Namensschild seines Kittels. Er führte uns in ein Besprechungszimmer und wir setzten uns ihm gegenüber an einen großen Konferenztisch. Hier diskutierte das Ärzteteam wohl die Diagnosen und beschloss geeignete Behandlungsmaßnahmen.

Er kam direkt auf den Punkt: »Während des Geburtsprozesses legte sich die Nabelschnur um den Hals Ihres Sohnes. Dies führte zu temporärem Sauerstoffmangel. Und dieser führte dazu, dass die Herztöne sich verlangsamten und unregelmäßig schlugen.«

Er hielt kurz inne, um in unseren Gesichtern abzulesen, ob wir ihm folgen konnten. Wir nickten ihm beide zu.

»Nun, ich denke, dass der kleine Lukas keine Schäden davongetragen hat. Alle möglichen Untersuchungen haben wir bereits durchgeführt und es gab keine weiteren Auffälligkeiten.«

Britta und ich sahen uns erleichtert an. Sie fragte: »Also ist wirklich alles in Ordnung mit ihm? Können wir Lukas dann jetzt mit nach Hause nehmen, Herr Doktor?«

Dr. Schneider zögerte kurz, bevor er antwortete: »Nun, theoretisch könnten Sie das tun. Ich würde Ihren Sohn aber lieber noch zwei, drei Tage hierbehalten, um ihn weiter zu beobachten. Sie können sehr gerne bei ihm bleiben und sich dabei abwechseln. Letztendlich ist es Ihre Entscheidung. Ich würde an Ihrer Stelle jedoch nichts überstürzen, um auch das allerkleinste Risiko zu vermeiden.«

»Was meinst du?«, fragte ich Britta.

Sie sah mich unschlüssig an.

»Ich denke, wir sollten es so machen, wie der Doktor sagt. Und damit du dich erholen kannst, übernehme ich die Nachtschichten und bleibe bei Lukas an seinem Bettchen. Mit meinem Chef habe ich bereits abgesprochen, dass ich drei Wochen Urlaub nehme, sobald unser Baby da ist. Von daher habe ich die Zeit, um mich voll und ganz um euch zu kümmern.«

Britta nickte zustimmend. Man sah ihr die Strapazen deutlich an. Blass war sie und erschöpft sah sie aus. Doch dass sie nach so einer schwierigen Geburt bereits wieder auf den Füßen war, Respekt!

Ich musste an meine Mutter denken und hoffte inständig, dass sie die nächsten Tage noch durchhalten würde. Sie rechnete sicherlich jeden Moment mit meinem Anruf und freute sich schon darauf, dass wir bald vorbeikämen. Ich atmete tief durch. Meine sorgenvollen Gedanken behielt ich für mich und zwang mich zu einem Lächeln.

Ich ergriff Brittas Hand und an Dr. Schneider gerichtet fragte ich: »Dürfen wir denn jetzt zu unserem Baby?«

»Natürlich!«, erwiderte der Doktor. »Ich begleite Sie

zu ihm. Dann werfe ich noch mal einen kurzen Blick auf ihn.«

Gemeinsam betraten wir das Säuglingszimmer. Außer Lukas befanden sich noch zwei weitere Neugeborene in dem Raum. Mein Herz schlug vor Freude schneller, als ich unser Baby friedlich schlafend in seinem Bettchen sah. Britta nahm Lukas vorsichtig in ihre Arme. Mit der einen Hand streichelte sie ihm sanft über seine kleinen Wangen. Sie sah mich an. Tränen vor Glück flossen langsam über ihr Gesicht. Ich nahm beide in den Arm und sah aus dem Augenwinkel, wie Dr. Schneider zufrieden lächelnd den Raum verließ. Er hatte Lukas gar nicht mehr richtig untersucht. Tatsächlich nur, so wie er sagte, einen Blick auf ihn geworfen. Das, was er sah, hatte Dr. Schneider wohl zufriedengestellt. Es machte mir Hoffnung.

»Alles wird gut!«, flüsterte ich. Glücklich und zuversichtlich ließ ich meinen Tränen freien Lauf.

Wie mit Dr. Schneider vereinbart, warteten wir drei Tage ab. Und tatsächlich, alles war gut! Lukas entwickelte sich hervorragend und es traten keine weiteren Komplikationen auf. Nun konnte ich kaum erwarten, meiner Mutter ihr erstes Enkelkind vorzustellen. Nachdem wir Lukas zum ersten Mal, warm verpackt in viel zu großen Anziehsachen, in seiner Babyschale im Auto angeschnallt hatten, rief ich mit dem Handy meine Mutter an, um zu berichten, dass wir auf dem Weg zu ihr waren.

Onkel Heinz öffnete uns die Tür. Mit Lukas auf dem Arm betrat ich das Wohnzimmer. Meine Mutter lag erwartungsvoll unter einer Wolldecke auf dem Sofa. Sie hatte sich für das erste Aufeinandertreffen mit ihrem Enkelsohn hübsch zurechtgemacht, so gut es ihr möglich war. Als sie uns sah, setzte sie sich auf und strahlte uns an.

»Schaffst du es, Lukas in den Arm zu nehmen?«, fragte ich sie.

»Natürlich, Tim. Darauf habe ich doch so lange hingearbeitet. Leg ihn mir ganz vorsichtig in die Arme, halt ihn aber bitte dabei fest.«

Lukas war wach und nuckelte genussvoll an seinem Schnuller. Ich legte ihn meiner Mutter behutsam in den Arm und setzte mich neben die beiden. Mit großen Augen sah Lukas seine Großmutter an. Sie strahlte und ein paar Tränen liefen über ihr Gesicht. Sie streichelte Lukas sanft über die Wange. Eine angenehme Stille breitete sich aus. In dem Moment ging es nur um die beiden, für eine kurze Weile war der nahende Tod meiner Mutter vergessen. Verdrängt waren die Sorgen und die Schmerzen. Ich spürte, wie sich eine intensive Verbindung zwischen den beiden bildete, eine Vernetzung zwischen Tod und Neugeburt, als ob ein Teil meiner Mutter in ihren Enkelsohn übergehen würde. Meine Mutter konnte nun loslassen.

Nach einer Weile sah sie mich an: »Bitte, nimm du ihn wieder. Du hast mir die größte Freude meines Lebens gemacht. Ich muss mich jetzt ausruhen.«

Ich nahm Lukas vorsichtig zu mir und wir blieben neben meiner Mutter auf dem Sofa sitzen. Lukas schmatzte weiterhin genussvoll an seinem Schnuller. Ein Blick in die Augen meiner Mutter zeigte mir ihre große

Erleichterung und viel Liebe. Dennoch wirkte sie auf einmal viel blasser und eingefallener. Als ob sie tatsächlich den letzten Rest ihrer Kraft und Energie an Lukas übergeben hätte.

Ich versuchte, die Erkenntnis des nahenden Abschiedes zu verdrängen. »Wir haben bereits einen Termin für die Taufe von Lukas vereinbart«, erzählte ich. »Sie findet am nächsten Sonntag um 11:00 Uhr bei uns in der Kirche statt. Wir werden alles versuchen, damit du dabei sein kannst.«

Meine Mutter lächelte mich an und sagte nichts dazu. Ich sah zu Onkel Heinz, der nur vorsichtig den Kopf schüttelte. Britta und er saßen am Wohnzimmertisch, uns gegenüber. Ich hatte erwartet, dass meine Mutter aufstehen und erneut Runden um den Tisch drehen würde, um Kräfte für die Taufe aufzubauen. So, wie sie es die letzten Wochen immer getan hatte, wenn es darum ging, den Tod hinauszuschieben, um die Geburt ihres Enkelkindes noch erleben zu können. Doch sie blieb liegen. Es gab keinerlei Anzeichen, dass sie weiterhin gegen das Unvermeidliche angehen würde. Ich sah, wie ihre Kräfte schwanden. Sie schloss die Augen. Und trotz alledem, meine Mutter lächelte immer noch! Ihr letzter großer Traum hatte sich erfüllt und ich fühlte, wie glücklich sie war. Ich spürte, dass sie losließ. Ich spürte, dass sie nun bereit war zu gehen. Und doch, ich konnte, ich wollte es nicht akzeptieren. Mein Magen verkrampfte sich, aber ich würde den Tod nicht aufhalten können. Meine Mutter würde bald gehen. Es war unausweichlich. Sie hatte sich von uns verabschiedet.

Wir saßen noch eine Weile eng bei ihr auf dem Sofa und

ich hielt ihre Hand. Lukas hielt lange durch. Erst nach gut zwanzig Minuten wurde er langsam unruhig. Er spuckte seinen Schnuller aus und fing an, sich zu winden. Britta nahm ihn vorsichtig zu sich. Auch sie spürte wohl, dass wir meine Mutter vermutlich nicht mehr lebendig wiedersehen würden. Sie wollte mir so viel Zeit mit meiner Mutter gönnen wie möglich. Irgendwann löste ich mich von ihr und gab Britta ein Zeichen. Sie zog Lukas die warmen Sachen an und setzte ihn in die Babyschale. Still verabschiedeten wir uns von meinem Stiefvater. Ein letzter Blick zu meiner Mutter. Schweren Herzens machten wir uns auf den Weg nach Hause.

Zwei Tage später war meine Mutter friedlich und mit einem Lächeln eingeschlafen. So berichtete es Onkel Heinz, als er mich anrief, um mir die traurige Mitteilung zu machen. Britta und ich waren gerade dabei, die zahlreichen Glückwunschkarten und Geschenke zur Geburt unseres Sohnes durchzusehen. Ich wusste nicht, was ich sagen sollte. Ich wusste nicht, wie ich auf seine Mitteilung reagieren sollte. Mein Kopf war leer. Ich sackte zusammen und starrte vor mich hin ins Nirgendwo. Britta registrierte sofort, was der Anruf bedeutete, und umarmte mich sanft.

In der einen Hand hielt ich eine überdimensionale und lustig gestaltete Glückwunschkarte zur Geburt von Lukas. Mit der anderen Hand umklammerte ich krampfhaft den Telefonhörer, durch den ich gerade die Nachricht vom Tod meiner Mutter erhalten hatte. Britta nahm mir vorsichtig den Hörer aus der Hand. Sie sprach kurz mit meinem Stiefvater und legte dann auf.

Ich sah Britta an: »Unglaublich, wie eng Geburt und Tod zusammenhängen können. Meine Gefühle fahren Achterbahn. Ich weiß gerade nicht, was überwiegt. Trauer? Glück? Ich kann nicht trauern, und ich kann mich nicht freuen …«

Mir ging es nicht gut. In meinem Kopf machte sich ein dumpfes, dröhnendes Wirrwarr breit. In mir tobte ein irrer Kampf der Gefühle. Ein Kampf, welchen keines der Gefühle für sich gewinnen konnte.

»Es tut so weh …«, murmelte ich.

Britta nickte nur und schloss mich fester in ihre Arme.

Kapitel 20
Die Lebenshilfe

September 2007

Nach einem Badeausflug befanden wir uns am frühen Nachmittag auf dem Nachhauseweg. Meine beiden Söhne Lukas und Florian saßen auf der Rückbank und kabbelten miteinander. Eigentlich wollten wir den Samstag mit der ganzen Familie im Freizeitbad in Rheinbach verbringen, in der Nähe von Euskirchen, wo wir fünf Jahre zuvor unser erstes Eigenheim bezogen hatten. Doch unser jüngster Sohn Jan Darius, der vor drei Jahren unsere kleine Familie komplettierte, hatte sich eine heftige Erkältung eingefangen, weshalb wir ohne ihn und Britta zum Schwimmen gefahren waren. Lukas war inzwischen schon zehn Jahre alt und ging seit einem Jahr auf die Gesamtschule. Er hatte sich nach der Geburt prächtig entwickelt. Die damalige Aufregung und die Sorgen, die wir uns um ihn gemacht hatten, stellten sich im Nachhinein als unnötig heraus. Ich dankte Gott – oder wer auch immer dafür verantwortlich war –, dass die Nabelschnurumschlingung keine Hirnschäden verursacht hatte. Die Geburten von Florian und Jan Darius waren im Vergleich dazu ein Klacks. Zumindest aus meiner männlichen Sicht betrachtet. Außer dem aufregenden Akt der Samenspende hatte ich ja nun wahrlich wenig dazu beigetragen. Mir blieben all die körperlichen

Leiden erspart, die während einer Schwangerschaft für gewöhnlich auftreten, von den Schmerzen bei der Geburt ganz zu schweigen – um diesen Vorgang als solchen mal nicht kleinzureden! Aber in der Tat, die Eröffnungsphase der Geburt dauerte bei Florian nur fünf Stunden, bei Jan Darius sogar lediglich dreieinhalb Stunden. Bei beiden ohne das hektische und sorgenvolle Treiben der Hebammen und Ärzte. Kein Vergleich zu den vierzehn Stunden, die es bei Lukas insgesamt gedauert hatte!

Florian war nur zwanzig Monate jünger als Lukas und ging für das letzte Jahr noch in den Kindergarten. Die zwei verstanden sich ganz gut. In jeder freien Minute spielten sie zusammen. Nur manchmal überkam es sie und einer der beiden fing – meist aus Langeweile – zu streiten an. Als verantwortungsvoller Vater achtete ich stets darauf, dass sie altersgemäß auf der Rückbank im Auto Platz nahmen. Die räumliche Nähe hatte jedoch den klitzekleinen Nachteil, dass sie geradezu zum Streiten verführte. Auch an diesem Tag musste ich mehrmals mahnende Worte nach hinten schicken. Doch es half nichts. Aus irgendeiner Nichtigkeit heraus heizte sich die Situation auf. Beide blökten sich aufs Heftigste an und konnten ihre Finger nicht voneinander lassen. Im Rückspiegel sah ich, wie sie sich abwechselnd boxten und schubsten. Lautes Rufen und Geschrei ertönte von hinten. Ich musste etwas tun. Also griff ich zu einer List mit drei Eskalationsstufen!

Stufe 1 – die Drohung: »Ich sage es euch jetzt zum letzten Mal: Wenn ihr mit dem Gestreite nicht sofort aufhört, rufe ich die Polizei! Die werden euch dann schon zur Ruhe bringen!«

Überraschenderweise verstummten die Schreie schlagartig. Die Stille hielt jedoch keine fünf Sekunden an. Die beiden schienen sich nun zu verbrüdern und fingen an, lauthals loszulachen. Sie nahmen meine Drohung nicht ernst.

Florian rief: »Das machst du doch gar nicht, Papa! Du willst uns nur reinlegen!«

»Na! Ich wäre mir da nicht zu sicher. Jetzt ist aber erst mal Ruhe da hinten!«

Wie befürchtet, hielt die ›Verbrüderung‹ der beiden gegen den gemeinsamen ›Feind‹ nicht lange an. Schnell widmeten sie sich wieder ihrem ursprünglichen Gezanke und drehten ihre Lautstärke auf.

Nun war ich wirklich genervt und startete Stufe 2. Wortlos nahm ich mein Handy zur Hand und tat so, als ob ich die Nummer der Polizei wählen würde. Durch den Rückspiegel sah ich, dass Lukas seinem Bruder Florian ein Zeichen gab und zu mir nach vorne zeigte. Ich hatte es genau so beabsichtigt. Sie sollten beide sehen, dass ich anfing zu telefonieren. Ich sprach extra laut und deutlich, damit sie meinen Worten gut folgen konnten.

»Guten Tag. Tim Stahl ist mein Name«, sprach ich ins stumme Handy hinein, während wir langsam durch eine Ortschaft fuhren. »Ich möchte Ihnen mitteilen, dass sich hier zwei Kinder unentwegt streiten und prügeln.« Ich machte eine Gesprächspause, um so zu tun, als würde ich einer Antwort lauschen. »Ja!«, rief ich aus und nickte. Ich beobachtete im Rückspiegel, wie die beiden gespannt und mit sorgenvoller Miene zuhörten. »Ja«, wiederholte ich ins Leere hinein. »Okay. Das ist gut. Danke schön. Auf Wiederhören!«

Ich tat so, als ob ich auflegen würde, und sagte zu meinen Jungs: »Seht Ihr. Das habt ihr jetzt davon. Die Polizei ist auf dem Weg.«

»Papa …«, sagte Florian nachdenklich.

»Ja?«, antwortete ich.

»Aber wie soll das denn gehen?«

»Was denn?«

»Du hast denen doch gar nicht gesagt, wo sie hinkommen sollen?!«

Touché … Mist! Cleveres Kerlchen, dachte ich.

Doch dann startete, ganz ohne mein Zutun, Stufe 3: das Eintreffen der Polizei!

Diese Stufe hätte es doch eigentlich gar nicht geben dürfen, da der Anruf in Wirklichkeit nicht stattgefunden hatte …, wunderte ich mich. Gerade als ich mir irgendetwas aus den Fingern saugen wollte, um den Kindern eine einigermaßen glaubhafte Erklärung zu geben, so in der Art: ›Habe ich denen doch genannt‹ oder ›Die Polizei weiß schon, wo wir sind‹, da sah ich durch mein linkes Seitenfenster, dass uns ein Streifenwagen überholte. Und damit nicht genug! Er setzte sich vor uns und ließ ein fettes, rot blinkendes ›Bitte folgen‹-Leuchtschild erstrahlen.

Ich sah verdutzt auf mein Handy, das ich noch in der Hand hielt. »Das war doch nur gespielt«, murmelte ich vor mich hin, während ich der Streife in eine enge Seitenstraße folgte.

Nach gut 200 m hielt der Polizeiwagen an. Rechts und links parkten bereits einige Autos und ich wollte die enge Straße nicht noch zusätzlich blockieren, also fuhr ich kurzerhand in eine großzügig angelegte Einfahrt hinein, die zu einem großen Wohngebäude mit zahlreichen Parkplätzen führte. Es reichte ja wohl, wenn die Polizei sich so breit machte. Der Streifenwagen beengte nicht nur den Fahrweg, sondern parkte auch mit einer Seite auf dem schmalen Bürgersteig. Aus eigener Erfahrung wusste ich nur zu gut, dass dies ein Horrorszenario für Eltern war, die einen Kinderwagen vor sich herschoben und dadurch oft umständlich zum Verlassen des Bürgersteigs gezwungen wurden. So zu parken war daher für mich ein No-Go. Dann mussten die Polizisten halt ein paar Schritte laufen, um zu mir zu gelangen. – Und dies taten sie auch. Nur einen Moment später erschien ein junger Polizist neben dem Auto und klopfte freundlich an die Seitenscheibe. Ich ließ das Fenster herunter.

Ich: »Das ist ja schön, dass Sie so schnell da sind. Nehmen Sie meine beiden Jungs jetzt fest?«

Junger Polizist: »Äh … was meinen Sie? Wieso? Nein, natürlich nicht …« Er wirkte verständlicherweise überrascht.

Ich: »Oh. Nein? Nun denn. Ich glaube, es hat sich inzwischen auch erledigt. Die beiden sind ja vor Schreck nun mucksmäuschenstill.« Ich grinste verstohlen, drehte mich zu meinen Söhnen um und kniff ein Auge zusammen: »Na, da habt ihr beide ja noch mal Glück gehabt. Das hättet ihr wohl nicht gedacht, oder?«

Ich wandte mich wieder dem Polizisten zu, der nach wie vor gebeugt dastand und mich durch die Seitenscheibe anblickte.

Ich: »Herzlichen Dank, dann können wir ja weiterfahren.« Rasch bediente ich den Knopf fürs Fenster.

Junger Polizist: »Nein, nein, Halt! Einen Moment noch! So nicht!« Er tippte an meine Seitenscheibe, die gerade automatisch hochfuhr.

Ich drückte zum dritten Mal den Knopf und die Scheibe machte sich wieder auf den Weg nach unten.

In relativ kurzer Zeit versammelte sich eine Vielzahl von Menschen rings um unseren Wagen. Neugierige Blicke trafen mich, einige redeten aufgeregt durcheinander. Beim näheren Hinsehen hatte ich den Eindruck, dass sie sich irgendwie merkwürdig verhielten. Zumindest wirkte es im ersten Moment so auf mich. Ein älterer Mann lehnte sich entspannt an unsere linke Seitentür und ich sah aus dem Augenwinkel, dass er sich eine Zigarette drehte. Zwei weitere Männer hatten genau vor der Front meines Wagens eine Schubkarre platziert. Sie trugen braune Latzhosen und Gartenhandschuhe. Der eine von ihnen stützte sich auf einer Harke ab, der andere schulterte einen Besen. Einige Frauen und Männer standen nur wenige Meter entfernt beieinander, sie unterhielten sich aufgeregt und zeigten abwechselnd zu uns und auf den Polizeiwagen. Ein Rollstuhlfahrer gesellte sich ebenfalls zu der kleinen Gruppe hinzu. Die meisten der Anwesenden blickten uns unentwegt mit stechenden Blicken an. Sie versuchten aufs Genaueste zu verfolgen, was hier passierte. Eine klein gewachsene Frau mit korpulenter Statur stellte sich genau hinter dem jungen Polizisten auf und tippte ihm auf die Schulter. Ich vermutete, dass sie das Down-Syndrom hatte.

Kleine Frau: »Das darfst du nicht!!«

Der Polizist erhob sich aus seiner gebückten Haltung und bemerkte nun auch die Menschenmenge um uns herum.

Junger Polizist: »Ähm … Doch, doch. Was meinen Sie?« Er griff sich mit einer Hand verlegen an seine Mütze.

Kleine Frau: »Nein, nein. Das darfst du nicht!!«, wiederholte sie energisch und zeigte dabei auf den Streifenwagen.

Der Polizist wirkte total verwirrt. Ich sah ihm an, dass ihm die Situation nicht geheuer erschien.

Kleine Frau: »Das darfst du nicht! Geht nicht! Sieh mal …« Sie packte ihn nun mit beiden Händen an den Schultern und schob ihn in Richtung des Streifenwagens. »Du darfst so nicht parken! Kein Platz mehr!!«

Der Polizist stolperte fast über seine eigenen Füße, so überrascht war er von dem Überfall. Er konnte sich jedoch von ihr lösen, indem er mit viel Schwung eine Drehung zurück zu meinem Wagen vollführte. Doch die kleine Frau ließ nicht locker, packte ihn nun an seiner Hüfte und schob ihn erneut mit aller Kraft in Richtung des Polizeiwagens. Ihr Gesicht leuchtete rot vor Anstrengung und Wut.

Kleine Frau: »Du musst doch mal hingucken! Los, mach schon!«

Plötzlich stürmte ein junger Mann aus dem Wohngebäude und eilte direkt auf uns zu.

Junger Mann: »Halt, Halt, Frau Müller! Sie wissen doch, dass Sie niemanden ungefragt anfassen dürfen, oder?« Er ermahnte sie freundlich, jedoch bestimmend.

Jetzt erst begriff ich, dass es sich bei dem Gelände um eine Einrichtung der Lebenshilfe handeln musste. Der junge Mann, der sich gerade einschaltete, war wahrscheinlich ein Betreuer, denn er trug ein T-Shirt mit dem Logo der Lebenshilfe e.V. Ich sah mich um und entdeckte nun auch entsprechende Schilder am Gebäude.

Kleine Frau: »Ja, aber ... da passen keine Rollstühle mehr ...«

Als der Betreuer sie zum zweiten Mal ermahnte, ließ sie von dem Polizisten ab. Dieser nutzte die Chance und beeilte sich, erneut an mein Fenster zu kommen.

Ich: »Um was geht es denn überhaupt, Herr Polizist?«, fragte ich ihn, so unschuldig dreinblickend wie möglich. Innerlich konnte ich mir das Lachen kaum verkneifen, da nicht zu übersehen war, wie unwohl der Polizist sich fühlte. Ich sah Schweißperlen auf seiner Stirn.

Junger Polizist: »Ihre Papiere brauche ich. Sie sind mit Handy gefahren«, raunzte er mich hastig an. Nicht mehr ganz so freundlich wie zu Beginn. Als ob mich irgendeine Schuld treffen würde …

Ich: »Ja, das Handy ist hier. Aber ich habe es nicht benutzt. Ich habe nur so getan als ob.«

Florian: »Hab ich doch gewusst!! Du hast uns reingelegt, Papa!« Er hatte offenbar seine Sprache wieder gefunden. Aber den Trick würde ich nun nicht mehr anwenden können.

Durchs Fenster sah ich, wie sich der Parkplatz mehr und mehr füllte. Wir waren eine Attraktion!

Junger Polizist: »Das spielt keine Rolle!«

Ich: »Entschuldigung. Was sagten Sie?«

Junger Polizist: »Ich sagte: die Papiere! Fahrzeugschein, Führerschein. Es spielt keine Rolle, ob Sie nur so getan haben. Sie hatten das Handy am Ohr!« Unverkennbar war er nun wirklich genervt.

Ich nickte und kramte die geforderten Papiere aus meiner Brieftasche. Sichtlich erleichtert eilte der Polizist mit meinen Dokumenten zurück zum Polizeiwagen. Sein Kollege hatte sich wohl nicht getraut, auszusteigen, und wartete lieber im Auto. Ich verschloss erneut meine Seitenscheibe und musste grinsen, denn einige der Umstehenden trotteten dem jungen Polizisten neugierig hinterher. Die beiden Gärtner mit ihrer Schubkarre, die sie nun vor der Front des Polizeiwagens platzierten, der ältere Mann mit der selbstgedrehten Zigarette, die er nur lässig im Mundwinkel trug, ohne sie jedoch angezündet zu haben, die kleine Frau mit dem Betreuer der Lebenshilfe und auch der Rollstuhlfahrer nahmen nun Kurs in Richtung Polizeiwagen. Hastig, fast fluchtartig öffnete der junge Polizist die Beifahrertür und sprang mit einem Satz hinein. Er verriegelte die Tür.

Der Betreuer war wohl einen Moment unachtsam, denn die kleine Frau klopfte nun heftig ans Seitenfenster der Streife.

Kleine Frau: »Hallo! Du musst jetzt fahren! Das dürfen Sie nicht!!«

Die Umstehenden nickten zustimmend und zeigten hektisch abwechselnd auf den Polizeiwagen und den Bürgersteig. Der Mann im Rollstuhl fuhr zur Verdeutlichung mehrmals hin und her und führte vor, dass er den Bürgersteig so nicht mehr nutzen konnte. Er schimpfte heftig und wedelte mahnend mit beiden Zeigefingern, während der Mann mit dem Besen neben dem Polizeiwagen zu kehren begann. Eine ältere Frau löste sich aus der Gruppe, die etwas abseits des Geschehens stand, und positionierte sich nun genau in der Mitte der Parkplatzzufahrt. Mit ihren Armen und Händen vollführte sie Bewegungen wie ein Verkehrspolizist. Sie hatte eine riesige Freude daran, den nicht vorhandenen Verkehrsfluss zu regeln, denn sie lachte dabei herzhaft und erfrischend.

Der Betreuer der Lebenshilfe hatte nun alle Hände voll zu tun. Er lief vom einen zum anderen und versuchte, die Menschen zum Eingangsbereich des Gebäudes zu lotsen.

Nur folgte ihm keiner. Es war gerade viel zu aufregend! Das gab es nicht alle Tage. Ein echter Polizeieinsatz vor der eigenen Haustüre!

Die Polizisten im Fahrzeug fühlten sich sichtlich unwohl in ihrer Haut und beeilten sich mit der Überprüfung meiner Papiere. Nach etwa fünf Minuten öffnete der junge Polizist wieder die Beifahrertür, stieg aus und schlängelte sich an den Menschen vorbei zu unserem Wagen. Ich sah ihn natürlich kommen und ersparte ihm das Anklopfen an meine Scheibe. In Erwartung dessen, was nun folgen sollte, bediente ich rechtzeitig den Knopf für die Seitenscheibe ein fünftes Mal. Der junge Polizist beugte sich grimmig dreinblickend herunter und reichte mir meine Papiere zurück.

Junger Polizist: »Sie werden von uns hören!« Eilig und ohne abzuwarten, ob ich eventuell noch etwas zu sagen hätte, spurtete er zurück zum Wagen und stieg hastig ein. Mit durchdrehenden Reifen ›flüchteten‹ die Beamten schließlich vom Ort des Geschehens.

Die umstehenden Menschen winkten freundlich dem Streifenwagen hinterher, und als dieser aus dem Blickfeld verschwunden war, marschierten alle glücklich und zufrieden samt Schubkarre, Harke und Besen in Richtung Eingangsbereich der Wohnanlage.

Ich: »Wartet einen kleinen Moment im Auto, Jungs. Bin gleich wieder zurück.«

Ich stieg aus und suchte den Kontakt zu dem Betreuer. Wir gingen aufeinander zu. An seiner Seite die kleine Frau.

Ich: »Tut mir sehr leid, dass wir hier so ein Chaos verursacht haben. Es war wirklich nicht meine Absicht. Ich habe nur die vielen Parkplätze gesehen und wollte mit meinem Wagen nicht in der engen Straße stehenbleiben.«

Kleine Frau: »Polizei nicht richtig gemacht. Du ja! Wie heißt du?«

Ich: »Ich bin der Tim Stahl. Freue mich, dass Sie so gut aufgepasst haben.« Ich streckte ihr meine Hand entgegen, doch sie umarmte mich überschwänglich und drückte ihren Kopf voller Herzlichkeit an meine Brust.

Junger Mann: »Frau Müller! Nicht so stürmisch. Vielleicht möchte der Herr das gar nicht ...«

Ich: »Schon in Ordnung. Wie gesagt, ich bin ja für das Ganze hier verantwortlich.«

Junger Mann: »Kein Problem! Wir freuen uns sehr, mal ein bisschen Abwechslung zu haben. Jetzt haben die Bewohner eine Menge Gesprächsstoff. Das ist gut so. Hatte nur ein bisschen Sorge, als sie alle zur Straße liefen. Aber ist ja alles gut gegangen. Nur die Polizisten taten mir irgendwie leid.«

Ich: »Na ja, ich hatte kein Mitleid. Das Problem hatten sie ja selbst verschuldet. Und Ihre Bewohner hatten recht. Endlich mal Menschen, die eine klare Haltung haben und sich auch beherzt dafür einsetzen!«

Die kleine Frau löste sich von mir. Ohne weitere Worte ging sie zu den beiden Gärtnern. Die Schubkarre hatten sie mittlerweile auf einer kleinen Wiese neben dem Parkplatz abgestellt. Was sie taten, sah nicht sonderlich nach Arbeit aus. Der eine stützte sich erneut auf seine Harke und der andere wedelte ein bisschen mit seinem Besen herum. Die kleine Frau zeigte heftig gestikulierend auf einige herumliegende Papierfetzen, doch die beiden Gärtner reagierten überhaupt nicht auf ihre Hinweise. Teilnahmslos nahmen sie ihre Aufrufe zum Aufsammeln der Schnipsel zur Kenntnis. Flink nahm sie einen Handfeger und ein Kehrblech aus der Schubkarre, sammelte den Unrat damit auf und warf dann alles zusammen in die Karre. Anschließend klopfte sie beiden auf die Schulter und verschwand mit einem ›Daumen hoch‹ entspannt ins Wohngebäude. Der mit der Harke machte ein paar Schritte auf die Schubkarre zu, schaute kurz hinein, nickte anerkennend und nahm danach sofort wieder seine bequeme Haltung ein. Auf seine Harke gestützt schaute er abwesend in die Ferne.

Ich erklärte dem Betreuer rasch, warum ich eigentlich von der Polizei angehalten worden war, danach verabschiedeten wir uns und ich ging zurück zu meinem Wagen. Die Jungs warteten schon ungeduldig auf mich und wollten endlich los.

»Papa, da wolltest du uns ganz schön reinlegen ... Hat aber nicht geklappt!«, sagte Lukas vorlaut und beide Jungs begannen mich auszulachen.

Auch uns winkten die Bewohner der Lebenshilfe fröhlich hinterher, als wir langsam vom Parkplatz rollten und auf die Straße einbogen. In keiner Sekunde dachte ich an das zu erwartende Strafmandat, welches ich demnächst per Post erhalten sollte. Zum einen hatten meine beiden Jungs nun Frieden geschlossen. Sie stritten sich nicht mehr und würden ihrer Mutter einiges zu erzählen haben. Zum anderen war die Begegnung mit den behinderten Menschen aus der Lebenshilfe ein Erlebnis, welches ich so schnell nicht vergessen sollte.

Unglaublich, wie viel Ehrlichkeit und Herzlichkeit sie an den Tag legten. Mutig gingen sie mit der Situation um und versuchten, Ordnung herzustellen. Wie fröhlich sie zunächst den Polizisten und danach uns zum Abschied nachgewunken hatten! Es erinnerte mich daran, dass jeder Mensch, wirklich jeder, etwas Besonderes ist.

Kapitel 21
Der Mini-Tornado

Eine halbe Stunde später erreichten wir unser Zuhause. Wie vermutet, sprangen Florian und Lukas blitzschnell aus dem Auto und liefen ins Haus. Aufgeregt berichteten sie ihrer Mutter mit Händen und Füßen von unserem Erlebnis mit der Polizei und den Menschen von der Lebenshilfe. Britta kam kaum zu Wort und sah mich manchmal fragend an. Ich zuckte nur lächelnd und mit unschuldigem Blick die Schultern und machte mich auf den Weg hoch ins Zimmer von Jan Darius.

Es schien ihm besser zu gehen. Er schlief tief und fest. Das Fieber war scheinbar weg, denn seine Stirn fühlte sich kühl an. Ich blieb eine Weile neben seinem Bett stehen und sah aus dem Fenster. Sein Zimmer lag in der ersten Etage zur Straße hinaus. Von hier aus konnte ich auf das lange dünne Stahlseil blicken, welches ich vor vier Jahren von der Dachrinne bis zum anderen Ende des Vorgartens kurz vor dem Bürgersteig in den Boden gezogen hatte. Schon gut fünf Jahre wohnten wir in unserem Reihenhäuschen in Euskirchen. Und jeden Winter verwandelte sich unser Häuschen in ein hell erleuchtetes amerikanisches Weihnachtshaus. Dafür brachte ich damals das Stahlseil an, um eine Lichterkette und zahlreiche Weihnachtssterne aufzuhängen. Den Rest des Jahres ließ ich das Seil befestigt, da es zu aufwendig gewesen wäre, es stets an- und abzumontieren. Mein Ehrgeiz war es, dass ich immer bis spätestens Ende November alles fertig dekoriert und installiert hatte. Jede freie Stunde und bei jedem Wetter verbrachte ich dann vor, auf und an dem Haus, um alle erforderlichen Arbeiten durchzuführen. In vielen Dingen war ich schon routiniert zugange. Die meiste Zeit kostete es, die zahlreichen Stromkabel ordentlich zu verlegen, sodass sie nach Möglichkeit nicht zu sehen waren. Dabei verband ich alle elektrischen Leitungen mit Zeitschaltuhren. Alles sollte für zwei Stunden am frühen Morgen und abends ab 17:00 Uhr für sechs Stunden automatisch angehen und wie von Zauberhand gleichzeitig erstrahlen. Der feierliche Start, also das erste Einschalten der Beleuchtung, erfolgte traditionell jedes Jahr am 3. Dezember, dem Geburtstag von Lukas. Wir luden Familie, Freunde und Nachbarn dazu ein, bei jedem Wetter und es gab einen kleinen Umtrunk mit Weihnachtsplätzchen und Glühwein. Anders als in lustigen amerikanischen Weihnachtsfilmen blieb ich bis jetzt verschont von plötzlichen Stromausfällen, herunterfallenden Deko-Objekten, Schneestürmen oder weiteren chaotischen Zwischenfällen. Auch wenn derlei Pannen nicht verwunderlich gewesen wären, bei all den zahlreichen blinkenden, leuchtenden und teilweise beweglichen Nikoläusen, Schlitten, Rentieren, Sternen und Glocken, die ich vom Vorgarten über die Garage bis hoch zum Dach befestigt hatte. Von der Leiter oder gar vom Dach gefallen war ich bis jetzt glücklicherweise auch noch nicht. Das Highlight, ein richtiger Hingucker, welches ich mir original aus den USA hatte schicken lassen, war sicherlich die riesige Schneekugel, die ich jedes Jahr auf dem Garagendach aufstellte. Ein starkes Gebläse benötigte fast vier Minuten, um das ganze Gebilde komplett aufzurichten. Im Inneren kreiste in allen Farben ein großer Schneemann auf einem Schlitten mit einem Weihnachtsbaum im Arm. Von oben fielen Styropor-Schneeflocken nieder, die das Gebläse kontinuierlich aufwirbelte. In den Abendstunden kamen oft zahlreiche Eltern mit ihren Kindern am Haus vorbei und staunten über die Lichter- und Glitzerflut. Auf den Stromzähler durfte man im Dezember auf gar keinen Fall schauen! Ich wollte mir den Spaß ja auch nicht vermiesen lassen.

Britta rief von unten zum Abendessen und riss mich aus meinen Gedankengängen. Bis Weihnachten war ja reichlich Zeit vorhanden und ich sollte mich noch früh genug mit meinen Planungen befassen können.

Am Essenstisch bot der aufregende Polizeieinsatz erneut Gesprächsstoff. Darüber hinaus stand das jährliche Vater-Kind-Wochenende des Baseballvereins im Fokus. In diesem Jahr sollte Jan Darius zum ersten Mal daran teilnehmen, auch wenn er noch nicht mit seinen Brüdern und mir im Zelt übernachten würde. Wir planten, dass Britta ihn abholen sollte, sobald ich merkte, dass er müde wurde. Traditionell fand das Zeltlager auf der Baseballanlage des Vereines statt. Florian wünschte sich unbedingt, dass wir eine Schnitzeljagd veranstalteten. Ich stimmte ihm zu und versprach, dass ich mit den anderen Vätern darüber sprechen würde. Uli, der mittlerweile Vater einer Tochter geworden war, würde die Planung bestimmt gerne übernehmen. Denn Uli war von Anfang an unser traditioneller Schnitzeljagdplaner!

Endlich war es so weit. Mit vollgeladenem Kofferraum erreichten wir am späten Samstagnachmittag die Sportanlage. Die meisten Väter und Kinder waren schon da. Alle arbeiteten bereits fleißig am Aufbau der Zelte und an der Vorbereitung des großen Lagerfeuers. Die Sonne schien und es war relativ warm, jedoch ziemlich windig. Mal mehr, mal weniger heftige Böen zogen über den Platz und erschwerten den Zeltaufbau. Wir mussten schon ziemlich aufpassen, dass der Wind uns nicht die Zeltbahnen aus der Hand riss, wenn sie sich aufblähten wie die Segel an einem Segelboot. Wir hofften, dass der Wind nicht noch zunehmen würde und dass wir zumindest vom Regen verschont würden.

Die Kinder waren sehr aufgeregt, weil sie eine abenteuerliche Zeit vor sich hatten. Ein wildes Treiben herrschte auf der ganzen Anlage. Die einen werkelten noch an ihren Zelten, die anderen spielten Baseball oder Fußball. Uli gönnte sich bereits sein erstes Bier und hielt Small Talk mit anderen Vätern, mit denen er den Grill für den Abend aufbaute.

Die meisten der Kinder waren Mitglieder des Jugendteams im Verein und die Jüngsten unter ihnen, so wie Lukas und Florian, spielten im T-Ball-Team. Auch Ulis Tochter Lisa war von Anfang an mit dabei. Sie war im gleichen Alter wie Florian und beide besuchten gemeinsam den Kindergarten. T-Ball ist eine vereinfachte Form von Baseball. Der Ball wird nicht zum Schlagmann geworfen, sondern liegt ruhend auf einem Gummirohr auf. Von dort aus wird er ins Spielfeld geschlagen, was die Verletzungsgefahr minimiert. Der optimale Einstieg, um auch die Allerkleinsten schon an Baseball heranzuführen. Über die Hälfte der T-Ball-Mannschaft waren Kindergartenkinder. Streng genommen war Florian der Gründer dieser ›Bambini-Mannschaft‹. Kaum, dass er im Kindergarten war, fing er an, die anderen Kinder für Baseball zu begeistern. Ich musste ihm offensichtlich meine Leidenschaft für diesen Sport vererbt haben. Es verlief kaum ein Training, zu dem ich meine Jungs nicht mitgenommen hatte, sei es in der Babyschale oder im Kinderwagen. Florian hatte Organisationstalent und Enthusiasmus im Blut, weshalb es nicht ausblieb, dass er mir ständig in den Ohren lag, doch mal Trainings für ihn und seine Mitstreiter aus dem Kindergarten abzuhalten. Daraus entwickelte sich quasi von heute auf morgen unser ›Bambini-Team‹. Der Verein schaffte die Ausrüstung an und einige Mütter nähten passende Trikots in den Vereinsfarben für die Kids. Nur wenige Monate später nahmen wir an einem geregelten Ligabetrieb teil. Rings um Köln gab es noch weitere fünf bis sechs Vereine, die ebenfalls Nachwuchsmannschaften betrieben. Doch wir waren mit Abstand die Jüngsten. Aufgrund des geringen Alters wurden wir anfangs von den anderen Vereinen nur wohlwollend ›geduldet‹ und ›belächelt‹. Dies änderte sich schnell, als wir die ersten Turniere und Meisterschaften gewannen! Bereits nach drei Jahren verfügten wir über zahlreiche Pokale und Trophäen. Der Respekt vor uns wuchs und mit zunehmender Anerkennung entwickelten wir uns zum ›Schrecken‹ der

Liga. Spätestens, als das Team in Aachen gegen wesentlich ältere, teils jugendliche Spieler antrat und einen spektakulären Sieg einfuhr, wurden die Jungs von den Gegnern ernstgenommen.

Das Zeltlager befand sich auf einer frisch gemähten Wiese, ungefähr 250 m vom Sportgelände entfernt. Meine drei Jungs waren nicht zu bremsen. Kaum hatten wir die letzten Verankerungen im Boden festgemacht, konnte ich sie nicht mehr halten und sie liefen aufgeregt zu ihren Freunden aufs Feld. In aller Ruhe verstaute ich unsere Habseligkeiten und bereitete die Schlafstätten im Zelt vor. Für jeden von uns hatten wir eine eigene Luftmatratze und entsprechende Schlafsäcke mitgenommen.

Ich trat vor das Zelt und schaute mich um. Niemand war zu sehen. Von Weitem hörte ich das muntere Treiben und die fröhlichen Rufe der Kids. So wie ich es einschätzte, waren wir wohl die Letzten, die ihr Zelt aufgebaut hatten. Selbst die Feuerstelle in der Mitte des Zeltplatzes war bereits von den anderen Vätern vorbereitet worden. Ich beschloss, für mich die Chance zu nutzen, um einen Moment innezuhalten. Der Wind nahm zu und schlug mir ins Gesicht. Ich sog die lauwarme Luft tief in mich ein und genoss die Situation. Ich musste an meinen Vater denken. Warum gerade jetzt? Vielleicht, weil ich stolz war auf meine Jungs. Und stolz auf mich. Vielleicht wollte mir mein Vater mit den aufkommenden Windböen mitteilen, dass er ebenso stolz war auf mich und seine Enkelkinder? Es war lange her, seit ich das letzte Mal an ihn dachte. Viel zu beschäftigt war ich in den vergangenen Monaten und Jahren. Ständig unterwegs für den Job und mit der Familie. Eine Menge Termine und Verabredungen. Dazu noch die zahlreichen Spiele und Trainingseinheiten, an denen ich teilnahm und die ich organisierte.

Der Wind wandelte sich. Es pfiff und zog von allen Seiten. Ich empfand es nicht als unangenehm. Es kam mir eher so vor, als ob der Wind mich in eine Richtung führen wollte. Mal sanft, mal bestimmend wies er mich in Richtung Baseballfeld, wo die Kinder miteinander spielten. Es kam mir vor, als ob mich jemand wie an einem Seil dorthin lotsen würde. Ich ließ mich ziehen und ging langsam voran. Je näher ich dem Platz kam, desto besser konnte ich erkennen, wie sich kleine Windwirbel am Boden bildeten. Kleine rotierende Kreisel entstanden zwischen den spielenden Kindern. Ich wurde neugierig und fühlte mich wie in einem Tunnel. Die Kinderrufe blendete ich aus, nur dumpf drangen sie an mein Ohr. Ich hörte das singende Geräusch des Windes. Als ich den Platz erreichte, hielt ich inne. Ich sah, wie die Luft spiralförmig vom Boden aufstieg und sich schnell um sich selbst drehte. Ein kleiner Wirbelwind bildete sich mitten auf dem Platz, genau zwischen den spielenden Kindern. Es sah aus wie ein Mini-Tornado. Staub und andere kleine Partikel wurden aufgewirbelt. Ein zweiter und dritter Mini-Tornado entstanden, kaum mehr als 2 m hoch. Sie fingen an umherzuziehen. Ein Kind nach dem anderen sowie die umstehenden Väter registrierten das seltene Schauspiel und alle stoppten mit dem, was sie gerade machten. Die Wirbel zogen nun die ganze Aufmerksamkeit auf sich. Alle waren fasziniert und sprachlos. Die Größe und das Aussehen der Mini-Tornados variierten. Obwohl sie relativ klein waren, sahen sie beeindruckend aus.

Jan Darius kam aufgeregt zu mir gelaufen: »Papa, Papa! Schau mal! Was ist das?«

Ich nahm ihn hoch in meine Arme. »Das sind kleine Mini-Tornados. Kleine Windhosen! Ist das nicht toll anzusehen? Das ist wie Zauberei. Den Anblick müssen wir genießen. So etwas sieht man nicht oft im Leben.«

Einige Kinder versuchten nun, die Wirbel einzufangen. Kreuz und quer liefen sie ihnen hinterher. Die Mini-Tornados hoben kleine Blätter und Zweige vom Boden auf und ließen diese durch die Luft wirbeln. Lukas versuchte gemeinsam mit Florian die schwebenden Äste und Blätter zu fangen, sie hatten eine Menge Spaß dabei. Einige andere Kinder tanzten im Rhythmus der sich im Kreise drehenden Luft. Es waren magische Wirbelwinde, die die Kinder zum Staunen und zum Lachen brachten. Ein faszinierendes Phänomen!

Nach einer Weile schwächten die Winde langsam ab und einer nach dem anderen verschwand schließlich ganz. Die Kinder waren ein wenig enttäuscht, dass das Schauspiel vorbei war. Sie waren sich einig, dass sie eines ihrer aufregendsten Abenteuer erlebt hatten und dass sie das Spektakel nie vergessen würden. Die Kinder lernten, die Schönheit der Natur zu schätzen, und dass manchmal die kleinsten Dinge die größte Freude bringen können. Aber auch ich war extrem beeindruckt! So etwas hatte ich noch nie gesehen.

Ich blickte über die Felder hinweg hoch in den Himmel.

Dicke, fette Wolken rissen an einer Stelle auf und ein paar Sonnenstrahlen fanden einen Weg hindurch. In diesem Moment erwischte mich eine heftige Windböe. Ich war mir sicher. Mein Vater hatte sich wieder einmal ›eingeschaltet‹! Ich war sehr, sehr sicher! Er wollte mit seinen Enkelkindern spielen …

Wir hatten gerade unser Abendessen beendet und das Lagerfeuer entzündet. Pragmatisch, wie wir Männer nun mal waren, gab es reichlich Bratwürste in allen erdenklichen Variationen. Dazu Baguettes und Brötchen mit viel Ketchup und Kräuterbutter. Aufgrund fehlender Nachfrage verzichteten wir großzügig auf Salatbeilagen. Und in der Tat hatte niemand etwas vermisst, geschweige denn danach gefragt. Dies stimmte uns zuversichtlich und wir mussten uns kein schlechtes Gewissen machen.

»Unsere Frauen würden es uns verzeihen«, sagte Uli.

Wir nickten alle zustimmend, streckten uns unsere Bierflaschen entgegen und prosteten uns verstehend und mit ernster Miene zu. Wir alle nahmen einen kräftigen Schluck und prosteten uns mit den Flaschen erneut zu. »Damit wäre das Thema ›gesunde Salatbeilagen zum Grillen‹ für heute abgehakt!«, ergänzte Uli zu unserem fröhlichen Gelächter.

Alle saßen satt und zufrieden im Kreis um das Feuer herum. Während die Flammen loderten, schlief Jan Darius auf meinem Arm ein. Ich rief Britta an und sie holte ihn wie besprochen ab. Später erzählte sie mir, dass Jan Darius nicht mehr aufgewacht war und sie ihn ohne sein übliches ›Hinauszögern‹ ins Bett legen konnte.

Florian und den anderen Kindern wurde es allmählich langweilig und sie forderten das Einlösen meines Versprechens ein. Es war Zeit für die Schnitzeljagd! Zunächst erklärte Uli die Regeln: Die Kinder würden eine Aufgabe bekommen, die sie gemeinsam lösen mussten, um den nächsten Hinweis zu erhalten. Der erste Zettel wäre in der Nähe des Zeltlagers versteckt, von dort aus müssten sie dann weitersehen.

Die Kinder machten sich auf den Weg und suchten nach den Hinweisen, die am Vormittag von Uli und einem anderen Vater deponiert worden waren. Mit Taschenlampen ausgestattet legten sie los. Sie kletterten über kleine Zäune und andere Hindernisse, durchquerten Bäche und kämpften gegen Dornenbüsche. Für die Kinder war es eine abenteuerliche Nacht. Für uns Väter ein schönes, entspanntes Zusammensitzen mit guten Freunden und viel Bier.

Nach gut zwei Stunden schließlich fanden die Kinder den letzten Hinweis. Er führte sie zu einer versteckten Schatzkiste. Der Truhe war mit Süßigkeiten gefüllt, Gummibärchen, Schokolade und Lakritzen. Aufgeregt liefen sie zu uns zurück ans Lagerfeuer. Wir hatten zwischenzeitlich Stockbrote – mit Brotteig umwickelte Holzstöcke – und Marshmallows vorbereitet. Das gehörte zu jedem guten Lagerfeuerabend mit Kindern einfach dazu. Wir merkten unseren Sprösslingen an, dass sie zwar müde und erschöpft waren, aber glücklich. Sie freuten sich über die abenteuerliche Nacht und die Entdeckung des Schatzes, den sie nun fair untereinander aufteilten.

Zufrieden öffnete ich eine neue Bierflasche und nahm einen kräftigen Schluck. Ich lehnte mich in meinem Campingstuhl zurück und sah nach oben in den dunklen Nachthimmel. Für einen Moment erschien die gleißende Sichel des Mondes zwischen den dichten Wolkenfeldern. Der Regen hatte uns zum Glück verschont und war an uns vorbeigezogen. Auch der Wind wehte nicht mehr so heftig wie zuvor. Ich schloss meine Augen und dachte an unser wunderschönes Erlebnis mit den Mini-Tornados. Zufrieden rutschte ich noch tiefer in meinen Stuhl, öffnete meine Augen und streckte die Bierflasche gen Himmel: »Prost, Papa! Danke, dass du mich zum Platz gelotst hast! Ich bin sicher, du warst da und hattest Spaß mit den Jungs …«

Uli, der neben mir am Lagerfeuer saß, bekam mit, wie ich in den Himmel prostete. »Hattest du wieder Kontakt mit deinem Vater?«, fragte er mich leise.

»Ja. Er hat sich wieder bemerkbar gemacht. Er war da …«

Uli lächelte mich wissend an und sagte: »Den Tod können wir nicht aufhalten. Ein Grund mehr, unser Leben nicht aufzuhalten! Und du machst das genau richtig, Tim!« Er rutschte ebenfalls tiefer in seinen Stuhl, sah nun auch hoch in den Himmel und wir prosteten gemeinsam meinem Vater zu. Ich bildete mir ein, dass mein Vater mit einer leichten Windböe antwortete, die sanft durch mein Haar glitt. »Ja«, murmelte ich zufrieden, »das war er.« Ganz sicher war er das! Diesen Windzug hatte er mir geschickt!

Nach einem kurzen Moment des Innehaltens erhob ich mich aus meinem Stuhl. Trotz des wärmenden

Lagerfeuers fröstelte ich ein wenig. Ich ging zum Zelt, um für die Jungs und für mich unsere Jacken zu holen. Auf dem Rückweg kam ich an unseren Biervorräten vorbei und zog aus dem Kasten zwei neue Flaschen heraus. Im Gehen öffnete ich sie, für Uli und für mich. *Es könnte eine lange Nacht werden*, dachte ich.

Und es wurde eine lange Nacht!

Letztes Kapitel
Der Flug

Frühjahr 2008

Zum Jahreswechsel wurde ich in der Firma erneut befördert. Die Karriereleiter verlief weiterhin steil nach oben. Ich war nun im Topmanagement angelangt und als Verkaufsdirektor für den deutschen Vertrieb unserer Zigarettenmarken zuständig. Für über 160 Außendienstmitarbeiter von Nord bis Süd trug ich Verantwortung, vom Großkundenbetreuer über den Verkaufsleiter bis hin zu den Bezirksleitern. Die letzten Jahre waren sehr anstrengend für mich gewesen, natürlich auch für meine Familie. Finanziell hatte es sich jedoch gelohnt.

Ich hatte wohl all die Jahre gute Fürsprecher in dem eher konservativ ausgerichteten Unternehmen. Zumindest war ich mit der Art und Weise, wie ich meine Aufgaben erledigte, positiv aufgefallen. Irgendwie musste ich überzeugt haben. Und ich war im richtigen Moment zur Stelle, als es darum ging, Positionen neu zu besetzen. Im entscheidenden Augenblick am richtigen Ort! Unser Betriebsratsvorsitzender hatte mir einmal verraten, meine ›jugendliche Frische‹ und meine ›authentische Überzeugungskraft‹ hätten beeindruckt. Ich wurde auf Arbeitgeber- sowie auf Arbeitnehmerseite gleichermaßen geschätzt und respektiert. Schon als Verkaufsleiter war ich mit Abstand der Jüngste, der diese Aufgabe jemals im Unternehmen übertragen bekam. Und so verhielt es sich auch mit der neuerlichen Beförderung. Karrieregeil war ich nicht. Mit Ellenbogeneinsatz ging ich in meinem Job nie vor, das war mir stets zuwider. Ich sah die Herausforderungen, nahm diese an und versuchte Lösungen zu finden. Stolz war ich manchmal auf mich. Wenn ich mit meinen gleichgestellten Kollegen am Konferenztisch debattierte, stellte ich alte Abläufe zuweilen in Frage. Und ich erkannte, dass die meist älteren Kollegen mich auf Augenhöhe ernst nahmen und meinen innovativen Vorschlägen oft folgten.

Hin und wieder musste ich an Herrn Kalobawski, den kölschen Stan Laurel, denken. Er war mein erster und dadurch auch mein wichtigster Fürsprecher im Unternehmen. Kurios, wie das Leben manchmal so spielt! Dabei wollte ich damals nur einen Tag Sonderurlaub bei der Bundeswehr bekommen, um im Wettstreit mit Norbert zu bestehen! Doch was wäre gewesen, wenn mein Mitkonkurrent, der Wunschkandidat der obersten Vorgesetzten, zugesagt hätte und nicht dem Jobangebot eines Mayonnaise-Herstellers gefolgt wäre? Wie wäre dann mein Leben verlaufen? Welchen Menschen wäre ich begegnet – und welchen nicht? Hätte ich jemals meine Heimatregion Köln verlassen? Wäre ich heute vielleicht sogar mit Anna-Maria verheiratet, da ich nicht aus beruflichen Gründen weggezogen wäre? Ziemlich sicher war: Britta hätte ich nicht kennengelernt! Und meine drei Jungs?

Vielleicht war etwas Wahres dran an den Signalen des Windes, an den Hinweisen, die mir mein Vater von

Zeit zu Zeit gab, wie ich mir oft einbildete. Sollten sie mich leiten? Es waren Fingerzeige, die mich im richtigen Moment erreichten. Immer dann, wenn wichtige Entscheidungen in meinem Leben anstanden. An den Wendepunkten meines Lebens. In solchen Phasen traf ich Entscheidungen, die mein Leben maßgeblich und für lange Zeit in eine bestimmte Richtung lenkten. Manchmal fällte ich diese Entscheidungen spontan, manchmal wohlüberlegt. Das Leben ist zu kostbar und eindeutig zu kurz, um schlechte Entscheidungen zu treffen. Es gibt dabei kein Falsch und auch kein Richtig, denn selbst Wege, die in eine Sackgasse führen, bieten immer die Möglichkeit umzukehren. Umwege machen es nur schwieriger und vergeuden Energie und Zeit, Lebenszeit! Ich war dankbar für die Signale des Windes. Meine drei Söhne sprechen für sich! Das größte Glück meines Lebens! Ich bin gespannt auf zukünftige Windböen von ganz oben, die ich noch erhaschen werde. Mein Leben hat noch eine Menge zu bieten. Und viele meiner Träume sind noch lange nicht ausgeträumt. Viele meiner Wege sind noch nicht gegangen.

Neben den Herausforderungen, die mein Beruf und meine kleine Familie mit sich brachten, investierte ich viel Zeit in die Fertigstellung und Verschönerung unseres kleinen Reihenhäuschens. Speziell den Garten hatten wir zu Beginn total vernachlässigt und erst in den letzten beiden Jahren fand ich die Muße, diesen richtig anzulegen. Ich pflanzte zahlreiche Hecken und Büsche, baute eine große Terrasse, eine Gartenhütte und sogar einen Brunnen. Zum Schluss machte ich mich dann ans Verlegen eines Weges, der, am Brunnen entlang, die Terrasse mit der Hütte verbinden sollte. Ich profitierte sehr von den Erfahrungen meines Stiefvaters, denn Onkel Heinz hatte mir bereits in meinen Jugendjahren eine Menge Handwerkliches beigebracht. Leider war er viel zu früh verstorben. Es war jetzt vier Jahre her, als er nach kurzer, schwerer Krankheit dem Bauchspeicheldrüsenkrebs erlag. Ich saß an seinem Totenbett und hielt seine Hand, als er in einer verschneiten Dezembernacht verstarb. Das Schicksal wollte es so, dass alle vier, meine Eltern und meine Stiefeltern, viel zu früh von uns gingen.

Und tatsächlich tauchte der wertvolle Original-Gummihammer von Onkel Heinz wieder auf! Als meine Schwester und ich seine Wohnung ausräumten, um sie aufzulösen, entdeckte ich den Hammer in der Werkstatt im Keller. In der äußersten Ecke fand ich ihn! Allerdings erst, nachdem ich die Werkbank von sämtlichen Kisten und ausgedienten Autoersatzteilen befreit hatte. Das Lieblingswerkzeug musste wohl unbemerkt nach unten gerutscht sein, nach und nach füllte sich das Ersatzteillager unter der Werkbank und der Hammer verschwand ganz hinten in einem ›schwarzen Loch‹, wo ihn niemand mehr finden konnte. Ich wusste es doch! Damals in New York hatte ich schon gesagt, dass ich nichts mit dem Verlust des Gummihammers zu tun hatte. Unglaubliche 23 Jahre musste das nun her sein! In der Folge leistete mir der Hammer sehr gute Dienste. Ich hätte nie gedacht, dass ich das gute Stück einmal für die Verlegung von Gehwegplatten in meinem eigenen Garten nutzen würde. Kurzerhand beschloss ich, den geschichtsträchtigen Gummihammer zu einem Familienerbstück zu erklären, das unbedingt von Generation zu Generation weitergegeben werden musste.

Eine Entscheidung in meinem Leben, die ich längst bereut hatte, war, dass ich den Kontakt zu meinen amerikanischen Freunden abgebrochen hatte. Dies war, als mein Freund Ahmed bei einer gemeinsamen Reise nach Pennsylvania nicht willkommen war. Sie hatten aus ihrer Sicht sicherlich gute Gründe dafür und ich versuchte erst gar nicht, mit ihnen ausführlich darüber zu sprechen, da ich spontan ziemlich eingeschnappt darüber war. Zunächst war ich einfach nur beleidigt und wollte mich schützend vor Ahmed stellen. Doch ich hätte einfach mal ausführlich reden und nicht mit der Tür ins Haus fallen sollen. Eines Tages, so nahm ich mir vor, werde ich mir ein Herz fassen und einen Neuanfang mit meinen amerikanischen Freunden machen.

Mit der Zeit bemerkte ich, dass ich nicht mehr alles unter einen Hut bekam. Da der Tag bekanntlich nur 24 Stunden hergab – und vielleicht auch ein kleines bisschen aus Altersgründen –, beschloss ich, als aktiver Spieler zurückzutreten und dieses Jahr nicht mehr für das Herrenteam aufzulaufen. So konnte ich meinen sportlichen Fokus voll und ganz auf die Nachwuchsteams legen, was wiederum meine Kinder freute. Im Nachhinein verstand ich selbst nicht, wie ich dies alles geschafft hatte. Ich musste erkennen, dass es mir und meiner Familie nicht guttat. Es ging zwar immer irgendwie weiter, doch ich fühlte mich zunehmend erschöpft und Stress kam auf. Ich konnte mich an den schönen Dingen nicht mehr erfreuen. Und mit Britta stritt ich mich immer öfters, meist über die unwichtigen Kleinigkeiten im Leben. Ich fühlte mich extrem ausgelaugt. Um es auf einen kurzen Nenner zu bringen: ICH WAR URLAUBSREIF!

So fasste ich spontan einen Entschluss und überrumpelte Britta damit. Als ich beruflich in Köln unterwegs war, kam ich an einem Reisebüro vorbei. Durch die Schaufensterscheibe strahlten mich zahlreiche Werbeposter für Reisen nach Florida an. Ich ging hinein, ließ mich beraten und buchte kurzentschlossen einen Urlaub für die ganze Familie. In den Osterferien sollte es losgehen. Das hatten wir uns verdient! Zum ersten Mal seit langer Zeit würden wir zwei Wochen am Stück verreisen. Abschalten! Mal was anderes sehen und erleben. Relaxen.

Britta war zwar zunächst skeptisch, als ich abends am Esstisch von meiner Spontanaktion berichtete. Doch die Jungs jubelten und waren sofort Feuer und Flamme. Eine Reise in das Ursprungsland des Baseballs! Britta ließ sich erweichen und verzichtete auf ihr Vetorecht, die Reise zu stornieren.

Im April war es endlich so weit. Pünktlich kamen wir mit der Bahn am Flughafen in Frankfurt an. Alle, auch Britta, waren voller Vorfreude und ziemlich aufgeregt. Für die Kinder war es der allererste Flug. Nach Disneyland und zur SeaWorld in Orlando sollte es gehen. Ein weiteres Must-have war der Weltraumbahnhof Kennedy Space Center. Davon hatte Lukas im Fernsehen mitbekommen und er wollte unbedingt dorthin.

Im Vorfeld hatte ich uns einen Van gemietet und eine Rundreise durch den Sunshine State geplant. Von einem Motel zum anderen wollten wir reisen. Spontan dort einkehren, wo es uns besonders gefiel, und ein paar Tage bleiben. Unter Zuhilfenahme eines Reiseführers erstellten wir gemeinsam eine lange Liste von Zielen. So viel wie möglich wollten wir uns anschauen. Neben dem Weltraumbahnhof und den Attraktionen von Orlando notierten wir die Florida Keys, die Everglades und Miami Beach. Doch ganz dick und fett unterstrichen schrieb ich zum Schluss in Großbuchstaben die Küste am Golf von Mexiko auf den Zettel. Zu den herrlichen Sandstränden von Captiva und Sanibel Island sollte es gehen. Darauf hatte ich bestanden. Nach der anstrengenden Zeit zu Hause wollte ich mich nicht sofort in den Trubel stürzen. Der Beginn unserer Reise sollte ruhig verlaufen, ein paar Tage reinste Erholung an den zauberhaften Sandstränden der Westküste mit traumhaften Sonnenuntergängen, wie unser Reiseführer es beschrieben hatte. Am Golf von Mexiko einfach mal die Seele baumeln lassen, war meine Absicht. Es war an der Zeit, einen Traum wahr werden zu lassen: mit meinen drei Jungs den Sonnenuntergang am Strand erleben, im Wasser planschen, herumalbern, schwimmen – das Leben genießen.

Doch zunächst mussten wir den Langstreckenflug hinter uns bringen. Das Boarding ging los. Als eine der ersten Passagiere bestiegen wir die United-Airlines-Maschine für den Nonstop-Flug von Frankfurt nach Orlando. Die Kinder waren sehr aufgeregt. Mit großen Augen sahen sie sich neugierig im Flugzeug um. Alle quasselten durcheinander. In unserer Reihe angekommen, mussten wir zunächst das viele Handgepäck verstauen. Dann ging der

Streit um die besten Sitzplätze los. Jan Darius konnte sich schließlich durchsetzen und übernahm den begehrten Fensterplatz, jedoch nicht ohne mit ihm zu vereinbaren, dass jeder mal dort sitzen durfte. Der Flug sollte ja nun lange genug dauern, sodass die Kinder mehrmals die Plätze tauschen konnten.

Endlich saßen wir und das viele Gepäck war verstaut. Doch ich hatte vergessen, meine englischsprachige Zeitschrift über US-Sports aus dem Rucksack zu holen. Nochmals musste ich mich von meinem Sitzplatz erheben und öffnete über mir das Gepäckfach. Natürlich war mein Rucksack hinter all den anderen Taschen und dazu noch an der entferntesten Stelle eingeklemmt. Ich zog und zerrte, bis ich ihn endlich in der Hand hielt. Erleichtert öffnete ich ihn und nahm meine Zeitschrift heraus. Jetzt das Ganze wieder zurück. Doch wie sehr ich auch drückte und zog, irgendetwas musste sich an der Gepäckklappe verklemmt haben. Ich konnte sie nicht schließen. Hinter mir hörte ich eilige Schritte auf mich zukommen.

»Darf ich Ihnen helfen? Ich mache das gerne für Sie!«

Ohne meine Antwort abzuwarten, streckten sich neben mir zwei weitere Arme nach oben und schoben routiniert die Taschen zur Seite, bis sich die Klappe mit einem Ruck schließen ließ. Erleichtert drehte ich mich zu der freundlichen Stewardess um, die mir erfolgreich geholfen hatte.

Wie ein Blitz traf es mich durch Mark und Bein!

Verblüfft schaute mich ein wunderschönes Gesicht mit zahlreichen hübschen Sommersprossen an. Ihre rötlich blonden Haare waren zu einem seitlichen Zopf zusammengebunden.

Wir blickten uns in die Augen ... Mein Herz begann schneller zu schlagen ...

Nur leise und zögerlich kam es über meine Lippen:

»Anna-Maria ...«

Dank!

Herzlichen Dank an Sie, liebe Leserin und lieber Leser, dass Sie *Windböen* bis zum Ende gelesen haben! Ich hoffe sehr, dass ich Sie mit diesem Roman, der fünf Jahre nach meinem Erstlingswerk *Sonnenstrahlen – Mit Volldampf ins Leben und ran an den Traum* erschienen ist, gut unterhalten konnte. Zahlreiche Feedbacks und Hinweise hatten mich nach meinem ersten Roman erreicht, die ich bei der Fertigstellung von *Windböen* erfolgreich verwenden konnte. Dafür möchte ich mich herzlich bei Ihnen bedanken! Wenn Sie weitere Informationen rund um die beiden Romane erhalten möchten, lade ich Sie zu einem Besuch meiner Homepage www.storyschild.de ein. Dort finden Sie auch Veranstaltungshinweise zu anstehenden Lese-Events.

Ich möchte betonen, auch wenn es sich in einigen Episoden um autobiografisch inspirierte Geschichten handelt, handelt es sich nicht um einen Tatsachenbericht. Sollten sich dennoch Bezüge zu meinem eigenen Leben herstellen lassen, so sind Ähnlichkeiten mit lebenden und/oder verstorbenen Personen rein zufälliger Natur, auch wenn das ›echte Leben‹ immer die Grundlage für Geschichten bildet. Genauso verhält es sich mit dem Kapitel ›Die Lebenshilfe‹. Inspiriert von dem erfüllten Leben meines ältesten Sohnes Niklas, der in einer betreuten Wohnanlage mit behinderten Menschen zusammenlebt, habe ich ihnen zu Ehren diese Episode geschrieben. Mich beeindruckt ihre Herzlichkeit, ihre Ehrlichkeit und ihr Mut, für Dinge einzustehen und diese auch vehement einzufordern! Menschen, die wir uns für viele Dinge zum Vorbild nehmen können und von denen wir uns öfters mal eine Scheibe abschneiden könnten! Und … liebe Leserin und lieber Leser, falls wir uns einmal persönlich treffen sollten, fragen Sie mich gerne, ob es diesen oder einen ähnlichen Polizeieinsatz nicht doch in der Realität gegeben haben könnte …

Ein besonderer Dank gilt den ›Eagles‹, dem Zülpicher Baseball & Softball Club 1977 e.V. in Zülpich-Niederelvenich, bei denen ich in Deutschland meinen ›American Dream‹ leben konnte, auch ohne in die USA auswandern zu müssen. Fast 20 Jahre war ich in verschiedenen Funktionen eng mit dem Verein als Spieler, Trainer und Vorstandsmitglied verbunden. Ich bin stolz darauf, dass ich vielen Kindergartenkindern und Jugendlichen aus der Nachbarschaft mit meinem Engagement eine sportliche Heimat geben und als Vorbild dienen konnte. Viele Kinder aus der damaligen Zeit sind fester Bestandteil einer sehr erfolgreichen Herrenmannschaft geworden. Und das, was mich am meisten glücklich macht, ist, dass meine Söhne Fabian und Julius Teil dieser Mannschaft sind und den für Deutschland besonders exotischen Spirit weitertragen. Nicht zu vergessen, meinen Dank an meine liebe Ehefrau und Freundin Elke, die mich so nimmt, wie ich bin, mich (meistens) machen lässt, was ich möchte, und mit Rat und Tat in allen Lebensfragen stets die richtigen Antworten parat hat.

Liebe Leserin, lieber Leser, ich würde mich freuen,

wenn Sie mich auch bei meinen zukünftigen Projekten unterstützen würden, falls Ihnen der Roman gefallen hat. Stoff für weitere Bücher habe ich zur Genüge. Mal sehen, wohin mich die *Sonnenstrahlen* und die *Windböen* als Nächstes literarisch führen ... Vorstellen könnte ich mir, dass Tims Reise noch nicht zu Ende ist und Stoff für ein weiteres Kapitel liefert. Gedanklich arbeite ich jedoch schon an anderen Themen und Geschichten. Vielleicht überrasche ich Sie mal mit einem Abenteuerroman oder einem Erlebnisbericht, wenn ich mich auf ›große Fahrt‹ mit meiner Vespa Richtung Italien begebe ...

Bis es so weit ist, wünsche ich Ihnen allen ein ›schickes Leben‹ – und vergessen Sie bitte nicht, immer genau hinzuhören. Vielleicht hat der Wind Ihnen ja mal etwas Wichtiges, Wegweisendes mitzuteilen?

Hanns U. Schild-Havenstein

Nachspiel/Postskriptum
Gespräch mit Papa

An einem lauwarmen Sommerabend
des Jahres 2023 …

Die meisten Babys, wenn sie anfangen zu sprechen, sagen zu ihrem Vater ›Papa‹. Wahrscheinlich ist es bei allen Kleinkindern so. ›Papa‹ ist ja auch einfach auszusprechen. Und irgendwann – vermutlich hängt es mit dem Beginn der Pubertät zusammen – wechseln einige, im stolzen Teenageralter, von ›Papa‹ zu ›Vater‹.

Leider ist mein Papa viel zu früh verstorben. Mit zwölf Jahren war ich noch zu sehr Kind, als er starb, und es kam mir auch nicht in den Sinn, irgendwann zu dem Wort ›Vater‹ zu wechseln. Daher blieb ich nach seinem plötzlichen Tod bei der liebevollen Anrede ›Papa‹. Ich kann mich nicht entsinnen, dass ich ihn jemals anders genannt hätte. Auch nicht in all den Jahren und Jahrzehnten, in denen ich ab und an mit Hilfe des Windes zu ihm sprach.

*

Eines Abends saß ich auf einem breiten Loungesofa auf der Veranda meines Ferienhäuschens. Ich war alleine und genoss den Ausblick. Ein wunderschöner kleiner See lag 40 m vor mir zu meinen Füßen. Ich hatte es mir gemütlich gemacht und schaute der untergehenden Sonne zu. Langsam versank der feuerrote Ball hinter den Baumreihen am gegenüberliegenden Ufer des Sees. Wenige Windsurfer tummelten sich auf dem Wasser und nutzten die teils heftigen Böen, um die letzten Kehren des Tages zu schaffen.

Den ganzen Tag über war ich mit kleineren Reparaturarbeiten an der hölzernen Veranda beschäftigt und nun gönnte ich mir ein eiskaltes amerikanisches Bier der Marke ›Miller Lite‹. Am Tag zuvor hatte ich die Sorte zufällig in einem Lübecker Großmarkt entdeckt und direkt zugeschlagen, denn in Deutschland erhielt man sie nur selten. Gleich zwei Pappkartons zu je 24 Flaschen hatte ich mir von der hölzernen Palette genommen.

Ich streckte meinen Kopf in Richtung des Windes und die Böen wirbelten mein Haar durcheinander. Spontan musste ich an meinen Papa denken. Und tatsächlich, er war da. Er machte sich wieder bei mir bemerkbar!

Ich: »Ich bin jetzt viel älter, als du es warst, als du gestorben bist. Du warst erst 47!«

Papa: »Ja. Das stimmt.«

Ich: »Hm … Und?«

Papa: »Was, und?«

Ich: »Wie mache ich mich nun mit 59 Jahren? Bin ja nun deutlich älter als du …«

Papa: »Hast dich gut gehalten!«

Ich »Hm …«

Papa: »Schaffst locker die Hundert!«

Ich: »Ha, ha, ha …«

Papa: »Na klar! Du musst ja für mich all die Dinge mit erledigen, die mir leider nicht mehr möglich waren. Und du hast ja selbst auch noch einiges vor …«

Ich: »Du bist und wärst doch nie aus der Eifel weggegangen, oder?«

Papa: »Nun denn: niemals! Ich hatte ja in der Heimat genug Abwechslung. Meinen Beruf, meinen Sport, meine übrigen Hobbys und natürlich ihr Kinder! Aber ich wäre mit dir ganz sicher nach Amerika geflogen. Wir beide auf den Spuren von Karl May!«

Ich: »Ja, das hattest du mir mal versprochen.«

Papa: »Du weißt es noch?«

Ich: »Klar! Das war, als du mir das erste Mal aus ›*Winnetou*‹ vorgelesen hast.«

Papa: »Hm … Das stimmt.«
Ich griff zu meinem ›Millers‹ …

Papa: »In deinen schwierigen Lebensphasen war ich jedenfalls immer bei dir. So soll es auch bleiben!«

Ich: »Okay. Das will ich auch hoffen.«

Ich nahm einen kräftigen Schluck aus der Flasche …

Ich: »Ich habe dich oft verflucht …«

Papa: »Warum?«

Ich: »Immer dann, wenn ich dich brauchte, warst du nicht da. Du warst ja eigentlich nie da. Hab immer nur mit dem Wind gesprochen …«

Papa: »Tut mir leid, Junge.«

Ich: »Erinnerst du dich noch an dein Passfoto, das du mir als kleines Kind geschenkt hast? Ich habe es in einen kleinen Rahmen gepackt und in Augenhöhe neben der Haustüre aufgehängt. Das habe ich übrigens immer so gemacht, egal wo ich wohnte.«

Papa: »Und?«

Ich: »Nun … wenn ich gut drauf war und keine Probleme hatte, die mich beschäftigten, ging ich einfach an deinem Bildchen vorbei. Raus und rein. Dafür ist 'ne Haustür ja da. Man geht hindurch. Und manchmal habe ich dir dabei zugewinkt und dich angelächelt.«

Papa: »Und???«

Ich: »Na ja … wenn ich mal so richtig mies drauf war, stellte ich mich vor dein kleines Bild neben dem

Türrahmen. Manchmal, weil ich dich gerade dringend benötigte. Ein andermal, um mich bei meinem Daddy ausweinen zu können. Oder weil ich wirklich nicht weiterwusste und einen Rat brauchte. Dann begann ich dich meist auszuschimpfen. Also, dein Passfoto schimpfte ich aus. Oft sehr heftig! So etwas wie: ›Warum bist du so früh gestorben?‹, ›Ich vermisse dich!‹, und so was in der Art. Einige Male musste ich auch weinen …«

Papa: »Hm … Tut mir wirklich leid. Ich wünschte, es wäre anders gelaufen. Ich hatte keine Chance, es zu verhindern …«

Ich: »Alles gut, Papa! Manchmal hast du ja durch den Wind zu mir gesprochen, und das hat mir dann auch geholfen.«

Mein Bier hatte ich zwischenzeitlich ausgetrunken. Ich erhob mich aus meinem Sitz und ging in die Küche zum Kühlschrank, griff mir zwei Flaschen Miller Lite und öffnete gleich beide. Zurück auf der Veranda warf ich mich in meinen Loungesitz und blickte erneut über den See auf die untergehende Sonne. Ich hielt beide Flaschen hoch in den Himmel und ließ sie im Takt aneinander klimpern.

Ich: »Prost, Papa!«

Papa: »Ich trinke kein amerikanisches Bier …«

Ich: »Was trinkst du dann?«

Papa: »Natürlich Kölsch!!«

Ich lachte. Mein Papa lachte. Und ich trank beide Flaschen Miller Lite alleine leer.

Der heftige Wind ließ nach. Die Windböen wurden schwächer, bis sie schließlich in ein laues Lüftchen übergingen …

Papa

Debüt-Roman von Hanns U. Schild-Havenstein

Sonnenstrahlen –
Mit Vollgas ins Leben und ran an den Traum!

Satz, Umschlaggestaltung, Herstellung und Verlag:
BoD – Books on Demand, Norderstedt
ISBN: 978-3-7494-4235-5

Sommer 1980: Der 16-jährige Tim hat seinen Realschulabschluss in der Tasche und will sich endlich seinen langersehnten Traum erfüllen: eine Reise in die USA! Das Geld dafür muss er sich selbst verdienen und er jobbt in den großen Ferien in einer Fabrik. Auf der täglichen Fahrt zur Arbeit verfällt er in Tagträume. Erinnerungen an seine bewegte Kindheit werden wach. Die turbulenten Familienverhältnisse nach der Scheidung seiner Eltern und eine Reihe tragischer Verluste haben ihn schon in jungen Jahren geprägt. Nur vier Jahre nach dem schrecklichen Unfalltod seines Bruders musste er als 12-Jähriger auch den Tod seines Vaters hinnehmen. Doch Tim hat einen Weg gefunden, mit seiner Trauer umzugehen. Schon immer war er fasziniert vom Verlauf der Sonnenstrahlen, aus denen er immer wieder Kraft schöpfte und die schließlich seinen großen Traum in ihm weckten.

Im Sommer 1981 ist es endlich so weit: Tim bricht zu einem abenteuerlichen Trip in die USA auf, wo er letztlich bei einer Gastfamilie in Pennsylvania strandet. Sie nehmen ihn auf wie einen eigenen Sohn und er erlebt hautnah den ›American Way of Life‹, die Art und Weise, wie Amerikaner leben und fühlen.

Sonnenstrahlen ist autobiografisch inspiriert und spielt überwiegend in den 1980er Jahren. Der Roman ist authentisch und abwechslungsreich erzählt – eine Geschichte aus dem Leben! Mit Episoden, die zum Schmunzeln anregen, und mit Episoden, bei denen auch mal ein Tränchen verdrückt werden darf. Der junge Tim Stahl strotzt vor ungebrochener Lebensfreude. Obwohl er mehrere schmerzhafte Verluste erleben muss, lässt er nie von der Verwirklichung seines Traumes ab.

Windböen und *Sonnenstrahlen* ergänzen sich gegenseitig. Geschickt werden die beiden Romane miteinander verknüpft, ohne dass es im klassischen Sinne einen ersten und einen zweiten Teil gibt. Tatsächlich spielt es keine Rolle, welches Buch man zuerst liest. *Windböen* schaut weiter in die Zukunft, *Sonnenstrahlen* eröffnet den Blick in die Vergangenheit von Tim Stahl.